HEDWIG COURTHS-MAHLER

Die Kriegsbraut

HEDWIG COURTHS MAHLER

Die Kriegsbraut

WELTBILD VERLAG

Das für den Einband verwendete Foto stammt aus dem Filmhistorischen Bildarchiv Peter W. Engelmeier und zeigt eine Szene aus dem Film „Maschenka".

Genehmigte Lizenzausgabe für
Weltbild Verlag GmbH, Augsburg 1997
© Copyright by Friede Birkner mit freundlicher Genehmigung
des LICHTENBERG-Verlages GmbH, München
Herausgeber Gustav Lübbe Verlag GmbH, Bergisch Gladbach
Einbandgestaltung: Peter Engel, München
Gesamtherstellung: Presse-Druck Augsburg
Printed in Germany
ISBN 3-89350-461-3

Rose von Lossow stand an der Parkmauer und sah mit sehnsüchtigen Augen die Fahrstraße entlang, die an Schloß Falkenried vorüber nach dem Dorf führte.

Sie wartete hier auf das Auto, in dem Herr von Falkenried seinen Sohn Hasso vom Bahnhof abholte. Nur einen Blick wollte sie beim Vorüberfahren auf Hasso werfen. Weit vorgeneigt stand sie unter der hohen Buche auf der kleinen Anhöhe, die den ganzen Park überragte.

Nur wenige Minuten verharrte sie auf ihrem Platz, als sie das Auto herankommen hörte. Vorsichtig, um nicht gesehen zu werden, trat sie hinter den dicken Buchenstamm, während sie die Hand auf das rebellisch klopfende Herz drückte, schaute sie auf die Straße hinab.

Da flog das Auto vorüber.

Nur einen Augenblick hatte sie das kühne Profil Hasso von Falkenrieds erhascht.

Reglos schaute sie der Staubwolke nach, die das Auto aufwirbelte. Ein Seufzer entstieg ihrer Brust, und die Erregung, die sie befallen hatte, wich der ihr sonst eigenen Ruhe und Selbstbeherrschung.

Drüben sauste das Auto weiter und bog in den Hauptweg des Parkes ein, der zum Schloß führte. Jetzt hielt wohl der Wagen vor dem hohen Portal. Hasso von Falkenried war daheim bei den Seinen.

Und Rose stand abseits – sie hatte nichts zu schaffen mit diesem Wiedersehen. An sie dachte wohl niemand. Sie war ja ein Fremdling, eine Geduldete in Schloß Falkenried, eine, die dort das Gnadenbrot aß und arbeiten mußte, mit dem Einsatz ihrer ganzen jungen Kraft, damit sie wenigstens das Bewußtsein hatte, dies Brot nicht umsonst zu essen. Ach, wie gern wäre sie jetzt neben Rita, Hassos Schwester, und seiner Mutter in der hohen, gewölbten Eingangshalle gestanden und hätte bescheiden auf den Augenblick gewartet, wo Hasso seine Augen mit dem gütigen Ausdruck auf sie gerichtet hätte. Sicher hätte er ihr die Hand gereicht und herzlich gesagt: »Guten Tag, Rose! Geht es dir gut?«

Aber sie hatte nicht bleiben dürfen. Tante Helene, Hassos Mutter, hatte sie mit einem Auftrag nach der Meierei hinübergeschickt, gerade jetzt, da man Hasso erwartete. Damit dokumentierte sie eben, wie schon oft, daß Rose nicht unbedingt zur Familie gehörte. Böse war das von Tante Helene nicht gemeint. Und doch tat es Rose so weh, daß man sie immer so fremd beiseite schob bei derartigen Anlässen.

Sie selbst hing mit ihrem ganzen verwaisten Herzen an den Falkenrieds – am meisten freilich an Hasso. Aber niemand hatte Verlangen nach ihrer Liebe oder erwiderte sie. Tante Helene und Onkel Herbert waren gewiß nicht ungütig, aber nie hatten sie ein warmes, herzliches Wort für sie. Rita freilich hatte sie wohl ein wenig lieb und war immer gut zu ihr. Aber sie fand sehr wenig Zeit für Rose und dachte wohl kaum daran, wie sehnsüchtig die arme Rose nach ein wenig Liebe verlangte. Und so war Rose still und ohne Widerrede nach der Meierei hinübergegangen. Niemand hatte auf sie geachtet, und so hatte sie unbemerkt hierher auf den Ausguck huschen können, um Hasso wenigstens vorüberfahren zu sehen.

Nun sie ihn gesehen hatte, schritt sie schnell die kleine Anhöhe hinab. In der Meierei wurde sie aufgehalten. Der Sohn des Verwalters, Fritz Colmar, der als Eleve im Falkenrieder Betriebe angestellt war, ein lustiger, übermütiger Mensch, der jede Arbeit wie ein Vergnügen verrichtete, wollte ihr unbedingt seine beiden Dackel, Max und Moritz, zeigen.

Dazu kam der Verwalter. Er schickte seinen Sohn an die Arbeit. Fritz sah ihn lachend an. »Ist schon alles getan, Vater. Gerade wollte ich zu Muttern. Kommst du mit?«

»Gleich, ich will nur noch etwas mit dem gnädigen Fräulein besprechen.« Und der Verwalter verwickelte Rose noch in eine geschäftliche Unterhaltung. So war denn eine Stunde etwa seit Hassos Ankunft verstrichen, als Rose ins Schloß zurückkehrte.

Dort war der junge Herr nach herzlicher Begrüßung mit Mutter und Schwester in das schöne große Wohnzimmer gegangen. Er erzählte von seinen letzten Fliegerübungen und von einer Erfindung, die er gemacht hatte. Auf Einzelheiten ließ er sich aber dabei nicht ein, aus besonderen Gründen. Hasso von Falkenried hatte seit seiner frühesten Jugend viel mehr Interesse für allerlei Motoren und Maschinen gehabt als für die Landwirtschaft, und er hatte es schließlich mit seinem Eisenkopf durchgesetzt, daß er ernsthafte Studien als Ingenieur machen durfte.

Seinem Vater war dies gar nicht recht gewesen. Alle Falkenrieds waren Ulanenoffiziere gewesen, und das sollte sein Sohn auch werden. Aber Hasso hatte seinen Willen durchgesetzt und gehörte als einer der ersten Fliegeroffiziere dem neugebildeten Fliegerbataillon an, das in Berlin beziehungsweise in Döberitz seinen Flugplatz hatte.

Er brachte für seinen Beruf alles mit, was dazu nötig war. Auf ein erfolgreiches, gründliches Studium gestützt, hatte der jetzt dreißigjährige junge Mann bereits Erstaunliches geleistet. Eine geniale Erfindung, die er gemacht hatte, war für den Flugsport, vom militärischen Standpunkt hauptsächlich, von großer Wichtigkeit.

Das hatte Hasso jedoch nur flüchtig und in sehr bescheidener Weise erwähnt. Er wußte, daß seine Angehörigen seinem Beruf nicht sympathisch gegenüberstanden, und hielt sich mehr an Allgemeines, was sie interessieren konnte.

Auch Hasso hatte zunächst die Abwesenheit Rose von Lossows nicht bemerkt. Das junge Mädchen war stets

7

nur wie eine flüchtige Erscheinung durch sein Leben gehuscht.

Als sie, die fünfzehnjährige Waise einer entfernten Verwandten und Jugendfreundin seiner Mutter, aus Barmherzigkeit in Falkenried Aufnahme fand, war Hasso bereits auf der Hochschule. Damals zählte er fünfundzwanzig Jahre.

Bei der ersten Begegnung hatte Rose keinen günstigen Eindruck auf ihn gemacht. Der lang aufgeschossene, linkische und schüchterne Backfisch mit den eckigen Bewegungen und dem hageren, blassen Gesicht, aus dem die tiefblauen Augen so hilflos und traurig herausblickten, konnte ihm kein Interesse abnötigen. Er kümmerte sich überhaupt wenig um weibliche Wesen. Sein Studium nahm ihn ausschließlich in Anspruch. Dann sah er sie wieder, wenn er von Zeit zu Zeit in den Ferien zu Hause war, und er wunderte sich darüber, wie vorteilhaft sich Rose von einem Male zum andern veränderte. Auch fiel es ihm auf, daß man ihr eine Art Aschenbrödelstelle im Hause zuwies und daß sie stets so still und bescheiden zurückstand.

Da regte sich das Mitleid in ihm mit dem armen Mädchen, das von keiner Seite Liebe erfuhr und doch von allen Seiten immer stark in Anspruch genommen wurde, daß man alle unangenehmen Dinge möglichst auf Rose abschob und es ganz selbstverständlich fand, daß sie alles ohne Widerrede auf sich nahm. Da er aber stets stark beschäftigt war, selbst wenn er auf Urlaub war, blieb ihm wenig Zeit, sich mit Roses Schicksal zu beschäftigen.

Sie stand auch heute noch immer und überall beiseite, trotzdem sie sich in den Jahren, die sie in Falkenried weilte, nützlich und unentbehrlich gemacht hatte, daß man ohne sie manchmal nicht aus und ein gewußt hätte. Zuerst hatte man Rose als eine etwas lästige, aufgenötigte Hausgenossin betrachtet, verband mit ihrer Aufnahme mehr eine Anstandspflicht als ein Herzensbedürfnis. Zunächst war sie ganz sicher nicht mit Liebe und Güte verwöhnt, wenn man es ihr auch sonst an nichts fehlen ließ.

Rita begegnete Rose allerdings gleich sehr freundlich und gutherzig, aber als sie aus der Pension zurückkam, war Roses Stellung im Hause schon bestimmt. Sie benahm sich herzlicher zu Rose als alle andern. Rose dankte ihr innig und schloß sie in ihr verwaistes und vereinsamtes Herz.

Roses Ausbildung war noch nicht beendet, aber das beachtete niemand. Das war freilich mehr Gedankenlosigkeit als böser Wille. Rose suchte sich selbst weiterzubilden, soweit sie Zeit dazu hatte. Roses Feinfühligkeit hatte ihr bald verraten, wie wenig angenehm man ihre Anwesenheit in Falkenried empfand, sie fühlte, daß sie lästig war. Aber da sie dem Leben hilflos gegenüberstand, mußte sie sich klaglos in alles fügen. Sie sah um sich, wie und wo sie helfen konnte, und wuchs so bald in die Verhältnisse hinein, alles erfassend und erlernend, wars ihr wichtig und nützlich schien. Mit Energie ergriff dies junge Geschöpf jede Gelegenheit, sich zu betätigen. Ihr Fleiß half ihr bald, sich unentbehrlich zu machen.

Seltsamerweise blühte sie aber bei alledem auf und entwickelte sich zu einem reizenden, jugendfrischen Mädchen.

Waren Gäste im Hause, hielt sie sich noch ängstlicher zurück und war so still, daß man sie für wenig intelligent hielt. Und doch war Rose mit den Jahren gleichsam der Mittelpunkt geworden.

Mehr und mehr bekam sie alle Fäden in die Hand, an denen sie nicht nur das Hauswesen, sondern auch den landwirtschaftlichen Betrieb leitete.

Da war eines Tages der zweite Verwalter krank geworden, mitten in der Erntezeit. Ohne Zögern war Rose für ihn eingesprungen, und als der Verwalter gleich darauf sein kleines, väterliches Gut geerbt hatte und seinen

Abschied nahm, hatte sie ihn völlig ersetzt.

Sie tat alles so selbstverständlich, daß man es auch selbstverständlich fand. Ihr Schaffen und Streben erschien keinem als etwas Besonderes, weil immer eins zum andern kam. Nur Hasso fiel es auf, wenn er nach Hause kam, daß man Rose jedesmal wieder neue Pflichten aufgebürdet hatte. Er wunderte sich über ihre Leistungsfähigkeit. Nur zuweilen nahm er mit einem scherzenden oder anerkennenden Wort Rose gegenüber davon Notiz. Und jedes dieser Worte erschien Rose wie ein köstliches Geschenk. Sie gruben sich tief in ihre junge Seele, die sich Hasso, seit sie ihn zuerst gesehen, in tiefer, verschwiegener Liebe zu eigen gegeben hatte.

Sie geizte nicht um Anerkennung. Es war ihre Überzeugung, daß sie mit all ihrem Schaffen nur eine Pflicht der Dankbarkeit erfüllte. Die Befriedigung darüber, daß sie nützen konnte, war ihr Stolz.

Und Onkel Herbert war jetzt viel kränklich – was war da natürlicher, als daß ihn Rose bei der Führung der Bücher unterstützte und ihm alles Schwere abnahm. Sie verstand bald alles, also konnte er sie ruhig gewähren lassen. Daß Roses Zeit vom frühen Morgen bis späten Abend mehr wie ausgefüllt war – mein Gott –, sie hatte ja sonst weiter keine Pflichten, und daß sie sich nicht überarbeitete, davon zeugte doch ihr blühendes Aussehen. So dachte man über ihr Schaffen.

Tante Helene war sie auch eine unentbehrliche Stütze geworden, und sie stützten sich recht nachdrücklich darauf, ohne zu bedenken, wieviel Kraft sie dazu nötig hatte und ohne ihr ein Wort des Dankes zu sagen. Was sie selbst Gutes tun, sehen sie durch ein riesiges Vergrößerungsglas, und was andere ihnen Gutes tun, das betrachten sie umgekehrt durch ein solches Glas, so daß es viel kleiner erscheint. Innerlich näher waren ihr weder Onkel Herbert noch Tante Helene gekommen.

Hatte Rose jemals eine Mußestunde, so füllte sie dieselbe aus, indem sie sich in Lektüre über das Flugwesen vertiefte. Mit brennendem Interesse stand sie Hasso von Falkenrieds Beruf gegenüber und suchte sich einzuarbeiten in seinen Ideenkreis.

Da er auch zu Hause an Zeichnungen und Berechnungen arbeitete und niemand etwas in seinem Arbeitszimmer anrühren durfte, hatte sie es übernommen, dort Ordnung zu halten. Nur sie allein betrat außer Hasso dieses Zimmer, wenn er in Falkenried weilte. Und er hatte bemerkt, daß Rose die einzige war, die in Falkenried seinem Beruf einiges Verständnis entgegenbrachte. Größeres Interesse nötigte aber auch dieser Umstand Hasso für Rose nicht ab.

Keine Ahnung kam ihm, daß Rose den ganzen Liebesreichtum ihres vereinsamten Herzens auf ihn konzentrierte. Sie hatte sich gut in der Gewalt und verriet nicht mit einem Wimperzucken, was in ihrer Seele für ihn lebte. Zuweilen erwies er ihr wohl in seiner echt ritterlichen Art eine kleine Aufmerksamkeit. Aber das war alles.

Hasso brachte den Frauen kein Interesse entgegen und hatte keinen Sinn für Liebeleien und Galanterien. Am wenigsten hätte er für Rose etwas Derartiges übrig gehabt.

Rita war von der Pension her mit einer jungen österreichischen Aristokratin, der Baronesse Josepha von Hohenegg, befreundet. Im Frühsommer war die Baronesse zu Besuch in Falkenried gewesen. Damals war auch Hasso von Falkenried zu Hause gewesen und hatte die Freundin seiner Schwester kennengelernt.

Baronesse Josepha war ein schönes Geschöpf mit lokkigem Haar und schönen braunen Augen. Sie hatte ein reizendes Grübchen, wenn sie lachte – und sie lachte gern. Dazu »plauschte« sie in einem etwas wienerisch gefärbten Dialekt.

Und als Hasso dann heimgekommen war, hatte Rose das Herz ängstlich geklopft. In diese reizende junge

Dame mußte er sich ihrer Ansicht nach verlieben.

So beobachtete Rose mit ängstlichen Augen Hasso.

Zwar hegte sie nicht die leiseste Hoffnung, daß sich ihr Hassos Herz je in Liebe zuwenden könnte, ihre Liebe war wunschlos, aber sie zitterte doch vor dem Moment, wo er sein Herz einer anderen zuwenden würde. Auch Baronesse Josepha schien nicht sonderlich viel Gefallen an Hasso zu finden. Er war ihr viel zu ernst und zu still. Sie trieb lieber mit Rita tausend übermütige Tollheiten, und über Roses ernstes junges Gesicht huschte dann auch zuweilen ein Lächeln, wenn die jungen Damen ihr »Gaudi« trieben, wie die Baronesse das nannte. Ach, Rose hatte nie diese harmlos frohe Jugendlust kennengelernt. Aber sie fand es so schön und reizend, wie die beiden Freundinnen zusammenhielten und sich verstanden.

Als die Baronesse abreiste, mußte Rita der Freundin fest versprechen, im Spätherbst auf einige Wochen nach Wien zu kommen. Der Vater der Baronesse besaß in Kärnten das Stammgut seines Geschlechts, Hohenegg, und das kleinere, nahe dabei gelegene Villau. Den Winter verbrachte er aber meist mit seiner Familie in Wien, wo er eine vornehme, geräumige Villa besaß. Die Mutter der Baronesse hatte Rita brieflich herzlich eingeladen, und Ritas Eltern hatten gern zugesagt. Frau von Falkenried war froh, daß sie auf diese Weise einmal nicht mit Rita nach Berlin zu reisen brauchte. –

Hasso von Falkenried war nun heute nach Beendigung der Manöver in Falkenried zu einem längeren Urlaub eingetroffen. Bei diesem Manöver war zum erstenmal die von ihm erfundene Verbesserung an einem Aeroplan ausprobiert worden und hatte sich großartig bewährt. Hasso hatte nun vor, noch weiter an dieser Verbesserung zu arbeiten und die Ruhezeit zu nutzen, um seine Pläne reifen zu lassen.

Als Rose nun von der Meierei nach Hause kam und in

die große, behaglich und vornehm eingerichtete Vorhalle trat, wurde rechts eine Tür geöffnet und Hasso trat mit seinen raschen, elastischen Schritten heraus.

Als er Rose erblickte, trat er lächelnd mit ausgestreckter Hand auf sie zu. »Tag, Rose! Ich wußte doch, daß mir noch etwas fehlte in Falkenried. Aber wahrhaftig, nicht einmal gefragt habe ich nach dir. Die Eltern wollten allerlei erzählt haben. Wie geht es dir?«

Ihr Herz schlug so, daß es sie fast schmerzte. Aber sie war wohlgeübt in der Kunst, sich zu beherrschen. Und so erschien sie ganz ruhig und still. Nur ein etwas höheres Rot färbte ihre Wangen und wich dann einer auffallenden Blässe. Roses Augen hingen an der schlanken aufrechten Männergestalt. Sein Gesicht war fast bronzefarbig und zeigte feste, männliche Züge. Die hohe, heller gefärbte Stirn verriet Intelligenz und Geist, die stahlblauen Augen blickten klug und kühn und doch mit einem guten, warmen Ausdruck. Um den schmallippigen Mund lag ein Zug eiserner Energie. An diesem Gesicht war alles fest und hart, wie aus Stein gemeißelt, und wer einmal hineingesehen hatte, vergaß es so leicht nicht wieder. Es verriet, daß man einen Menschen vor sich hatte, dem man sein Interesse nicht versagen konnte.

Und diesen Mann liebte Rose von Lossow mit der ganzen Ausschließlichkeit ihres reichen, tiefen Herzens, liebte ihn still und wunschlos und mit der Gewißheit, daß er ihre Liebe nie erwidern würde. Aber dieser Liebe war auch ein strenger, mädchenhafter Stolz beigemischt, der ihr half, sich nie zu verraten und lächelnd zu resignieren.

»Guten Tag, Hasso! Ich danke dir, es geht mir gut. Dir hoffentlich auch?«

Es fiel Hasso zum ersten Male auf, wie angenehm diese Mädchenstimme klang. »Wo hast du denn gesteckt, Rose, daß ich dich jetzt erst sehe?«

»Ich war in der Meierei, hatte dort zu tun.«

»Und das war so eilig, daß du mich nicht erst begrüßen konntest bei meiner Ankunft?«

Sie mochte ihm nicht sagen, daß seine Mutter sie fortgeschickt hatte. »Ja, es war eilig, Hasso.«

»Du bist also noch immer das fleißige Hausmütterchen in Falkenried?« sagte er schon ein wenig mit seinen Gedanken fort von ihr.

»Es ist wenigstens mein innigstes Bestreben, Hasso, mich nach Kräften nützlich zu machen.«

Das sagte sie so ernst und schwer, daß er sie forschend betrachtete und seine Gedanken zu ihr zurückrief. »Ich glaube, das tust du mit jedem Atemzug. Meiner Mutter sparst du eine Haushälterin und meinem Vater einen Verwalter.«

»Das erstere vielleicht, eine Haushälterin erübrigt sich in Falkenried. Aber wir haben, wie du weißt, einen sehr tüchtigen Verwalter.«

»Gewiß, Colmar ist tüchtig, aber da mein Vater nur noch wenig leisten kann, müßte bei unsern ausgedehnten Besitzungen noch ein zweiter Verwalter tätig sein. Seit Hansen aber entlassen ist, hat man hier die Pflichten desselben dir aufgebürdet, das weiß ich wohl, trotzdem ich wenig zu Hause bin und mich nicht viel um die Wirtschaft kümmere, habe das auch, als ich Pfingsten hier war, meinem Vater gesagt. Aber er erwiderte mir, du habest selbst dringend darum gebeten, dir diese Arbeiten nicht wieder abzunehmen.«

»Ja, das habe ich getan.«

»Und warum?«

»Ich kann es ja schaffen und tue es gern.«

»Aber es muß dir zu schwer werden, Rose.«

»O nein, es ist mir nicht zu schwer. Ich bin jung, gesund und stark und bin glücklich, wenn meine Tage bis zum Rand mit Arbeit gefüllt sind. Dann weiß ich, daß ich in Falkenried nicht nutzlos das Gnadenbrot esse.«

Ihre ersten Worte hatten eine verwandte Saite in seinem Innern berührt, auch er liebte die Arbeit und war sich seiner Kraft bewußt. Aber ihre letzten Worte, die gegen ihre Gewohnheit mit einer gewissen leidenschaftlichen Heftigkeit hervorgestoßen wurden, ließen ihn erschrocken aufblicken.

»Rose!«

Sie zuckte zusammen, als er ihren Namen so erschrocken ausrief, und ließ ihre ausgestreckten Arme schnell herabsinken.

»Verzeih, Hasso, daß ich mich zu diesem Ausdruck hinreißen ließ. Du hast es mich gewiß nie fühlen lassen, daß ich nur aus Gnade und Barmherzigkeit in Falkenried geduldet wurde.«

»Hat dich das überhaupt jemand fühlen lassen, Rose? Waren meine Eltern und meine Schwester nicht gut zu dir?«

Sie strich sich hastig über die Stirn. Das goldblonde Haar umgab ihr im Schatten liegendes Gesicht wie ein flimmernder Heiligenschein.

»Doch, doch! Rita ist immer gut, sehr gut zu mir, und deinen Eltern bin ich so viel Dank schuldig. Das Gefühl, eine Schuld abtragen zu müssen, spornt mich immer wieder an, all meine Kräfte einzusetzen. Ich habe ja nichts, als diese Kräfte, womit ich es tun kann. So war mein unbedachter Ausruf vorhin gemeint. Ich bitte dich, ihn zu vergessen und mir darum nicht zu zürnen.«

Noch immer sah er sie forschend an. Es rührte ihn etwas in ihrer Art. Rasch faßte er mit warmem Griff ihre Hand. »So stolz bist du, Rose?«

»Nennst du das stolz?«

Er antwortete ihr nicht und sah sie an, als sähe er sie zum erstenmal.

»Ich weiß wenig von dir und deiner Wesensart. Ich gestehe zu meiner Schande, daß ich noch wenig über deine Stellung hier im Hause nachgedacht habe. Ich verstehe

15

dich. Und doch tut es mir sehr, sehr leid, daß du dich hier nicht heimisch fühlst, daß du das Empfinden hast, als müßtest du dir erst ein Heimatrecht verdienen. Meinen Eltern bist du längst unentbehrlich geworden, und Rita hat dich sehr lieb.«

Ihre Hand lag wie ein gefangener Vogel in der seinen. Seine Worte taten ihr wohl und weh zugleich. Sie mußte all ihre Kraft zusammennehmen, um ihre Ruhe nicht zu verlieren.

»Glaube doch nicht, daß ich mich beklagen will, Hasso. Aber wie ich nun einmal geartet bin, ist es mir eine Notwendigkeit, immer etwas zu tun, um diesen Dank abzutragen, sonst – sonst ertrüge ich diese Wohltaten nicht.«

Mit einem warmen Druck gab er ihre Hand frei.

»Wer hätte hinter der stillen, bescheidenen Rose diesen herben Stolz gesucht?«

»Es ist der Stolz der Armut, Hasso – Bettelstolz«, erwiderte sie mit einem bitteren Lächeln.

»Mir scheint, ich muß dich in Zukunft mit anderen Augen betrachten wie bisher.«

»Du wirst dazu auch in Zukunft wenig Zeit haben. Interessantes ist an mir auch nicht zu entdecken«, suchte sie zu scherzen.

»Nun, wer weiß. Ich habe ja jetzt einige Urlaubswochen vor mir.«

»Wirst du nicht arbeiten – an deiner neuen Erfindung?« fragte sie hastig.

Er sah sie überrascht an. Seine Augen blitzten scharf und forschend in die ihren. »Was weißt du davon?« fragte er fast schroff.

»Du sprachst mir einmal davon bei deinem letzten Hiersein. Ich sollte dein Zimmer stets abschließen und niemand eintreten lassen, weil du an Zeichnungen für eine neue Erfindung arbeitetest und diese nicht immer fortschließen konntest.«

»Ach so – ja, ich erinnere mich und soweit ich darf, will ich dich auch ins Vertrauen ziehen. Meine Erfindung, die hauptsächlich von größter Wichtigkeit im Falle eines Krieges ist, wird in aller Stille an allen Flugzeugen unserer Luftflotte angebracht werden. Aus gewissen Gründen soll sie nur dem Militärflugwesen zustatten kommen, sie muß streng geheim gehalten werden. Mehr darf ich dir darüber nicht sagen.«

»Darf ich dir Glück wünschen zu diesem Erfolg?«

»Das darfst du gewiß, Rose, und da ich noch an weiteren, geheimen Verbesserungen meiner Erfindung arbeiten will, bitte ich dich, auch jetzt während meines Aufenthaltes niemand mein Arbeitszimmer betreten zu lassen.«

»Darauf kannst du dich verlassen. Wir haben ja zwei Schlüssel zu deinem Zimmer, den einen benutzest du, den anderen ich, wenn ich bei dir Ordnung schaffen muß.«

»Ja, Rose – und ich danke dir für deine Bereitwilligkeit. Nun nehme ich deine Dienste auch noch in Anspruch. Aber ich kann mir nicht anders helfen.«

»Ich tue es so gern, und freue mich, wenn ich dir nützlich sein kann. Es muß herrlich sein für dich, daß du in deinem interessanten Beruf so Hervorragendes leisten kannst.«

»Wenn doch meine Eltern und Rita meinem Beruf auch so sympathisch gegenüberstehen wollten wie du. Sie haben so wenig Verständnis dafür, wollen es nicht haben.«

»Weil er ihnen für dich zu gefährlich erscheint. Sie bangen immer so sehr um dich, und wenn in den Zeitungen etwas von einem Fliegerunfall steht, dann sind sie immer ganz außer sich. Es fehlt ihnen an Zuversicht, daß du die Gefahren deines Berufes mit fester Hand und kaltblütiger Besonnenheit meistern wirst.«

»Du sprichst, als hättest du selbst diese Zuversicht, als

trautest du mir eine feste Hand und kaltblütige Besonnenheit zu?«

»Ja, das tue ich. Du bist geschaffen, ein Pionier dieses gefährlichen Berufes zu sein. Solche Männer wie du sind nötig, um den feindlichen Elementen abzuringen, was sie nicht freiwillig geben.«

»So eine gute Meinung hast du von mir?«

»Die beste und größte. Ich habe die feste Zuversicht, daß du alles kannst, was du willst, und daß du alle Gefahren siegreich bestehst.«

»Wahrlich, liebe Rose, deine Zuversicht ist mir eine Wohltat. Ich wollte, meine Eltern und Schwester dächten wie du. Vielleicht kannst du ihnen etwas von deiner Zuversicht einflößen.«

»Ich habe nur wenig Einfluß auf sie, Hasso, aber was ich tun kann, will ich gern tun, um ihnen ihre Angst zu nehmen.«

»Vielen Dank, Rose. Ich werde in Zukunft in dir eine Art Verbündete sehen. Schade – ich hätte gern noch über dies Thema mit dir geplaudert. Du scheinst über den Flugsport nachgedacht und dir ein klares Urteil darüber gebildet zu haben. Jedenfalls bist du hier die einzige, die ihm nicht ablehnend gegenübersteht.«

»Vielleicht weil ich viel darüber gelesen und mich damit so weit vertraut gemacht habe, wie das einem Laien möglich ist.«

»Du bereitest mir heute lauter Überraschungen, Rose. Nun, wir sprechen vielleicht noch darüber. Bei Tisch auf Wiedersehn!«

Damit trennte sich Hasso von Rose.

Sie ging in die Küche, die im Erdgeschoß lag, und erledigte dann vor Tisch noch allerlei. Mit einem gehobenen, freudigen Gefühl ging sie ihren Geschäften nach. Die Unterhaltung mit Hasso war ihr ein Ereignis von großer Bedeutung. So eingehend hatte er sich noch nie mit ihr beschäftigt, mit ihr noch nicht so viel über seinen

18

Beruf gesprochen.

Es machte sie ganz stolz und glücklich, daß er es getan hatte. Jedes seiner Worte bewahrte sie in ihrem Herzen. Sie würde keines davon vergessen.

Auch Hasso von Falkenried mußte, während er sich umkleidete, noch eine Weile über dies Gespräch nachdenken. Rose war ihm heute in einem ganz anderen Licht erschienen als bisher.

»Diese stille, bescheidene Geschöpf hat ja Eigenschaften, daß man staunen muß,« dachte er. »Sie ist ein famoser, verständiger Mensch. Und sie ist stolz. Es ist wirklich nicht recht, daß man sie hier im Hause noch immer wie eine Art Aschenbrödel betrachtet. Sie gibt entschieden mehr als sie nimmt.«

Sobald er sich umgekleidet hatte, verließ er seine Zimmer und begab sich hinunter in den Speisesaal, einen mit gediegener Pracht ausgestatteten Raum. Wunderschöne geschnitzte Möbel aus dunklem Eichenholz standen hier fest gefügt seit Jahrhunderten auf ihrem angestammten Platz. Hohe Holzpaneele zeigten gleich der Kassettendecke dasselbe alte, nachgedunkelte Holz, was den großen Raum warm und behaglich erscheinen ließ.

Hier fand Hasso bereits seine Angehörigen, die auf ihn warteten. Mit ihm zugleich trat Rose durch die gegenüberliegende Tür ein.

Gleich darauf wurde die Suppe aufgetragen. Während Hasso Rose gegenübersaß, nahm er sich vor, über sie gelegentlich mit seinen Eltern zu sprechen. Diesen Vorsatz führte er auch während seiner Urlaubszeit aus. Aber er fand zunächst sehr wenig Verständnis.

»Was willst du nur, Hasso? Rose wird doch von uns gehalten, als sei sie das Kind vom Hause. Du hast doch wirklich keine Veranlassung, uns da gewissermaßen einen Vorwurf zu machen«, sagte seine Mutter ein wenig gekränkt.

»Nein, Mama, so mußt du das nicht auffassen, ein Vorwurf soll das nicht sein. Ich meine nur, ihr müßtet Rose ein wenig mehr zeigen, daß sie es nicht nötig hat, dankbar zu sein. Im Grunde sind wir es doch, die einen Dank abzutragen haben an Rose.«

»Aber, Hasso, du stellst ja ganz sonderbare Behauptungen auf. Das heißt doch, die Dinge auf den Kopf stellen«, erwiderte ihm der Vater.

»Nein, nein, überlegt euch das nur einmal in Ruhe und bildet euch selbst ein klares Urteil über das, was Rose leistet – und was wir ihr dafür geben. Ihr werdet dann gleich mir auf das Resultat kommen, daß wir viel mehr Roses Schuldner sind als umgekehrt.«

Hier mischte sich Rita ins Gespräch. Sie sah den Bruder an.

»Du hast, glaube ich, recht, Hasso. Es ist mir nur noch nicht zum Bewußtsein gekommen, weil ich nie darüber nachgedacht habe.«

»Nun bitte ich euch, Kinder, was habt ihr nur? Können wir denn mehr für Rose tun, als wenn wir sie wie ein Kind halten?«

»Tust du das wirklich, Mama? Ich habe immer bemerkt, so oft ich zu Hause war, daß Rose stets abseits steht, daß wir ihr immer nur Pflichten aufbürden, ohne ihre Rechte anzuerkennen. Ihre Familienzugehörigkeit reicht kaum weiter, als daß sie mit an unserem Tisch ißt. Sie hat alle Pflichten einer Haushälterin und eines Verwalters zu erfüllen, leistet fast so viel wie sonst zwei Menschen und hat von früh bis spät nicht Rast noch Ruhe. Sie ersetzt uns zwei tüchtige Angestellte, ohne die Rechte zu genießen, die jedem Angestellten zukommen.«

»Aber ich bitte dich, Hasso, wir können Rose doch nicht etwa Gehalt zahlen und ihr in Zwischenräumen einen freien Sonntag geben. Dadurch stempelten wir sie ja direkt zur Dienerin«, sagte Herr von Falkenried ganz ärgerlich, vielleicht gerade weil er einsah, daß Hasso nicht ganz unrecht hatte.

»Oder vielleicht auch zu einem freien Menschen, Papa«, erwiderte Hasso ein wenig erregt; »sie hätte dann doch wenigstens den ihr zukommenden Lohn, den sie nicht als Gnadengeschenk ansehen müßte. Ich plädiere selbstverständlich nicht dafür, daß Rose ein Gehalt ausbezahlt bekommt. Das müßte sie kränken. Aber ich meine, ihr müßtet nicht all ihre Dienste so selbstverständlich hinnehmen, müßtet ihr zuweilen ein Wort der Anerkennung sagen. Das ist meine Ansicht.«

»Ja, Hasso, dieser Ansicht muß ich mich, nun ich mir das überlegt habe, unbedingt anschließen. Ich werde jedenfalls deine Mahnung beherzigen und versuchen, Rose in Zukunft noch schwesterlicher als bisher zu begegnen, Rose Wohltaten zu erweisen. Du hast mir die Augen geöffnet. Ich werde mich bemühen, gutzumachen, was ich bisher versäumt habe.«

»Bist ein Prachtmädelchen, meine kleine Rita.«

»Soll ich immer die kleine Rita bleiben, mein großer Bruder? Wenn ich mich auch mit deinem Gardemaß nicht messen kann, so bin ich doch für eine Frau ganz passabel.«

»Nun, sagen wir mittelgroß. Das ›klein‹ bezieht sich nur auf die Jahre.«

»O weh, Hasso! Mit meinen zweiundzwanzig Jahren, reichlich, bin ich doch schon beinahe ein spätes Mädchen.«

»Späte Mädchen stelle ich mir eigentlich anders vor. Und mit meinen dreißig Jahren habe ich die Berechtigung, dich meine kleine Schwester zu nennen.«

»Allerdings mein großer Bruder. So muß ich wohl in doppelter Beziehung zu dir sagen. Wenn du weiter solche Erfolge in deinem Beruf hast, wirst du noch ein berühmter Mann. Schade nur, daß du so ein gefährliches Arbeitsfeld erwählt hast.«

Hassos Vater richtete sich nun hastig auf. »Ja, Gott sei

es geklagt, ein sehr gefährliches Arbeitsfeld. Ich habe heute morgen in der Zeitung wieder von einem schweren Fliegerunfall gelesen.«

»Lieber Papa, wenn ihr alle euch nur einmal vor Augen halten wolltet, daß mein Beruf durchaus nicht gefährlicher ist als tausend andere. Das sieht für den Laien viel schlimmer aus, als es ist. Natürlich kostet er Opfer, weil viele im Falle einer Gefahr leicht den Kopf verlieren. Wenn ich nach deinem Wunsch Reiteroffizier geworden wäre, dann hätte ich ebensogut mit dem Pferde stürzen können, wie es mir mit dem Aeroplan passieren kann.«

Frau von Falkenried, die eine Weile über das nachgedacht hatte, was Hasso über Rose gesagt hatte, erhob sich. »Ich bitte euch, laßt das leidige Thema fallen. Darüber werden wir doch nie einer Meinung sein.«

Hasso küßte ihr verehrungsvoll die Hand.

»Du sollst dich so wenig sorgen wie Papa, liebe, teure Mama. Glaube mir, wenn ich einen Flug unternehme, lasse ich es nie an der nötigen Vorsicht und Besonnenheit fehlen. Denkt ihr denn, ich möchte mein Leben leichtsinnig aufs Spiel setzen? O nein, dazu habe ich es viel zu lieb und hoffe es auch noch recht nützlich verwenden zu können in der Ausübung meines Berufs.«

»Und was wird einmal mit Falkenried, wenn ich eines Tages meine Augen schließe?« fragte sein Vater ernst und nachdenklich.

»Hoffentlich bleibst du noch viele Jahre am Leben, mein lieber Vater. Aber solltest du uns eines Tages genommen werden, entziehe ich mich natürlich meinen Pflichten als Majoratsherr von Falkenried nicht.«

»Versprichst du mir, daß du dann deinen Abschied nimmst?«

»Ja, Papa, das verspreche ich dir. Ich bin doch ein Falkenried«, antwortete Hasso ernst.

Aber davon sprach er nicht, daß er, auch wenn er einmal seinen Abschied nahm und nach Falkenried über-

22

siedelte, seinen Beruf nicht ganz aufgeben würde. Er hatte sich schon vorgenommen, dann einen Flugplatz und eine Werkstätte in Falkenried anzulegen. Diesen Plan wollte er vorläufig für sich behalten, um unliebsamen Auseinandersetzungen aus dem Weg zu gehen.

Von Rose sprach man nicht mehr. Hasso wußte, daß seine Eltern sich seine Worte bedenken und dann nach ihrem Ermessen handeln würden. Und das geschah auch, wie er richtig vermutet hatte. Man kam Rose wärmer und herzlicher entgegen und sagte ihr zuweilen ein Wort der Anerkennung. Frau von Falkenried erhöhte Roses Taschengeld mit dem Bemerken, Rose möge sich doch etwas eleganter kleiden, damit sie nicht so sehr gegen Rita absteche.

»Man denkt ja sonst, wir halten dich wie ein Aschenbrödel, Rose«, sagte sie dabei.

Herr von Falkenried schenkte Rose das Reitpferd, das sie bei ihren Ritten über die Felder benutzte, und dazu ein neues Sattelzeug. Bisher hatte Rose einen abgelegten Sattel von Rita benutzt. Und er nannte sie scherzend seinen kleinen Minister des Äußeren und Inneren. –

Rita zeigte sich besonders herzlich gegen Rose. Gleich am folgenden Abend nach der Unterredung mit Hasso war sie in Roses Zimmer getreten, ehe sie schlafen ging. Rose saß noch über den Wirtschaftsbüchern und sah verwundert auf.

»Du bist noch wach, Rita?«

»Ja, Rose. Ich wollte dir, ehe ich schlafen gehe, eine Freude machen. Sieh, dies Armband mit den Saphiren und Perlen, das dir immer so gut gefiel, möchte ich dir schenken.«

Rose sah sie erstaunt und beklommen an. »Ich sagte dir allerdings einmal, daß ich dies Armband sehr schön finde. Aber wie könnte ich so ein kostbares Geschenk von dir annehmen? Darüber würde Tante Helene zanken.«

»Nein, nein, Mama erlaubt es, Rose.«

Nun stieg Rose das Blut in die Wangen, und ihre Augen bekamen einen stolzen, abwehrenden Ausdruck.

»Liebe Rita, bitte, sei mir nicht böse«, sagte sie hastig, »aber ich muß dies Geschenk zurückweisen, weil ich dir auf solch ein kostbares Geschenk die Revanche schuldig bleiben müßte.«

»Aber Rose, wer spricht von Revanche?«

Groß und ernst sah Rose in Ritas Augen.

»Ich, Rita. Sieh, ich muß schon ohnedies so viel Wohltaten von euch allen annehmen, daß ich nicht weiß, wie ich sie ertragen soll. Dies Geschenk von dir würde mich mehr niederdrücken als erfreuen.«

»Ich wollte dir zeigen, daß ich dich im Herzen wie eine liebe Schwester halte, und nun weisest du es zurück.«

Rose legte den Federhalter, mit dem sie Zahlen in das vor ihr liegende Buch eingetragen hatte, nieder und sah Rita freudig überrascht an.

»So hast du es gemeint?«

»Ja, Rose, weil ich dich lieb habe und dir eine Freude machen wollte. Sei doch lieb, nimm dies Geschenk von mir an, als Zeichen, daß auch du mich mit schwesterlicher Liebe in dein Herz geschlossen hast.«

Da zog Rose in überquellender Herzlichkeit das reizende, in ein duftiges Spitzengewand gekleidete Geschöpf in ihre Arme. »Liebe Rita, liebe gute Rita, du weißt ja nicht, wie lieb ich dich habe und wie froh ich bin, daß du mir so herzlich entgegenkommst. Das ist mir ein viel kostbareres Geschenk als dies Armband. Ich danke dir herzlich dafür, aber noch mehr dafür, daß du mir heute so entgegenkommst.«

»Habe ich das nicht schon immer getan?«

Ein wenig zögerte Rose mit der Antwort. Sie sah ernst in Ritas Augen. »Gut warst du immer zu mir, Rita, aber . . . «

»Sage nichts mehr – ich weiß schon, was du sagen willst – und ich schäme mich. Ja, ich schäme mich wirklich, weil ich so gedankenlos mich gar nicht ein bißchen in dich hineindachte. Nun soll das aber anders werden. Weißt du, wer mir die Augen geöffnet hat, mir und auch den Eltern?«

»Nein, Rita, das weiß ich nicht.«

»Hasso hat es getan.«

»Hasso?«

»Ja, er hat uns gesagt, daß wir dir nicht genug Liebe entgegenbringen oder sie dir wenigstens nicht genug zeigen, daß wir meinen, wir tun dir wunder wie viel Wohltaten, daß du in Falkenried sein darfst, und daß wir dabei gar nicht bedenken, was du alles für uns tust. Hasso hat recht. Sobald ich darüber nachdachte, wußte ich es. Und die Eltern wurden auch ganz nachdenklich. So, und nun laß mich dir das Armband umlegen als Zeichen meiner Besserung und meiner herzlichen Liebe.«

Rose saß reglos, und ihre Hand zitterte ein wenig, als ihr Rita das Armband befestigte.

Also Hasso dankte sie dies warme, herzliche Entgegenkommen? Er hatte ritterlich eine Lanze für sie gebrochen?

Das sah ihm ähnlich. Bei all seiner zielbewußten Männlichkeit, bei all seiner Energie hatte er immer ein warmes Herz gehabt für alles, was schwach und schutzbedürftig war. Ihre unvorsichtigen Worte am Tage seiner Ankunft hatten ihm verraten, daß sie litt und darbte. Wenn sie ihm nur hätte sagen dürfen, wie dankbar sie ihm war, daß er sich ihrer angenommen hatte. Aber das durfte sie nicht. Sie kannte ihn zu gut und wußte, daß ihr Dank ihm peinlich sein würde. Auch würde sie vielleicht dabei ihre Ruhe verlieren. Aber in ihrem tiefsten Herzen wollte sie diese Dankbarkeit verwahren gegen ihn, den sie mehr liebte, als ihr Leben. Sie tat Rita nun den Gefallen, sich über das hübsche Schmuckstück zu freuen,

25

obwohl ihr Herz nicht an solchem Tand hing. Dann huschte Rita davon, nachdem sie Rose noch einmal herzlich umarmt und geküßt hatte.

Seltsamerweise bedrückte sie Hasso gegenüber nicht das Gefühl der Dankbarkeit, im Gegenteil, es erhob sie und machte sie glücklich.

Und alles, was ihr nun in Zukunft von Hassos Angehörigen Gutes und Liebes geschah, setzte sie auf seine Rechnung und nahm es hin als ein Geschenk von ihm.

Sie sollte in Zukunft noch oft Gelegenheit haben zu spüren, daß seine Worte bei seinen Angehörigen nachwirkten. Man kam ihr jetzt entschieden wärmer und herzlicher entgegen. Sie suchten gutzumachen, was sie versäumt hatten.

Als Hasso nach Ablauf seines Urlaubs nach Berlin zurückkehrte, rüstete sich Rita auch zu ihrer Abreise nach Wien zum Besuch ihrer Freundin.

Mit Rose hatte Hasso während seines Aufenthaltes kaum noch allein gesprochen. Sie wechselten nur noch zuweilen einige Worte über seinen Beruf. Hasso war viel zu sehr von seinen Plänen und Arbeiten in Anspruch genommen, als daß Rose ein nachhaltiges Interesse bei ihm hätte erwecken können. Einem warmen, menschlichen Impuls gehorchend, hatte er getan, was er konnte, um ihre Lage zu verbessern.

Als er abreiste, verabschiedete er sich von Rose so herzlich wie von seinen Angehörigen. Mehr aber nicht. Als junges Weib kam sie gar nicht für ihn in Betracht. Und Rose war viel zu zurückhaltend, als daß ihm nur eine leise Ahnung hätte kommen können, was er ihr war. Sie wußte nach wie vor, daß ihre Liebe hoffnungslos war und wunschlos bleiben mußte, und sie hütete ihr Gefühl wie ein Heiligtum.

Hasso vertiefte sich, nach Berlin zurückgekehrt, gleich wieder in seine Pläne und Arbeiten. Er hatte den Kopf

26

voller Ideen, die nach Verwirklichung drängten. Dazu kamen bei dem klaren, schönen Herbstwetter fast täglich Flüge, auf denen er seine neue Erfindung mehr und mehr verbesserte.

Eines Tages besuchte ihn sein bester, intimster Freund, Hans von Axemberg.

Im Arbeitszimmer, das sehr zweckmäßig eingerichtet war, empfing er die wenigen Besuche, die er bekam, und die meist mit seinem Beruf im Zusammenhang standen. Sein Freund Hans von Axemberg hatte hier freien Eintritt und saß jetzt neben Hassos Schreibtisch, der durch Ausziehen einer großen Platte in einen Zeichentisch verwandelt werden konnte. Durch einen sinnreichen Mechanismus konnte diese Platte mit einem einzigen Druck auf einen Knopf in ein darunterliegendes Fach versenkt werden mit allem, was darauf stand. Dann konnte dies Fach verschlossen werden. War Hasso bei der Arbeit, wenn ein Besuch kam, dann genügte ein Druck auf den Mechanismus, und seine Zeichnungen und Entwürfe verschwanden. In nichts unterschied sich dann sein Schreibtisch von anderen Diplomatenschreibtischen, höchstens durch seine etwas ungewöhnliche Größe.

Auch wenn Hasso ausging wurde die Platte versenkt und verschlossen, denn niemand durfte einen Blick auf seine Zeichnungen werfen, auch sein bester Freund, Hans von Axemberg, nicht. Dieser war Oberleutnant in einem Garderegiment. Er interessierte sich jedoch außerordentlich für das Flugwesen, und so waren sie einander auch beruflich sehr nahe gekommen. Hans von Axemberg besaß keine hervorragenden geistigen Qualitäten, aber er war ein guter Soldat, ein frischer offener Mensch und ein tiefangelegter Charakter. Für Hasso hegte er eine an Bewunderung grenzende Verehrung, die er aber hinter allerlei Schnurren und Scherzen versteckte.

Sein hübsches, gebräuntes Soldatengesicht verriet Temperament, dem so leicht niemand widerstehen konnte. Scharfe Soldatenaugen blickten so ehrlich und vertrauenerweckend, daß man nur sympathisch berührt sein konnte.

»Hasso, ein wenig Ablenkung und Amüsement solltest du dir gönnen. Wenn ich denke, was dir alles im Kopfe herumgeht, dann wird mir ganz flau. Ich hätte dabei schon längst mein bißchen Verstand verloren.«

»Verleumde deinen Verstand nicht so lästerlich, Hans. Der geht so leicht nicht verloren, es müßte denn sein, er würde von deinem Herzen in die Flucht geschlagen.«

»Ich glaube an der Stelle, wo andere Leute das Herz haben, hast du einen Aeroplan sitzen. Deshalb bist du gegen alle weiblichen Reize so abgehärtet. Gott sei Dank. Denn wenn du darauf ausgingst, Eroberungen zu machen, heiliger Bimbam, das gäbe eine schöne Niederlage für unsereinen. Die entzückende Tochter meines gestrengen Herrn Oberst, die mein armes Herz für alle Zeit gefangen genommen hat, schwärmt mir ohnehin zuviel von deiner interessanten, imponierenden Persönlichkeit. Ich habe in ihren Augen nur einige Daseinsberechtigung, weil du mich deiner Freundschaft für wert hältst.«

Hasso schüttelte lächelnd den Kopf.

»Ich finde im Gegenteil, Ihr seid bei allen festlichen Veranstaltungen fast unzertrennlich.«

»Ja, ja, wir üben uns gegenseitig in der Strategie, denn wir stehen permanent auf Kriegsfuß miteinander. Aber sie ist mir über in der Strategie, ich kann es anfangen, wie ich will, immer bin ich der Unterliegende. Aber sie ist eben eine Soldatentochter und hat es wohl von ihrem Vater gelernt, Krieg zu führen. Wenn du ahntest, wie sie mich abkanzelt. Nächstens verliere ich vor Entzücken darüber den Kopf noch vollends.«

»Vor Entzücken darüber, daß sie dich abkanzelt?«

»Jawohl. Sie ist nämlich nie reizender, als wenn sie zornig ist, und deshalb reize ich sie immer wieder zum Zorn.«

»Nun, eines Tages wird sie doch kapitulieren. So ein Prachtmensch, wie du, muß doch siegen, auch über das sprödeste Mädchenherz.«

»Sicher ist jedenfalls, daß ich jedem kaltblütig den Hals umdrehe, der sich Rola von Steinberg nähert, wie ich es tue.«

»Dann ist es ja ein Glück für mich, daß ich nicht die Absicht hege, dir den Rang streitig zu machen.«

»Offen gestanden, Hasso, du bist der einzige, den ich als Rivalen fürchte, und deshalb sage ich dir lieber im voraus, was dir von mir droht, falls du mir ins Gehege kommen würdest.«

»Menschenfreundlicher junger Mann! Du meinst nun, ich fürchte mich vor dem Halsumdrehen?«

»Ich hoffe es wenigstens. Oder soll ich lieber deinen Großmut anrufen? Du wirst ja nicht ausgerechnet Rola von Steinberg erobern wollen?«

»Da kannst du ruhig schlafen, mein Junge. Ich habe weder Sinn noch Zeit für solche Eroberungsgelüste, und wenn Fräulein von Steinberg auch eine sehr reizende junge Dame ist – schon der Gedanke, daß du sie liebst, würde sie mir unantastbar machen.«

»Sei bedankt, mein Alter, nun bin ich ganz beruhigt.«

»Schön, und im Besitz deiner Seelenruhe setze ich dich jetzt kaltblütig vor die Tür. Ich habe noch dringend zu arbeiten.«

»Das nenne ich an die Luft befördern, und mir bleibt nichts übrig, als dir Adieu zu sagen. Aber heute abend sehen wir uns wieder bei der Generalin von Schlieven.«

»Ja, natürlich, da darf ich nicht fehlen. Das letzte Mal habe ich nämlich absagen müssen, was mir beinahe die Ungnade Ihrer Exzellenz zugezogen hat. Also auf Wiedersehen heute abend.«

Hasso vertiefte sich in seine Arbeit, nachdem er durch einen Druck auf den Mechanismus die Zeichenplatte wieder aus dem Fach emporgehoben hatte. Erst als es Zeit war, sich anzukleiden für die Festlichkeit bei der verwitweten Exzellenz von Schlieven, trat sein Diener ein und meldete ihm, daß sein Anzug bereitgelegt sei.

Er erhob sich, versenkte seine Zeichenplatte und schloß den Schreibtisch ab. Den kleinen Schlüsselbund steckte er sorgsam zu sich.

Eine Stunde später betrat er die im vornehmen Westen Berlins liegende Villa der Generalin von Schlieven. Diese machte ein großes Haus, weil die alte Dame selbst noch sehr lebenslustig war. In ihrem Hause sah man alles, was einigen Anspruch auf das Prädikat »interessant« hatte, aber nur allererste Gesellschaft. Der Ton in ihrem Hause war zwanglos, man langweilte sich nie.

Die ersten Menschen, denen er begegnete, waren Hans von Axemberg und Rola von Steinberg, die in einem der Vorzimmer einander gegenübersaßen und anscheinend schon wieder in ein Gefecht verwickelt waren.

Karola von Steinberg war wirklich eine reizende junge Dame mit einem mutwilligen Stupsnäschen, zierlich graziöser Gestalt und ganz eigenartig leuchtenden, grauen Augen. Sie war entschieden eine eigenartige, fesselnde Erscheinung, zumal sie sich nicht schablonenmäßig kleidete, sondern ihrer Kleidung immer eine besondere Note gab.

Hasso sah, daß die beiden jungen Menschen sehr in ihre anscheinend kriegerische Unterhaltung vertieft waren, und hütete sich, sie zu stören. Ohne Zögern suchte er die Herrin des Hauses auf, um sie zu begrüßen.

Ihre Exzellenz war elegant, vielleicht ein klein wenig zu jugendlich gekleidet, und reichte Hasso lebhaft die Hand zum Kuß. Sie hatte die Gabe, mit mehreren Menschen zugleich eine Unterhaltung führen zu können. Nach einer Weile hing sich Exzellenz von Schlieven in seinen Arm.

»Mein lieber Herr von Falkenried, zur Belohnung, daß Sie gekommen sind, will ich Sie jetzt einer jungen Dame vorstellen, deren Schönheit alle anderen Damen in den Schatten stellt. Ich bin doch begierig, ob ihre Unempfindlichkeit schönen Frauen gegenüber auch hier standhält.«

»Exzellenz machen mich sehr neugierig«, erwiderte Hasso lächelnd.

»Mokieren sie sich nur. Auch Ihre Stunde wird einmal schlagen, und gerade Männer Ihres Schlages, die sich nicht in allerlei Liebschaften verzetteln, werden in der Regel von den größten Leidenschaften gepackt, wenn sie einmal Feuer fangen. Wenn Sie aber beim Anblick der schönen Natascha von Kowalsky kaltbleiben, dann gebe ich Sie auf.«

»Der Name dieser jungen Dame klingt russisch?« fragte er.

»Jawohl, sie ist die Tochter des verstorbenen russischen Generals von Kowalsky und weilt seit kurzer Zeit mit ihrer Mutter in Berlin. Die Damen sind uns von der russischen Botschaft warm empfohlen. Außerdem sollen sie sehr reich sein und großen Grundbesitz in Südrußland haben. Sie wollen sich in Berlin dauernd niederlassen und haben die Absicht, sich eine geräumige Villa zu kaufen oder bauen zu lassen. Vorläufig wohnen sie in der bekannten, vornehmen Fremdenpension der verwitweten Majorin Kießling. So, mein lieber Herr von Falkenried, nun wissen Sie so ziemlich alles, was ich selber über dieses zauberhaft schöne Geschöpf weiß. Ich sage Ihnen aber: Sieh her und bleibe deiner Sinne Meister.«

»Ich bin auf alles gefaßt, Exzellenz haben mich ja gütigst auf die Gefahren vorbereitet, die mir drohen.«

Kaum hatte er jedoch diese Worte ausgesprochen, da sah er plötzlich in nächster Nähe eine junge Dame von geradezu sinnverwirrender Schönheit. Ein ihm bekannter Offizier führte sie am Arm. Die großen, machtvollen dunklen Augen trafen einen Moment in die seinen. Ein seltsames Gefühl, als setze sein Herzschlag aus unter diesem Blick, kam über ihn. Wie gebannt sah er auf die blendende, bezaubernde Erscheinung der schönen Fremden. Das weiße, leuchtende Antlitz mit den tiefroten Lippen war von üppigem, tiefschwarzem Haar umgeben, und um den schönen Mund spielte ein Lächeln von süßer, zauberischer Wirkung. Ihre schlanke, biegsame Gestalt war in eine kostbare und äußerst geschmackvolle Toilette gehüllt.

Sein Herz wurde bei ihrem Anblick von einer nie gekannten, süßschmerzlichen Unruhe erfüllt.

Wie ein lähmender Bann lag es plötzlich auf seiner Seele. Noch nie hatte eine Frau einen ähnlichen Eindruck auf ihn gemacht. Seine Schicksalsstunde hatte geschlagen. Auch er verfiel dem süßen Zauber einer Frau.

Die Generalin hatte befriedigt Hassos Betroffenheit beim Anblick der schönen Fremden beobachtet. Seine Augen ließen nicht von Natascha von Kowalsky. –

»Wer ist jener Herr mit dem charakteristischen, bartlosen Gesicht, der Ihre Exzellenz am Arm führt?« fragte sie in einem auffallend reinen und geläufigen Deutsch den Offizier, der sie führte.

»Das ist der bekannte geniale Fliegeroffizier Hasso von Falkenried, gnädiges Fräulein.«

In den dunklen Augen Nataschas sprühte es seltsam auf, aber nur wie ein flüchtiger Blitz, dann blickten ihre Augen wieder ruhig und verrieten kein sonderliches Interesse.

»Ich möchte ihn kennenlernen. Es macht mir Feude, bedeutende Männer kennenzulernen.«

»Wenn Sie gestatten, werde ich Ihnen Herrn von Falkenried vorstellen,« erwiderte der Offizier artig, wenn auch nicht sonderlich erbaut von Nataschas Interesse für den Fliegeroffizier.

Auf halbem Wege aber kam ihnen bereits Exzellenz Schlieven mit Hasso entgegen und übernahm die Vorstellung. Dabei senkte Natascha von Kowalsky einen so aufleuchtenden, strahlenden Blick in Hassos Augen, daß er wie verzaubert das schöne Mädchen anblickte. Sie schenkte ihm ein Lächeln, das ihm die Sinne noch mehr verwirrte. Was sie zu ihm sprach und was er ihr antwortete, das wußte er kaum. Er mußte sie nur ansehen und den Zauber ihrer Persönlichkeit auf sich wirken lassen.

Bald standen sich Natascha und Hasso eine Weile allein gegenüber. Ihre Blicke hingen ineinander. Sie lächelte unter Hassos bewundernden Augen wie verwirrt, was sie nur noch bezaubernder erscheinen ließ. Sie verriet durch ihr ganzes Verhalten, daß ihr Hasso einen ähnlichen Eindruck gemacht hatte wie sie ihm. Während sie nun konventionelle Worte tauschten, die ihre Blicke Lügen straften, trat eine ältere, sehr elegant gekleidete Dame an Nataschas Seite. Diese wandte sich nach ihr um. »Ah, Mama, du kommst gerade recht, eine sehr interessante Bekanntschaft zu machen. Exzellenz stellte mir Herrn von Falkenried vor als den kühnsten und genialsten Fliegeroffizier.« Lächelnd machte sie Hasso mit ihrer Mutter bekannt. Dabei tauschten jedoch die beiden Damen blitzartig einen Blick des Einverständnisses, den aber niemand bemerkte, am wenigsten der ganz unter dem Zauber von Nataschas Persönlichkeit stehende Hasso.

Er verneigte sich vor Frau von Kowalsky und wunderte sich nur, daß die ziemlich üppige Frau mit dem fast häßlichen, charakteristisch russischen Gesicht eine so schöne Tochter hatte. Auch fiel ihm auf, daß die beiden Damen ein außerordentlich reines Deutsch sprachen. Die Mutter wirkte entschieden weniger vornehm als die

Tochter. Ihre kleinen, schwarzen Augen hatten einen unangenehm scharfen, stechenden Blick und ihre große, zur Schau getragene Liebenswürdigkeit wirkte nicht selbstverständlich.

Aber Hasso hatte all seine Sinne nur bei Natascha und lauschte der weichen, schmeichelnden Mädchenstimme, die ihm zum Herzen drang.

Wie berauscht war er von dieser Begegnung, und als Natascha nach einer Weile von anderer Seite in Anspruch genommen wurde, starrte er ihr wie verzaubert nach.

Er merkte nicht, daß ihn Frau von Kowalsky unauffällig beobachtete.

Gleich darauf trat Hans von Axemberg an ihn heran.

»Guten Abend, Hasso. Du siehst und hörst ja nichts. Ich mache dir seit zehn Minuten allerhand Zeichen, um dich zu mir zu rufen. Aber vergeblich. Hat die schöne Natascha von Kowalsky einen so tiefen Eindruck auf dich gemacht?«

»Kennst du die junge Dame schon länger, Hans?«

»Ich lernte sie bei Steinbergs kennen, wo sie neulich mit ihrer Mutter eingeladen war.«

»Weißt du näheres über sie?«

»Nicht eben viel. Daß ihr Vater, ein russischer General, vor einigen Jahren verstorben ist, daß sie eine reiche Erbin sein soll, von der russischen Botschaft in unsere ersten Kreise lanziert worden ist und daß sie von allen männlichen Wesen umschwärmt wird wie der Honig von den Bienen. Ich gestehe, daß ich selten ein so schönes Weib gesehen habe, wenn sie auch nicht mein Geschmack ist. Du willst doch nicht etwa deine berüchtigte Zurückhaltung aufgeben und als Vasall zu den Füßen der schönen Russin knien?«

Hasso atmete tief auf. »Sie ist das schönste Weib, das ich je gesehen habe«, stieß er erregt hervor.

Hans sah ihn lachend an und rüttelte ihn am Arm.

»Sie kein Tor, Hasso, ein deutscher Offizier soll sein Herz nur einem deutschen Mädchen geben. Russinnen haben etwas Undefinierbares an sich, das sich nicht recht mit unseren Idealen verträgt. Auch unter dem verfeinertsten Luxus kommt gelegentlich etwas von der Barbarei zum Vorschein.«

»Rede doch keinen Unsinn, Hans«, stieß Hasso ärgerlich hervor.

Axemberg blickte forschend in sein erregt zuckendes Gesicht. Gutmütig legte er ihm die Hand auf den Arm.

»Ich scherze doch nur, mein Alter.«

»Verzeihe, Hans, aber ich bin wahrlich ein wenig aus dem Gleichgewicht durch die Begegnung mit diesem herrlichen Geschöpf.«

Axemberg gefiel es gar nicht, daß Natascha von Kowalsky einen so tiefen Eindruck auf den Freund gemacht hatte. Trotz ihrer Schönheit hatte ihm Natascha nicht sehr gefallen. Und noch weniger ihre Mutter.

»Komm mit hinüber zu Rola von Steinberg, Hasso. Du hast sie noch nicht begrüßt«, sagte er ablenkend.

Er ahnte jedoch nicht, mit welcher Wucht in dieser Stunde das Schicksal in das Leben des Freundes eingegriffen hatte, wußte nicht, daß die jäh erwachte Leidenschaft für die schöne Russin Hassos ganzes Sein durchdrang und ihm die klare Ruhe raubte. Sein bisher so kühles Herz hatte immer unter der Herrschaft seiner Vernunft gestanden. Jetzt war plötzlich alle Vernunft vergessen, die Leidenschaft allein kam noch zu ihrem Recht.

Wie im Traum folgte er Hans von Axemberg zu der Angebeteten seines Herzens. Rola von Steinberg sah ihnen lachend entgegen und zog das niedliche Stupsnäschen kraus.

»Ich habe meinen Freund Falkenried zur Stelle gebracht – ob mit oder ohne seinen Willen, ist doch gleich. Er ist da, und ich verlange meinen Lohn, den ich schon verdient habe wegen der großen Selbstverleugnung, Ihnen einen so hervorragenden Gesellschafter zur Stelle geschafft zu haben.«

»Welchen Lohn verlangen Sie denn für diese Heldentat?« spottete sie.

»Die Rose aus Ihrem Gürtel, mein gnädiges Fräulein.«

»Oh, Sie sind kühn!«

Rola von Steinberg sah Hasso später mit ernstem Gesicht nach. Ein leiser Seufzer entfloh ihren Lippen.

»Darf ich wissen, was Ihnen die gute Laune verdorben hat?«

»Ach, ich bin nur betrübt, daß es nicht mehr Männer gibt von der Art des Herrn von Falkenried«, sagte sie halb ernst halb scherzend.

Er sah sie vorwurfsvoll an.

»Das sollten Sie nicht sagen.«

Sie atmete tief auf.

»Er ist ein Mann – ein Held.«

Traurig sah er sie an.

»Sagen Sie mir, mein gnädiges Fräulein, bin ich Ihnen sehr widerwärtig?«

Sie machte eine zornig abwehrende Bewegung.

»Davon kann keine Rede sein. Aber Sie wissen doch, daß wir nie zusammenpassen würden.«

»Warum nicht? Ich finde im Gegenteil, daß wir uns ganz famos verstehen in den meisten Fällen.«

»Dabei zanken wir uns unausgesetzt.«

»Dabei unterhalten wir uns aber doch sehr gut. Und im Grunde sind wir doch gut Freund.«

»Gut Freund, jawohl, das lasse ich gelten, und so soll es bleiben. Herr von Axemberg, zerstören Sie doch nicht unsern Freundschaftsbund. Ich kann Sie mir nun einmal nicht als meinen Mann vorstellen.«

Die letzten Worte stieß sie heftig hervor.

Er wurde ein wenig blaß, und das tat ihr weh.

»Und warum können Sie das nicht?« fragte er leise.

36

»Weil – weil ich vor Ihnen gar keinen Respekt habe. Und ich brauche einen Mann, zu dem ich aufsehen, den ich bewundern kann, vor dessen Willen ich mich beugen muß, der mir in jeder Beziehung imponiert. Sie hätte ich in knapp vier Wochen total um den kleinen Finger gewickelt. Ich brauche eine eisenfeste Hand, die mich ganz fest am Zügel hält. Sie sind mir viel zu gutmütig.«

Er sah entzückt in ihr erregtes Gesichtchen. Trotzdem sie so deutlich abwinkte, fiel es ihm nicht ein, die Hoffnung aufzugeben.

»Warten Sie nur, diese Gutmütigkeit, die Sie so unausstehlich finden, gewöhne ich mir schon noch ab. Eines Tages werde ich mich zum wildwütenden Berserker ausgewachsen haben, und dann werde ich so unerhörte Taten vollbringen, daß Ihnen die Haare zu Berge stehen, was Sie selbstverständlich auch zum Entzücken kleiden wird.«

»Wie wollen Sie denn das anstellen?«

»Das weiß ich momentan leider noch nicht, aber es wird mir schon noch etwas einfallen.«

»Schön, und bis dahin bleiben wir gut Freund wie bisher, ja?«

»Ach, wenn es doch nur nicht so schauderhaft schwer wäre, Ihnen etwas abzuschlagen. Natürlich bleibe ich Ihr ergebenster treuer Freund. Eines Tages müssen Sie ja doch einsehen, daß die treueste Ergebenheit eines Menschen auch einen Wert hat.«

Rola sah zu Hasso von Falkenried hinüber. Der stand vor der schönen Russin und sah sie mit leuchtenden Augen an. Ein Schatten huschte über ihr Antlitz. War sie nicht eine Törin, daß sie ein treues Herz immer wieder von sich stieß? Hasso von Falkenried hatte ja doch keine Augen für sie.

Axemberg folgte ihrem Blick. Er wußte, daß Rola für Hasso schwärmte. Aber diese Jungmädchenschwärmerei für den kühnen, genialen Flieger erschien ihm ungefährlich, zumal er genau wußte, daß er ihn nicht als Nebenbuhler zu fürchten hatte.

»Vielleicht wird Ihnen aber die Zeit zu lang, bis ich das einsehe.«

»O nein, sehr lange kann es ja nicht mehr dauern«, antwortete er zuversichtlich.

»Sind Sie dessen so sicher?« fragte sie, schon wieder kampfbereit.

»Ganz sicher. Eine so tiefe, innige Liebe wie die meine muß eines Tages Gegenliebe erwecken.«

»So viel Zuversicht ist staunenswert.«

»Oh, sie kann Berge versetzen – warum soll sie nicht ein sprödes Mädchenherz besiegen?«

»Aber nun ernstlich – ein anderes Thema, Herr von Axemberg. Was meinen Sie, wollen wir uns eine Erfrischung servieren lassen?«

Er verneigte sich.

»Wie Sie befehlen. Aber erst müssen Sie mir meine Belohnung auszahlen, ich bitte um die Rose in ihrem Gürtel – nur als Freundschaftspfand.«

»Muß das sein?«

Er nickte heftig. »Ja, es muß sein.«

Wieder sah sie zu Hasso hinüber. Der neigte sich eben mit einem Ausdruck heißer Bewunderung über den Sessel Nataschas.

Da tastete Rola nach der Rose in ihrem Gürtel und reichte sie Axemberg.

Er küßte ihre Hand und die Rose zugleich.

Hasso von Falkenried wich an diesem Abend kaum noch von der Seite der schönen Russin. Sie hatte ihn vollständig bezaubert. Und scheinbar hatte auch er einen tiefen Eindruck auf sie gemacht, denn ihre Augen flammten zuweilen in die seinen, daß es wie ein Feuerstrom durch seine Adern rann. Freilich wandte sie jedesmal verwirrt und schamhaft die Augen ab, wenn er solch einen Blick von ihr aufgefangen hatte. Aber dies süße Spiel erregte ihn nur noch mehr.

Natascha von Kowalsky zeichnete Hasso ganz auffallend aus. Sie war sonst gegen alle Herren kühl und unnahbar, und nur für ihn hatte sie das sinnverwirrende Lächeln. Das bemerkte Hasso nur zu wohl, und es erfüllte ihn mit einem wahren Glücksrausch. Jedenfalls gelang Natascha, Hasso Falkenried vollständig in Fesseln zu schlagen. So gewaltig war das Gefühl, das so plötzlich in seiner Brust entfacht worden war, daß er alle Klarheit des Denkens verlor. Er konnte sich nicht mehr aus dem Bannkreis ihrer zauberischen Macht lösen.

Wie ein Träumender ging der sonst so kühle, zielbewußte Mann an diesem Abend nach Hause. Zum ersten Male gehörten seine Gedanken nicht seiner Arbeit, sondern sie irrten sehnsüchtig hinter der schönen Russin her. Immer wieder flüsterte er ihren Namen vor sich hin. »Natascha! Natascha!«

Natascha von Kowalsky hatte sich mit ihrer Mutter kurz vor Hassos Aufbruch aus der Schlievenschen Villa entfernt.

Ein elegantes Automobil nahm vor dem Portal die beiden Damen auf. Das Auto hatten sie vorläufig nur gemietet, aber bereits die Absicht ausgesprochen, ein solches nächstens zu kaufen, sie seien nur noch nicht entschlossen, für welche Marke sie sich entscheiden sollten. Und sobald sie eine eigene Villa bewohnen würden, wollten sie auch Pferde und Wagen von ihren russischen Gütern kommen lassen. Eine Weile saßen sie sich schweigend gegenüber und sahen sich bei dem Schein der vorübergleitenden Laternen ins Gesicht. Endlich neigte sich die Mutter vor und sah der Tochter scharf und forschend ins Gesicht.

»Nun?« fragte sie gespannt.

Natascha zog den eleganten Pelzmantel fröstelnd um sich zusammen. »Er ist es«, sagte sie leise.

»Nun – und? Wirst du Erfolg haben?«

Natascha richtete sich entschlossen auf, ihre Augen blitzten kühn und scharf.

»Ich muß – und ich will. Wir haben diesmal schon einen empfindlichen Fehlschlag zu verzeichnen. Wenn ich diesen Coup ausführen kann, ist alles andere wettgemacht. Deshalb gilt es hier, jede Chance klug zu nützen.«

»Es freut mich, daß du dir darüber klar bist«, erwiderte die ältere der beiden, die Natascha jetzt nicht »Mutter«, sondern »Olga« nannte.

»Zweifeltest du daran?« fragte Natascha spöttisch.

»Du sprichst dich nicht genügend über deine Pläne aus.«

»Weil ich das nicht liebe im voraus. Du brauchst nicht ängstlich zu sein, weil mir einmal etwas mißglückte. Du hast ja schon öfter Mißerfolge gehabt. Man ist nicht unfehlbar. Ich bitte dich, spiele du deine Rolle gut, und hilf mir nur, wenn ich dir Direktiven gebe.«

»Gut, gut – ich lasse dir freie Hand. Aber sei vorsichtig – hier hast du es mit keinem leichten Gegner zu tun. Und noch ein Fehlschlag könnte uns teuer zu stehen kommen.«

»Das weiß ich so gut wie du. Daß dieser Herr von Falkenried keine großen Schwierigkeiten machen wird, dafür laß mich sorgen.«

»Nun ja, er hat überraschend schnell Feuer gefangen. Aber trotzdem – ich habe seit dem letzten Fehlschlag an Sicherheit eingebüßt.«

»Wie kannst du so kleinmütig sein. Damit ist uns nicht geholfen.«

»Du hast recht. Also – auf gut Glück.«

Natascha nickte nur stumm und lehnte sich zurück in die Polster.

Sie schwiegen nun während der weiteren Fahrt, schwiegen auch dann noch, als sie in der Fremdenpension der Frau Major Kießling die teppichbelegte Treppe emporstiegen.

»Solange wir nicht unser eigenes Haus bewohnen, ist Dienerschaft nur lästig. Wir behelfen uns lieber mit dem Zimmermädchen«, hatte Frau General von Kowalsky zur Besitzerin der Pension geäußert.

Da die Damen sonst nicht knauserten und reichlich Trinkgelder zahlten, wurden sie auch gut bedient. –

Am nächsten Vormittag, zur Besuchsstunde, ließ sich Hasso von Falkenried der Frau Generalin von Kowalsky und ihrer Tochter melden. Er hatte kaum eine schickliche Zeit für seinen Besuch abzuwarten vermocht, zu dem er sich schon gestern abend von der Generalin die Erlaubnis erbeten hatte.

Er wurde in einen hübschen, eleganten Salon geführt.

In diesem Salon empfing ihn Natascha in einem langfließenden, etwas phantastischen weißen Kleid mit weiten, herabfallenden Ärmeln. Diese Ärmel fielen zurück, wenn sie die Hand hob. Die entzückende, feine Nackenlinie und den wundervollen Haaransatz ließ der schmale Ausschnitt frei. Keinerlei Schmuck beeinträchtigte die edlen Formen.

Mit einem holden Lächeln reichte sie Hasso die feine, schmale Hand. »Sie müssen einige Minuten mit meiner Gesellschaft allein fürliebnehmen, Herr von Falkenried. Mama hat einen wichtigen Brief an unsern Verwalter zu schreiben. Sie wird aber gleich hiersein«, sagte sie und schmiegte sich graziös in einen Sessel, während sie Hasso durch eine Handbewegung aufforderte, ihr gegenüber Platz zu nehmen.

Er hatte ihre Hand mit einer inbrünstigen Gebärde an die Lippen gezogen. In seinen sonst so klaren, ruhig blickenden Augen leuchtete das Entzücken an ihrer Schönheit, und er war von dem Wunsch beseelt, daß Nataschas Mutter noch recht lange an ihrem Brief zu schreiben hätte.

»Es macht mich sehr glücklich, daß Sie mir die Ehre erweisen, mich zu empfangen. Darf ich fragen, wie Ihnen das gestrige Fest bekommen ist?«

Natascha lächelte weich und träumerisch und sah ihn seltsam an. »Ich weiß nicht – ich glaube, nicht sonderlich gut. Denken Sie, ich konnte lange nicht einschlafen in dieser Nacht. Das kenne ich sonst gar nicht an mir. Ich mußte an allerlei denken, was ich mit Ihnen besprochen hatte. Es war ganz seltsam, ich hörte immer Ihre Stimme. Und als ich dann endlich einschlief, da habe ich auch noch von Ihnen geträumt.«

Er hätte zu ihren Füßen knien mögen, so reizend mädchenhaft erschien sie ihm. Es fiel ihm gar nicht auf, daß sie ihm ziemlich deutlich entgegenkam.

»Von mir, mein gnädiges Fräulein?« fragte er erregt.

»Ja – ich sah Sie im Traum auf einem Aeroplan durch die Lüfte fliegen und hatte eine furchtbare Angst, daß Sie abstürzen könnten. Das Gefühl würde ich auch in Wirklichkeit haben, wenn ich Sie in die Lüfte aufsteigen sähe. Ach, was haben Sie sich für einen gefährlichen, wenn auch interessanten Beruf erwählt. Ich interessiere mich ungemein dafür. Sie müssen mir sehr viel davon erzählen.«

Er atmete tief auf und sah ihr wie gebannt in die machtvollen dunklen Augen. »Das will ich sehr gern tun, aber ich fürchte, es wird Sie doch nur langweilen.«

»O nein – alles, was Sie mir sagen, ist mir sehr interessant. Aber – das dürfte ich Ihnen wohl eigentlich nicht sagen.«

Nataschas Gesicht drückte bei diesen Worten eine liebliche, bezaubernde Verwirrung aus. Sie sah ihn erst an und senkte dann wie in holder Scham vor seinem heißen Blick die Augen.

Er beugte sich vor. »Sie machen mich so glücklich durch Ihre Worte.«

Er sah, wie die feinen Spitzen am Halsausschnitt leise

zitterten, und merkte, daß sich ihre Brust wie unter einem beklommenen Seufzer hob.

»Sie wollen mir eine Beschämung ersparen, Herr von Falkenried. Aber ich weiß sehr wohl, daß ich zuweilen zu impulsiv bin. Wir sind ja erst seit kurzer Zeit in Deutschland.«

»Und doch sprechen Sie unsere Sprache so vollendet und fließend, als sei es Ihre Muttersprache.«

»Oh, ich hatte vorzügliche deutsche Lehrer, und ich liebe Deutschland sehr und werde nie mehr für die Dauer nach Rußland zurückgehen.«

»Ich hörte, Sie wollen hier in Berlin für immer Ihr Domizil aufschlagen?«

»Gewiß. Mama steht schon in Unterhandlung wegen Ankaufs einer Villa. Bisher fanden wir noch nichts Passendes. Deshalb müssen wir vorläufig noch hier bei Frau Major Kießling wohnen. Wenn man an viele große Räume gewöhnt ist, gefällt man sich in solcher Beschränkung nicht. Leider können wir hier nur immer eine kleine Anzahl Gäste bei uns sehen, aber ich hoffe, Sie werden immer unter dieser kleinen Anzahl sein.«

»Ich danke Ihnen, daß Sie dieser Hoffnung Worte geben«, sagte er innig.

»Ach, ich glaube, ich habe schon wieder etwas gesagt, was nicht sein durfte«, sagte sie erschrocken.

»Sie haben gewiß nichts Ungehöriges gesagt, mein gnädiges Fräulein, nur etwas, was mich sehr glücklich machte. Und dafür danke ich Ihnen innig.«

Sie machte eine abwehrende Geste, wobei der weite Ärmel von ihrem Unterarm zurückfiel.

»Wir wollen nun lieber von anderen Dingen reden. Erzählen Sie mir von Ihrem Beruf.«

Ihre Verwirrung erfüllte ihn mit süßer Hoffnung. Wie ein Rausch kam es über den sonst so besonnenen Mann. Er war so erregt, daß er nicht gleich sprechen konnte. Nur seine Augen ließ er sprechen, und die ihren gaben ihm Antwort. So wuchs ein Schweigen zwischen ihnen empor, das Hasso in Nataschas Bann zog.

Wie aus einem Traum erwachend, schrak Natascha empor, als die Tür geöffnet wurde und Frau von Kowalsky eintrat. Auch Hasso schrak zusammen und sprang auf, um die Generalin zu begrüßen.

Mit einigen liebenswürdigen Worten nötigte sie ihn, seinen Platz wieder einzunehmen. Hasso ahnte nicht, daß jedes Wort, jede Bewegung der beiden Frauen genau berechnet war, ahnte nicht, daß ihm die schöne Natascha ein Netz überwarf, um einen geheimen Zweck zu erreichen. Geschickt wußte sie es einzurichten, daß sie wieder auf Hassos Beruf zu sprechen kamen. Sie suchte allerlei aus ihm herauszulocken. Aber so besonnen blieb Hasso auch jetzt, daß er nicht ein Wort mehr darüber verriet, als alle Welt wissen durfte.

»Ist es wahr, was mir Exzellenz von Schlieven gestern abend erzählte, daß Sie eine große, epochemachende Erfindung gemacht haben, die für das Flugwesen sehr wichtig ist?«

Hasso wußte, daß in der Gesellschaft unklare Gerüchte über seine Erfindung umliefen. Natürlich waren ihm diese Gerüchte unangenehm. So fiel es ihm gar nicht auf, daß auch Natascha davon sprach.

»Es wird von einer Kleinigkeit viel zuviel Aufhebens gemacht, es lohnt nicht, davon zu sprechen«, sagte er ruhig ablenkend und ging auf ein anderes Thema über.

Die beiden Damen waren klug genug zu merken, daß er absichtlich abbrach. Sie gingen aber scheinbar unbefangen auf dies andere Thema ein.

Die Generalin forderte dann den jungen Mann liebenswürdig auf, am nächsten Tag den Tee bei ihnen zu nehmen in Gesellschaft von einigen anderen Herren und Damen.

Hasso sagte nur zu gern zu. Nachdem er der Generalin die Hand geküßt hatte, verneigte er sich mit einem aufleuchtenden Blick vor Natascha. Sie reichte ihm mit einem reizenden Lächeln die Hand, und er bemerkte beglückt, daß ihre Hand den warmen Druck der seinen ganz leise und zart zurückgab. Sie zog zwar gleich ihre Hand aus der seinen, schlug die Augen verwirrt nieder, aber gerade diese Verwirrung gab dem leisen Händedruck noch eine beglückendere Bedeutung für Hasso.

Er war viel zu gewöhnt, sich über sich selbst Rechenschaft zu geben, als daß er lange über seinen Zustand im Unklaren geblieben wäre. Offen gestand er sich ein, daß er Natascha von Kowalsky liebte. Und diese Liebe hatte mit solcher Heftigkeit und Ausschließlichkeit von ihm Besitz ergriffen, daß er kaum noch an etwas anderes denken konnte als an Natascha. Sie mußte seine Frau werden – und bald, damit er wieder fähig wurde, mit klarem Kopf an seine Arbeit zu gehen.

So begann er ganz offen, um ihre Gunst zu werben. Er machte keinen Hehl daraus, daß er die ernstersten Absichten hatte, und man redete in der Gesellschaft bereits über Hassos offensichtliche Bewerbung um die Hand der schönen Russin.

Er schickte ihr durch seinen Diener die herrlichsten Blumen. Riemer berichtete dann getreulich, das gnädige Fräulein habe sich sehr gefreut. Er war nämlich sehr zufrieden mit seinem Amt als Postillon d'amour, denn er erhielt sehr splendide Trinkgelder.

Natascha war stets auffallend freundlich zu Riemer, und er wäre für sie durchs Feuer gegangen. –

Einige Wochen waren so vergangen, seit Hasso Natascha von Kowalsky kennengelernt hatte, und diese Wochen hatten genügt, ihm die Überzeugung zu bringen, daß es ohne sie kein Glück für ihn in Zukunft gab. Jeder Tag, an dem er sie nicht sehen konnte, schien ihm verloren. Seine Sehnsucht nach ihrem Besitz wurde täglich größer, und Nataschas Verhalten berechtigte ihn zu den kühnsten Hoffnungen. Daß sie sich so außerordentlich für seinen Beruf interessierte, erschein ihm nur als eines der vielen Zeichen, daß auch sie ihn liebte. Wieder und wieder wußte sie es geschickt einzurichten, daß sie zuweilen für kurze Zeit allein blieben, wenn er sie besuchte. Wäre er weniger verliebt gewesen, hätte ihm ihre raffinierte Geschicklichkeit, solch ein Alleinsein herbeizuführen, zu denken geben müssen. Aber welcher Liebende sieht es mit kritischen Augen an, was die Geliebte tut, um mit ihm allein sein zu können.

Hassos Arbeit kam jetzt, da seine Seele in diesem leidenschaftlichen Aufruhr war, schlecht weg. Er konnte sich nicht sammeln zur Arbeit. Eines Tages befahl ihn Exzellenz von Bogendorf zu sich. Dieser hatte großes Interesse an Hassos Arbeiten. Exzellenz von Bogendorf wußte, daß Hasso noch an der Verbesserung seiner Pläne arbeitete, und wollte nun von ihm hören, wie weit seine Arbeit gediehen war.

Hasso mußte zugeben, daß er in den letzten Wochen aus privaten Gründen von seiner Arbeit abgelenkt worden sei, versprach aber nun, dieselbe so schnell als möglich zu beenden. Es handle sich nur noch um Kleinigkeiten. Exzellenz von Bogendorf entließ Hasso und bat ihn nochmals, sich tunlichst zu beeilen. Mit dem festen Vorsatz, eifrig an seine Arbeit zu gehen, suchte Hasso Natascha auf, um ihr zu verkünden, daß er am nächsten Tage darauf verzichten müsse, sie zu sehen, weil er eine notwendige Arbeit vorhabe, und als er sie verlassen hatte, sagte er sich energisch:

»Ich muß so schnell wie möglich ein Ende machen. Habe ich erst Nataschas Jawort, dann werde ich ruhiger werden und wieder mit klarem Kopf an meine Arbeit gehen können.«

Am nächsten Tage blieb er tatsächlich daheim und vertiefte sich in seine Arbeit. Riemer hatte auch den Befehl erhalten, keinen Besuch vorzulassen, selbst Herrn von Axemberg nicht, der in diesen Tagen von seinem

Urlaub zurückerwartet wurde. Und so ging er mit Eifer an seine Arbeit. Freilich gaukelte zwischen Zahlen und Zeichnungen immer wieder verführerisch und lockend Nataschas Köpfchen wie eine süße Verheißung, aber er biß die Zähne zusammen und blieb fest.

Während er nun bei seiner Arbeit saß, in eine schwierige Berechnung vertieft, schlug draußen die Flurklingel an.

Riemer ging, um zu öffnen und verhandelte sehr lebhaft mit dem Einlaßbegehrenden. Nach einer Weile trat er zögernd ins Zimmer.

»Herr Oberleutnant verzeihen, aber die Damen wollen sich nicht abweisen lassen.«

Hasso wandte sich um.

»Welche Damen?«

»Frau Generalin von Kowalsky und das gnädige Fräuleich Tochter. Die Damen lassen dem Herrn Oberleutnant sagen, sie kämen in einer Wohltätigkeitsangelegenheit und möchten doch sehr um Einlaß bitten. Sie würden die Zeit des Herrn Oberleutnant nur einige Minuten in Anspruch nehmen.«

Hasso war aufgesprungen. »Natürlich eintreten lassen, Riemer, lassen Sie die Damen doch nicht draußen warten.«

»Ich dachte nur – weil doch der Herr Oberleutnant befohlen haben, niemand einzulassen.«

»Ja, ja – aber das ist natürlich ein Ausnahmefall, schnell, lassen sie die Damen eintreten.«

Riemer verschwand. Sein Herz klopfte zum Zerspringen. Sicher hatte Natascha die gleiche Sehnsucht nach ihm gehabt wie er nach ihr und benutzte nun ihr Wohltätigkeitsamt, um ihn zu sehen. In der Erregung vergaß er, was ihm sonst zur zweiten Natur geworden war, sobald er Besuch empfing: seine Zeichenplatte zu versenken.

Erst als die Damen schon eingetreten waren und er sie glückstrahlend begrüßt hatte, trat er an seinen Schreib-

47

tisch heran, drückte auf den Knopf und versenkte die Platte mit seiner Arbeit.

Er ahnte nicht, daß Natascha mit scharfen Augen jede seiner Bewegungen verfolgte. Ihre Augen hafteten auf dem kleinen Knopf, der den Mechanismus in Gang setzte, und sie sah auch, daß Hasso, einer Gewohnheit folgend, den Schlüssel herumdrehte, jedoch den Schlüssel steckenließ.

Dabei plauderte Natascha scheinbar ganz unbefangen.

»Sie dürfen nicht böse sein, Herr von Falkenried, daß wir Sie stören.«

Er wandte sich rasch wieder um und schob den Damen zwei Sessel zu. »Böse sein? Kann man böse sein, wenn die strahlende Sonne ins Zimmer dringt? Ich hätte mir dies Glück allerdings bestimmt nicht träumen lassen.«

»Ihr Diener wollte uns nicht einlassen, und es kostete mich viel Mühe, ihn zu bewegen, wenigstens anzufragen.«

»Ich hatte ihm allerdings Befehl gegeben, niemand vorzulassen. An einen Besuch von Ihnen, meine verehrten Damen, hatte ich da allerdings nicht gedacht. Ich werde jedoch meinem Diener Befehl geben, Sie in Zukunft jederzeit einzulassen«, sagte er halb ernst, halb scherzend.

»Ja, das tun Sie nur gleich, Herr von Falkenried, das müssen Sie mir versprechen. Es könnte ja sein, ich müßte wieder einmal mit einer Sammelliste herumziehen, und dabei rechne ich sehr stark auf Ihre Beteiligung. Rufen Sie schnell Ihren Diener, und sagen Sie ihm, daß wir immer Eintritt haben, unter allen Umständen.« Das stieß sie wie im kindlichen Eifer hervor. Lächelnd tat er ihr den Willen, ohne seine entzückten Blicke von ihr zu wenden.

Als es geschehen war, lachte Natascha wie ein glückliches Kind.

»So, nun ist dieser Cerberbus unschädlich gemacht. Und nun kann ich Sie mit hundert Sammellisten überfallen, wenn ich will. Haben Sie große Angst?«

»Ganz gewiß nicht.«

Nun nahm Nataschas Mutter das Wort. »Sie müssen diesen Überfall entschuldigen, Herr von Falkenried. Aber Natascha bestand darauf, auch Ihnen die Liste vorzulegen. Sie will natürlich an Exzellenz von Schlieven eine recht große Summe abliefern.«

»Natürlich! Mama wollte gar nicht mit mir zu Ihnen gehen. Sie meinte, Damen dürften unverheirateten Herren keine Besuche machen. Solche kleinlichen Bedenken müssen doch bei Werken der Nächstenliebe ausschalten. Mama ist ja als Gardedame dabei. Sie ist in Etikettefragen überängstlich. Ich habe aber meinen Kopf durchgesetzt. Hier ist die Liste. Sehen Sie nur, was schon alles darauf verzeichnet ist. War ich nicht fleißig?«

Er sah gar nicht auf die Liste herab, nur in ihre Augen, und zeichnete dann flüchtig eine bedeutende Summe. Daß ihm Natascha schon gestern in ihrer Wohnung die Liste hätte vorlegen können, dachte er sich wohl. Aber er war glücklich, daß sie es nicht getan hatte. Es war ihm ihr Besuch ein Beweis, daß sie sich nach ihm gesehnt hatte, wie er nach ihr.

Als er die Liste zurückreichte, berührte ihre Hand die seine. Das ging ihm wie ein Feuerstrom durch den Körper.

»Sicher halten wir Sie durch unsern Besuch von einer ernsten Arbeit ab, Herr von Falkenried«, sagte Frau von Kowalsky entschuldigend.

»Es ist mir eine Ehre und ein Vergnügen, Sie empfangen zu dürfen. Sie müssen nur verzeihen, daß ich Sie in meinem Arbeitszimmer empfange.«

Natascha sah sich scheinbar mit der lächelnden Neugier eines Kindes um, und doch entging dabei ihren Augen nicht das Geringste. Am meisten interessierte sie

Hassos Schreibtisch.

»Also hier in diesem Raum werden all die kühnen und genialen Ideen ausgearbeitet, als deren Urheber Sie mir bezeichnet wurden?« fragte sie schelmisch, ihn voll Bewunderung ansehend.

»Man macht zuviel Aufhebens von einigen Zufälligkeiten«, wehrte er bescheiden ab.

»So bescheiden, Herr von Falkenried?«

Hasso fand ihren kindlichen Eifer entzückend. Trotzdem Natascha zugegeben vierundzwanzig Jahre zählte, konnte sie, wenn sie wollte, wie ein achtzehnjähriges Mädchen wirken.

Aber Hasso fand alles an ihr entzückend. Er konnte seine Augen nicht von ihr lassen. Ihr schönes, lebensprühendes Gesicht, das unter dem eleganten Pelzhütchen mit dem kostbaren Reiherstutz besonders reizend wirkte, war leicht gerötet. Hasso sah wie hypnotisiert auf das graziöse Spiel der schlanken Hände. Er hätte sie so gern wieder und wieder mit Küssen bedeckt.

Natascha mußte seine Frau werden, wenn er seine Ruhe wiederfinden sollte. Er nahm sich fest vor, gleich in den nächsten Tagen einen kurzen Urlaub zu nehmen, um nach Falkenried zu fahren und seinen Eltern seinen Entschluß mitzuteilen, Natascha von Kowalsky zu seiner Frau zu machen, denn ohne mit seinen Eltern darüber gesprochen zu haben, wollte er sich doch nicht verloben.

Frau von Kowalsky erhob sich nun nach einem verständigenden Blick mit ihrer Tochter. »Der Zweck unseres Besuches ist nun erfüllt, Herr von Falkenried. Komm, Natascha, wir wollen nicht länger aufhalten«, sagte sie würdevoll.

Natascha erhob sich sofort. Während Hasso sich von ihrer Mutter verabschiedete, gelang es ihr, in die Nähe des Schreibtisches zu kommen und noch einen schnellen, forschenden Blick auf den kleinen, etwas hervorstehenden Knopf an der Seite zu werfen, den Hasso vorhin, als sie ins Zimmer trat, berührt hatte, worauf die Zeichenplatte so schnell verschwand. Auch das kleine Schlüsselbund streifte ihr Blick. Im ganzen waren fünf Schlüssel an dem kleinen Ring befestigt.

Frau von Kowalsky verließ nun schnell das Zimmer, während Natascha nur zögernd mit einem Seufzer folgte.

Hastig faßte er nach ihrer Hand und preßte seine heißen Lippen darauf. Ihre kleine Hand erwiderte seinen Druck ganz deutlich.

Mit einem aufleuchtenden, zärtlichen Blick dankte er ihr dafür.

Riemer stand dienstbeflissen draußen an der Tür. Frau von Kowalsky hatte ihm bereits ein Geldstück in die Hand gedrückt. Er wünschte sich und seinem Herrn recht oft so angenehmen Besuch. Und Natascha schenkte Riemer außerdem noch ein sehr freundliches Lächeln. »Ich werde nicht wieder ausgesperrt, wenn ich hier Einlaß begehre«, sagte sie übermütig zu Riemer, der die Hacken zusammenklappte.

Als die Damen sich entfernt hatten, trat Hasso wieder in sein Arbeitszimmer. Mit tiefen Zügen atmete er den leisen, feinen Duft ein, der von Nataschas Erscheinung wie ein Hauch des Erinnerns zurückgeblieben war. Dann trat er rasch an das Fenster.

Hinter dem Store verborgen, sah er hinab auf die stille, vornehme Straße. Vor der Tür hielt das elegante Auto der Damen, die eben einstiegen.

»Natascha! Holde angebetete Natascha«, flüsterte er und schloß die Augen, als wollte er nichts mehr sehen, nun sie seinen Blicken entschwunden war.

Es war in den ersten Tagen des Dezembers, als Hasso sich für zwei Tage Urlaub nahm, um nach Falkenried zu reisen.

51

Am Tag vorher hatte er die Damen Kowalsky nochmals besucht. Und beim Abschied wußte es Natascha einzurichten, daß sie einige Minuten allein blieben.

Dieses Alleinsein begrüßte Hasso mit Freude. Mit einem innigen, bedeutungsvollen Blick in ihre Augen sagte er leise: »Wenn ich von Falkenried zurückkomme, dann möchte ich Ihnen eine Frage vorlegen, von deren Beantwortung mein ganzes Lebensglück abhängt.«

»Ich wünsche Ihnen glückliche Reise, Herr von Falkenried, und hoffe, Sie bald, recht bald wiederzusehen.«

Voll froher Hoffnung und Zuversicht trat er seine Reise an. Er hatte seinen Eltern seine Ankunft telegraphisch gemeldet, und wie er erwartet hatte, holte ihn sein Vater am Bahnhof ab.

Heute stand Rose von Lossow neben seiner Mutter in der Halle, um ihn zu begrüßen. Rita war schon seit Ende Oktober in Wien. Vor Weihnachten wollte sie keinesfalls nach Hause kommen.

Rose hatte mit heißer Freude von seinem Kommen gehört. Daß sie ihn nur wiedersehen durfte, machte sie schon glücklich.

Aber die Augen der Liebe sehen scharf. Schon bei der ersten Begrüßung fiel es Rose auf, daß in seinen Augen jetzt ein anderer Ausdruck lag als zuvor. Etwas in seinem ganzen Wesen erschien ihr verändert. Er gab sich wärmer und lebhafter, und auf seinem Antlitz lag ein Widerschein des Glückes, das in seiner Seele lebte.

»Du kommst so überraschend, Hasso, und nur für so kurze Zeit. Ist etwas Besonderes geschehen?« fragte seine Mutter.

»Du sollst gleich alles hören, Mama. Ich habe Papa schon um Geduld gebeten, bis ich gleich mit euch beiden zusammen sprechen kann. Rita ist noch in Wien, nicht wahr?«

»Ja, sie hat sehr liebenswürdige Aufnahme gefunden in der Familie des Baron Hohenegg, und man scheint sie sehr zu verwöhnen.«

»Rita ist doch ein reizendes Geschöpf, das muß ich sogar als ihr Bruder feststellen.« Und dann sagte er auch Rose einige scherzende Worte. Sie zog sich sogleich zurück, Geschäfte vorschützend. Feinfühlig wie immer merkte sie, daß Hasso mit seinen Eltern allein sprechen wollte. Dabei hatte sie ein seltsam schweres Gefühl in den Gliedern, und ihr Herz klopfte dumpf und schwer, als fühle es im voraus den Schlag, der ihr drohte. Müde, wie nach schwerer Arbeit, ließ sie sich an ihrem Schreibtisch nieder. Darauf lag eine Tabelle, was für das Weihnachtsfest zur Bescherung der Dienerschaft alles besorgt werden mußte. Tante Helene hatte ihr gesagt, sie solle in der nächsten Zeit mit ihr auf einige Tage nach Berlin reisen.

»Wir wollen Weihnachtseinkäufe machen, Rose, und dabei sollst du dich einmal ein paar Tage in Berlin amüsieren. Hasso muß uns herumführen.« Rose freute sich unsagbar darauf, weil sie auf ein Zusammensein mit Hasso hoffen durfte. An Vergnügungen lag ihr nicht viel. Höchstens freute sie sich noch auf den Besuch einiger Theater. Doch das kam erst in zweiter Linie.

Und nun war er ganz plötzlich nach Falkenried gekommen. Sie sah ihn eher wieder, als sie gehofft hatte. Aber es war ihr bang zumute, seit sie ihn begrüßt hatte, als müsse sein Kommen ein Unheil für sie bedeuten.

Sie atmete beklommen und sah über die Tabelle hinweg ins Weite. »Er sah aus, als ob das Glück neben ihm gehe«, sagte sie leise und tonlos vor sich hin.

Der Instinkt der Liebe zeigte ihr die Gefahr für ihren Seelenfrieden. Und Angst, eine unsinnige Angst krampfte ihr das Herz zusammen. Sie konnte nicht loskommen von den Gedanken an seine glücklich leuchtenden Augen. Was hatte Hasso jetzt seinen Eltern zu sagen? Weshalb kam er nur auf einen Tag nach Falkenried?

Die Zeit bis zur Mittagstafel verging ihr mit bleierner Langsamkeit. Aber endlich verriet ihr ein Blick auf die Uhr, daß es Zeit war, hinabzugehen.

Sie trat vor den Spiegel, um ihre Kleidung zu ordnen. Sie sah lieb und mädchenhaft in diesem schlichten Kleid aus.

Rose aber war mit dem reizenden Spiegelbild nicht zufrieden. Sie hatte eine sehr geringe Meinung von ihren Reizen. Er sah ja sicher in Berlin eine Menge schöner Frauen, neben denen die schlichte, unscheinbare Rose von Lossow verblassen mußte.

Hasso war mit seinen Eltern in das Wohnzimmer gegangen.

Dort hatte er nicht lange gezögert, den Eltern zu eröffnen, was ihn zu so ungewohnter Zeit heimgetrieben hatte. Er schilderte ihnen natürlich in den leuchtendsten Farben das Mädchen seiner Wahl, sagte ihnen, daß er sie liebte mit der ganzen Innigkeit seines Herzens und daß er gleich nach seiner Rückkehr nach Berlin um ihre Hand anhalte.

Herr und Frau von Falkenried hörten ihm mit gemischten Gefühlen zu. Daß Hasso heiraten wollte, gefiel ihnen wohl. Aber daß Hasso eine Russin heimführen wollte, entsprach so gar nicht ihren Wünschen.

»Deutsches Blut verträgt sich nicht mit fremdem Blut, mein Sohn«, sagte der Vater mahnend und warnend.

Aber Hasso betonte immer wieder, daß er Natascha grenzenlos liebe und nur in ihrem Besitz glücklich sein könne. Um die Eltern gefügig zu machen, hob er auch hervor, daß Natascha eine reiche Erbin sei und daß ihre Mutter große Besitzungen in Rußland habe. Kurzum, er zeichnete ihr Bild so vorteilhaft wie möglich und bat nochmals in herzlichen Worten, ihm nicht in kleinlichen Bedenken diese Angelegenheit unnötig schwerzumachen.

»Ich kann ohne Natascha nicht glücklich sein, liebe Eltern, und ihr wollt doch sicher das Glück eures Sohnes.«

Sicher galt seinen Eltern sein Glück höher als ihre Bedenken. Es gab ja anscheinend gegen Natascha von Kowalsky nichts einzuwenden, als daß sie Russin war.

»Natascha wird euch sicher gefallen, und ihr werdet gar nicht mehr daran denken, daß sie eine Ausländerin ist, wenn ihr sie nur seht. Sie liebt Deutschland, spricht unsere Sprache so fließend und rein, wie wir selbst. Bitte, gebt mir eure Einwilligung, und bringt mich nicht in einen seelischen Konflikt. Ich kann von Natascha nicht mehr lassen.«

Sie mußten ihre Einwilligung geben, wenn es auch nicht leichten Herzens geschah.

Nach dieser Unterredung hatte sich Hasso von seinen Eltern getrennt, um sich für die Mittagstafel bereit zu machen. Er betrat kurz nach Rose das Speisezimmer. Rose stand an der Kredenz und ordnete Früchte auf einer Schale.

Mit freudig erregtem Gesicht trat Hasso auf sie zu und faßte ihre Hand.

»Liebe Rose, damit du siehst, daß ich dir den Platz einer Schwester eingeräumt habe und dich in jeder Beziehung als zu uns gehörig betrachte, will ich dir kein Geheimnis daraus machen, was mich jetzt nach Hause geführt hat. Ich bin heimgekommen, um von meinen Eltern die Einwilligung zu meiner Verbindung mit einer jungen Dame zu erbitten, deren Liebe ich sicher bin. Sobald ich nach Berlin zurückkomme, werde ich mich verloben. Ich hoffe, du nimmst teil an meinem Glück wie eine gute, liebe Schwester.«

Rose wußte später nie mehr zu sagen, wie es ihr möglich gewesen war, diesen vernichtenden Schlag mit äußerlicher Ruhe und Fassung zu ertragen. Sie mußte alle Kraft zusammennehmen, um stark zu bleiben und sich nicht zu verraten. Bleich wurde sie allerdings – sehr bleich –, das konnte sie bei aller Selbstbeherrschung nicht verhindern.

Und Rose brachte es fertig, zu lächeln mit einem todwunden Herzen – aber sie lächelte. Und ihre Lippen formten Worte. Das war sie gar nicht selbst, die hier stand und einen Glückwunsch hervorbrachte, das war nur ein seelenloser Automat.

Es war ihr zumute – als sei sie gestorben.

»Gott schenke dir Glück, Hasso, ein reiches, volles Glück«, sagte sie und drückte ihm die Hand.

Ihre Worte bewegten ihn seltsam. Ihm war, als sei ihm an Roses Glückwunsch viel mehr gelegen als an allen anderen. Er wußte selbst nicht, was er vermißte an ihren Worten. Das Starre, Seelenlose in ihrem Wesen erschien ihm wie Gleichgültigkeit.

Mit einem unklaren, unzufriedenen Blick sah er hinter ihr her, als sie die Obstschale auf den Tisch stellte, so, als sei nichts geschehen. Nur sie allein wußte, was ihr diese Ruhe kostete.

»Freust du dich gar nicht ein wenig, Rose?«

Sie nahm all ihre Kraft zusammen und trat noch einmal vor ihn hin. Mit einem Lächeln, das ihn seltsam berührte, reichte sie ihm die Hand.

»Ich kann nicht so offen zeigen, wenn mir etwas das Herz bewegt. Aber du darfst sicher sein, Hasso, daß ich dir aus meinem tiefsten Herzen heraus alles Glück der Welt wünsche«, sagte sie leise.

Da war er erst so recht zufrieden.

»Du bist doch ein sonderbares Geschöpf, Rose. Manchmal könnte man denken, du seiest kalt und teilnahmslos.«

Wenn sie noch ein Wort hätte sprechen müssen, es hätte sich wie ein Aufschrei aus ihrer gemarterten Seele gerungen. Sie atmete auf, als Hassos Eltern jetzt eintraten und seine Aufmerksamkeit von ihr ablenkten.

Still saß sie ihm dann bei Tisch gegenüber und rang nach Kraft und Fassung. Wohl hatte sie sich nie die leise-

56

ste Hoffnung gemacht, daß Hasso eines Tages ihre Liebe erwidern könne, hatte sich so oft gesagt, daß der Tag kommen würde, wo er sein Herz einer andern schenken würde. Und daß es so furchtbar, so namenlos weh tun würde, hatte sie nicht geahnt. Ach, wie sie jene andere glühend beneidete, wie wilde Eifersucht an ihrem Herzen nagte!

Und bei alledem mußte sie sprechen, mußte mechanisch allerlei Dinge tun, die sie auch sonst zu tun hatte, aß sogar einige Bissen, obwohl sie ihr im Munde quollen. Sie sprach und lächelte auch wie sonst – aber sie tat alles wie ein Automat, wie ein Mensch, dessen Seele gestorben war.

Und sie durfte sich nicht wehren, durfte nicht aufschreien in der bitteren Not ihres Herzens und mußte lächeln und Rede und Antwort stehen.

Sie mußte in Hassos glückstrahlendes Antlitz sehen und mußte hören, wie er voll Entzücken von dem Mädchen sprach, das er liebte, ihre Schönheit schilderte, ihre Anmut, wie er sie mit liebenden Augen sah. Der sonst so ernste, zurückhaltende Mensch war in seiner Glückseligkeit wie ausgetauscht.

Sie atmete wie erlöst auf, als die Tafel aufgehoben wurde. Da lief sie, so schnell sie ihre Füße trugen, in ihr Zimmer. Dort sank sie mit einem halberstickten Jammerlaut kraftlos in sich zusammen. »Ich wußte ja nicht, daß es so weh tun würde«, dachte sie und starrte mit erloschenen Augen vor sich hin.

Aber lange durfte sie sich ihrem Leid nicht hingeben, die Pflicht rief sie wieder an die Arbeit. Müde und matt erhob sie sich und preßte die Hände vor das Antlitz.

»Gott schenke ihm Glück – das Leid ist mein«, dachte sie erschauernd.

Und dann warf sie einen Blick in den Spiegel, als sie ihr Zimmer verließ. Sie erschrak über ihr bleiches, elendes Aussehen. Nein, so durfte sie sich nicht unter Men-

57

schen wagen. Niemand durfte eine Ahnung bekommen von ihrem Seelenzustand. Sie mußte sich beherrschen, ihr Stolz mußte ihr dabei helfen.

Sie rieb sich mit einem Frottiertuch die blassen Wangen rot und zwang ein Lächeln in ihr Gesicht. Und dabei selbst suchte sie sich selbst Trost und Mut zuzusprechen. Was war denn schließlich anders geworden? Sie hatte doch nur verloren, was sie nie besessen hatte. Also die Zähne zusammenbeißen – und durch.

Aber konnte sie ihrem Herzen gebieten, ihn nicht mehr zu lieben? Konnte sie diese Liebe nun aus ihrem Herzen reißen, weil er nun das Eigentum einer andern war? Ach nein – nein – tausendmal nein, ob es Sünde war oder nicht – sie mußte ihn lieben, tiefer, schmerzlicher noch, als bisher.

Keinen Menschen hatte sie, zu dem sie hätte fliehen können mit dem schweren Leid ihrer jungen Seele, keine liebevolle Mutter, die lind und tröstend über ihre schmerzende Stirn streichen konnte, um sie zu trösten. Niemand stand ihr nahe genug. Auch damit mußte sie allein fertig werden wie mit allem anderen. –

Schnell nahm sie einen Mantel um und verließ das Haus, und da sie ins Verwalterhaus gehen mußte, um etwas mit Colmar zu besprechen, tat sie es jetzt gleich.

Das Verwalterhaus lag jenseits des Parkes bei den andern Wirtschaftsgebäuden. Als sie über den Wirtschaftshof ging, stand Fritz Colmar, der Sohn des Verwalters, an der Tür zum Pferdestall und blies aus vollen Backen in seine kalten, erstarrten Hände.

Lachend sah er Rose dabei an.

»Eine Hundekälte, gnädiges Fräulein; ich denke, wir bekommen über Nacht Schnee. Das gibt weiße Weihnachten. Ich werde mal immer in der Wagenremise die Schlitten revidieren. Darf ich Sie morgen spazierenfahren?«

Rose sah in sein gesundheitstrotzendes, frisches Gesicht. Sie wußte, Fritz Colmar schwärmte für sie und sah immer zu, wie er ihr etwas zu Liebe tun konnte. Er war einige Jahre älter als sie und durchaus noch kein fertiger Mensch. Aber seine ehrlichen Augen sahen sie immer so warm an. Das tat ihr heute doppelt wohl.

»Erst lassen Sie nur den Schnee herabfallen, dann können wir ja über die Schlittenfahrt sprechen. Gelegenheit dazu wird es vor Weihnachten noch genug geben, ich muß einige Male nach der Stadt fahren.«

»Dann darf ich aber jedesmal kutschieren?«

»Wenn Sie nichts Wichtigeres zu tun haben.«

»Ach, jetzt im Winter, gnädiges Fräulein, da eilt es doch nicht mit der Arbeit.«

»Nun gut, dann bleibt es dabei. Aber jetzt habe ich mit Ihrem Vater zu sprechen. Ist er zu Hause?«

»Jawohl – gnädiges Fräulein.«

Und er ging an ihrer Seite nach der elterlichen Wohnung hinüber.

Als er die Tür zum Verwalterhaus öffnete, kamen die beiden Dackel, Max und Moritz, wie besessen auf ihn losgestürmt. Er packte sie rechts und links beim Kragen.

»Ihr Racker, wollt ihr wohl manierlich sein! Ist das eine Art, hohen Besuch zu empfangen?« Aber kaum ließ er sie los, da jagten die beiden davon und bellten, so laut sie konnten.

Rose trat ins Haus. Fritz führte sie ins Wohnzimmer. Da saß seine Mutter am Nähtisch und flickte Wäsche aus.

»Wo ist denn Vater, Mutterle?« fragte Fritz, Rose einen Stuhl hinschiebend mit einer artigen Verbeugung.

»Auf dem Speicher.«

Gleich darauf erschien der Verwalter Colmar und ging mit Rose in sein Geschäftszimmer hinüber. Sie hatten eine ziemlich lange Verhandlung. Erst zur Teestunde sah Rose Hasso wieder. Sie fand ihn im Wohnzimmer. Seine Eltern waren noch nicht erschienen.

Hasso stand am Fenster und wandte sich lächelnd nach Rose um, als sie eintrat. »Endlich sieht man dich wieder, Rose. Wo warst du nur?« fragte er in seiner gutmütig überlegenen Art.

»Ich hatte mit Colmar verschiedenes zu besprechen. Und vorher habe ich die Tabelle fertig gemacht, die wir für die Weihnachtseinkäufe brauchen.«

»Ach richtig, Mama sagte mir vorhin, daß sie diesmal unter deiner Assistenz die Einkäufe in Berlin besorgen will, weil Rita in Wien ist. Und weil sie nicht erwarten kann, meine zukünftige Braut kennnenzulernen, so hat sie beschlossen, daß ihr mich morgen schon nach Berlin begleiten sollt. Freust du dich auf Berlin, Rose?«

Sie atmete tief auf, weil ihr die Brust zu eng wurde. »O ja, ich freue mich sehr.«

»Ich will dafür sorgen, Rose, daß euer Aufenthalt einige Tage länger währt, als Mama beabsichtigt. Es wird Zeit, daß du auch einmal ein wenig Vergnügen findest.«

»Meine Welt ist Falkenried«, sagte sie schlicht.

Es erging ihm sonderbar. Wenn er Rose nicht sah, dachte er wenig an sie. Sah er sie aber, blickte er in ihre großen, stillen Augen hinein, die so gar nichts von der Welt zu fordern schienen, dann hatte er immer das Gefühl, als müsse er ihr etwas zu Liebe tun, ihr etwas Gutes erweisen.

»Rose, für mich ist Falkenried nur ein winziger Bruchteil der Welt – so, als wenn man als ausgewachsener Mensch an seine Wiege zurückdenkt. Ein bißchen gerührt ist man dabei, aber man möchte, um Gottes willen, nicht wieder darin liegen müssen. Und dir ist nun Falkenried die Welt? So bescheiden, kleine Rose! Hast du denn nun in letzter Zeit ein wenig das Gefühl verloren, daß du dir ein Heimatrecht in Falkenried verdienen mußt?«

»Ich weiß, Hasso, daß ich es dir zu danken habe, daß jetzt deine Eltern und Rita wetteifern, mir Liebes und

Gutes zu tun.«

»Ach, Rose, ich habe doch gar nichts dazu getan«, wehrte er ab.

»Doch, ich weiß es, und ich hätte dir schon danken müssen. Aber ich wußte, daß es dir peinlich ist, einen Dank entgegenzunehmen. Ich sage auch jetzt nichts darüber, sei unbesorgt. Ich wollte niemand anklagen, daß man mir zu wenig Gutes tut. O nein, viel zuviel Wohltaten hat man mir erwiesen. Und nun erweist man mir noch viel mehr. Meine Dankesschuld wird immer größer, ich werde sie nie mehr abtragen können.«

»Du bist doch unverbesserlich. Dein Stolz ist beinahe Hochmut. Nur, um Gottes willen, niemand verpflichtet sein. Eigentlich müßte ich dir zürnen.«

»Ach nein, das darfst du nicht«, stammelte sie.

»Wäre es dir denn so schrecklich, wenn ich dir zürnte?«

»Ja, sehr schrecklich.«

»Na, dann muß ich es wohl bleiben lassen. Ich könnte es auch nicht, dir könnte ich nicht böse sein. Wir sind da wirklich sehr ähnlich geartet, Stolz und Hochmut besitze ich auch. Nein, nein, nun mach nicht so ein unglückliches Gesicht, ich möchte ja heute alle Menschen glücklich sehen. Jetzt stellen wir mal ein Vergnügungsprogramm für Berlin auf. Am Tage habe ich nicht viel Zeit für euch. Ich habe in letzter Zeit zuviel gebummelt und muß nun tüchtig arbeiten. Aber die Abende, da unternehmen wir allerlei.«

Er hatte seinen Arm unter den ihren geschoben und führte sie im Zimmer auf und ab.

»O nein, Hasso! Was denkst du denn, wir sind hier doch nicht von der Welt abgeschnitten. Es bleibt mir jeden Tag ein Stündchen, wo ich gute Bücher und Zeitungen lesen kann. Und Besuche aus der Nachbarschaft haben wir so oft. Da bringt jeder etwas Anregung mit.«

»Nun, ich denke trotzdem, daß dir einige Tage Großstadtluft recht guttun werden. Was möchtest du wohl am liebsten sehen in Berlin?«

»Das will ich dir sagen – den Flugplatz, wo du zu deinen Flügen aufsteigst. Und wenn es sein könnte, möchte ich furchtbar gern einen solchen Flug erleben.«

»Interessiert dich das so sehr?«

»Ungemein.«

»Nun, ich will sehen, Rose, ob es sich einrichten läßt.«

»Ich möchte es sehr gern, aber nur, wenn du die Führung hättest. So ängstlich bin ich doch, daß ich mich nicht einem anderen anvertrauen möchte.«

»Und mir würdest du dich anvertrauen?«

»Unbedenklich.«

»Und ganz ohne Furcht?«

»Ganz furchtlos.«

»Das gefällt mir, Rose. Und wer weiß, vielleicht gibt sich einmal eine Gelegenheit, dann will ich an dich denken.«

Das hatte sie sich immer als etwas Wunderbares geträumt, einmal mit ihm hinaufsteigen zu dürfen in den blauen Äther, ganz allein mit ihm, hoch da oben zwischen Himmel und Erde, losgelöst von aller Erdenschwere. Nicht einen Moment würde sie bangen, wenn er am Steuer saß. Was konnte ihr da begegnen? Das Schlimmste war, mit ihm gemeinsam abzustürzen, ein gemeinsamer Tod mit ihm. Der hatte keinen Schrecken für sie.

»Es wäre ein großer, großer Festtag für mich, wenn du mir eines Tages diesen Wunsch erfüllen würdest. Und wenn es sich jetzt in Berlin machen läßt, daß du mich einmal auf den Flugplatz führst, werde ich mich sehr freuen.«

»Ich will es im Auge behalten, Rose. Es wird sich einrichten lassen.«

Am nächsten Morgen fuhr Hasso mit den beiden Damen davon.

Während der Reise war er in einer sehr heiteren, erwartungsvollen Stimmung. Er neckte Rose ein wenig, weil sie so blaß aussah.

»Du hast entschieden Reise- und Großstadtfieber, Rose«, sagte er lachend. Sie ließ ihn bei dieser Vermutung. Wie hätte sie ihm ihr blasses, elendes Aussehen erklären sollen! Sie hatte die ganze Nacht wach gelegen und war nur am frühen Morgen auf ein Stündchen eingeschlafen.

Unerträglich schwer schien es Rose, immer wieder von Hasso zu hören, wie er von Natascha schwärmte. Sein ganzes Wesen schien erfüllt von Sehnsucht nach der Geliebten. Und seine Stimme klang so weich und zärtlich, wenn er von ihr sprach. Ach, wie neidete sie der jungen Russin Hassos Liebe. Ob sie dieselbe wohl zu sehen bekam in Berlin? Sie wünschte es und fürchtete es zugleich. Als Hasso wieder einmal in zärtlichen Tönen zu seiner Mutter von Natascha sprach, schien es Rose, als könnte sie es nun nicht mehr ertragen. Sie sah in sein Gesicht.

Und gerade in diesem Augenblick wandte er ihr seine Augen zu. Dieser hilflose, wehe Blick traf ihn ganz seltsam ins Herz. Obwohl Rose sogleich erschrocken die Augen senkte, verstummte er und sprach nun nicht mehr von Natascha, warum er es unterließ, wußte er selbst nicht. Weil er ihr selbst brüderlich gegenüberstand, setzte er auch bei ihr für sich nur geschwisterliche Gefühle voraus. Sie schien ihm so bemitleidenswert, so ausgeschlossen von den Freuden des Lebens. Für sie, das arme, vermögenslose Mädchen würde es so leicht kein sonniges Liebesglück geben.

»Arme Rose – arme kleine Rose«, dachte er mitleidig.

Und er nahm sich vor, ihr in Berlin soviel Vergnügen als möglich zu schaffen und sie aufzuheitern. Vielleicht nahm sich auch Natascha ihrer an.

Natascha! Da waren seine Gedanken wieder bei der

Geliebten, und darüber vergaß er alles andere.

Aber er war so gut und zartfühlend zu Rose, so auf-merksam und ritterlich, daß sie alle Kraft nötig hatte, um nicht in Tränen auszubrechen. Sie war ihm dankbar für jedes gute Wort, und doch hätte sie ihn bitten mögen: »Sei nicht so gut zu mir, das macht meine Schmerzen nur noch tiefer.« Wenn er sie gar nicht beachtet hätte, wäre es ihr leichter gewesen, ihre Fassung zu bewahren.

In Berlin angelangt, brachte Hasso seine Mutter und Rose ins Hotel.

Am Vormittag wollte er sofort zu Natascha gehen und offiziell um ihre Hand anhalten, und hoffte dann, seine Mutter mit seiner Braut bekannt machen zu dürfen. Wie und wo die Begegnung stattfinden sollte, würde sich erst ergeben, wenn er mit Natascha gesprochen hatte.

Es war noch nicht neun Uhr, als Hasso das Hotel ver-ließ. Das war ihm noch zu früh, um schlafen zu gehen. Zum Arbeiten hatte er indes auch keine Ruhe und Sammlung heute abend. Da ließ er das Auto nach der Wohnung seines Freundes Hans von Axemberg fahren. Dieser war, wie Hasso wußte, von seinem Urlaub zu-rückgekehrt, und mit ihm wollte Hasso den Abend ver-bringen.

Hans von Axemberg stand eben im Begriff auszuge-hen. Als Hasso bei ihm eintrat, lachte er vergnügt auf.

»Wenn der Prophet nicht zum Berg kommt, kommt der Berg zum Propheten. Tag, mein Alter! Das sieht ja beinahe aus, als hättest du Sehnsucht nach mir gehabt. Als ich das letztemal bei dir war, setztest du mich an die Luft, und heute suchst du mich auf«, sagte er.

»Große Ereignisse werfen ihre Schatten voraus. Ich komme nämlich direkt von Falkenried«, erwiderte er.

»Von Falkenried? Warst du denn schon wieder da-heim?«

»Gestern bin ich erst abgereist und heute schon wie-der zurück.«

»Was hattest du denn so Wichtiges daheim zu erledigen? Von großen Ereignissen sprichst du auch?«

»Ja, doch – aber erst bei einer Flasche Wein, Hans. Ich habe noch nicht zu Abend gegessen.«

»Ich auch nicht. Also speisen wir zusammen, ich wollte gerade ausgehen zu diesem Zweck.«

»Schön, so laß uns aufbrechen. Ich habe das Auto, das mich herbrachte, gleich halten lassen.«

Das Auto setzte sie in kurzer Zeit vor einem vornehmen Weinrestaurant ab.

Bald saßen sie gemütlich in einer Ecke, und nachdem sie bei dem Kellner das Souper bestellt hatten, sagte Axemberg, die Gläser füllend:

»So, mein Alter, wenn du nun nicht willst, daß ich vor Neugier platze, dann schieß endlich los.«

»Was wir lieben!« sagte er, mit seinem Glas an das Axembergs rührend.

»Das ist ein vielversprechender Anfang. Hasso, der Weiberfeind, läßt einen Toast auf das, was wir lieben, steigen. Also, nun bin ich auf allerhand gefaßt. – So! Und nun weiter.«

»Mein lieber Hans – du sollst es wissen, eher, als alle andern. Ich war zu Hause, um meinen Eltern mitzuteilen, daß ich morgen um die Hand Natascha von Kowalskys anhalten werde.«

Axemberg zuckte betroffen zusammen. »Hasso, ist das dein Ernst?«

»Mit solchen Dingen treibt man doch keinen Scherz«, erwiderte Hasso ernst.

»Also, das ist wirklich eine so ernste Sache geworden? Und in so kurzer Zeit? Ich hatte wohl gemerkt, daß du Feuer gefangen, aber daran – nein –, daran habe ich nicht gedacht.«

»Ist denn das so etwas Unwahrscheinliches?«

Mit versteckter Sorge blickte Axemberg in Hassos Gesicht. Eine starke Abneigung gegen die schöne Russin war schon in ihm emporgekeimt, als er Natascha das erste Mal bei Oberst von Steinberg gesehen hatte. Noch unsympathischer war ihm Nataschas Mutter. Instinktiv hatte er das Wesen der beiden Damen als unwahr erkannt, und er hatte das Empfinden, als müsse er Hasso warnen und vor einer Übereilung schützen. Was sollte er ihm aber sagen, da er sich selbst nicht einmal die Abneigung gegen die Damen begründen konnte?

»Unwahrscheinlich? Nein, nein, mein lieber Hasso. Fräulein von Kowalsky ist gewiß ein sehr schönes, bezauberndes Mädchen, und ich kann es wohl verstehen. Aber daß du – gerade du – nein –, ich muß mich da erst ein bißchen hineindenken. Mein lieber Alter, es ist mir ja einfach unverständlich, daß du so schnell einen solchen Entschluß fassen konntest.«

»Du nimmst meine Mitteilung recht seltsam auf, Hans.«

»Ich kann mir einfach nicht vorstellen, daß du dich mit einer Russin verheiraten willst«, stieß er hervor.

»Kommst auch du mir mit diesen törichten Bedenken, wie meine Eltern? Hans, du stellst dich ja an, als wollte ich mich mit einer Chinesin oder mit einer Botokudin verheiraten. Was hat es zu sagen, ob sie eine Russin ist, wenn ich sie nur liebe und in ihr mein Glück sehe! Ist Natascha von Kowalsky nicht das anbetungswürdigste Geschöpf, das du dir denken kannst?«

Axemberg wollte den Freund nicht kränken. Wenn Hasso sich vorgenommen hatte, die schöne Russin zu heiraten, dann brachte ihn sicher auch nichts mehr davon ab. Und schließlich kam ja auch gar nicht in Frage, ob sie ihm gefiel.

»Du weißt, lieber Hasso, daß es für mich nur ein anbetungswürdiges Mädchen gibt. Für alle andern habe ich nichts übrig als fromme Duldung. Und wenn ich eben törichtes Zeug geredet habe, so nimm es mir nicht krumm. Wenn du dich mit der jungen Dame verloben willst, dann hast du es dir auch sicher reiflich überlegt, und mir bleibt nichts weiter übrig, als dir von ganzem Herzen zu deinem Entschluß Glück zu wünschen. Sind denn deine Eltern nun damit einverstanden?«

»Gottlob, sie sind es, nachdem sie einige nationale Bedenken mir zu Liebe unterdrückt haben. Meine Mutter hat mich nach Berlin begleitet. Sie hat ohnedies Weihnachtseinkäufe zu besorgen und brennt natürlich darauf, Natascha kennenzulernen. Ich habe die Damen vorhin ins Hotel gebracht.«

»Die Damen? Deine Schwester ist wohl mitgekommen?«

»Nein, Rita ist noch in Wien bei den Hoheneggs. Du weißt doch, daß in Falkenried noch eine junge Verwandte von uns lebt, Rose von Lossow. Die hat diesmal meine Mutter begleitet. Ich denke, die beiden Damen bleiben eine Woche lang hier in Berlin. Rose, die sehr still und zurückgezogen in Falkenried lebt, soll sich einmal ein bißchen amüsieren. Ich rechne dabei auf deine Mithilfe, Hans.«

Axemberg nickte.

»Wird gemacht, Hasso! Ich werde ein Vergnügungsprogramm aufsetzen, du weißt, das verstehe ich.«

»Jedenfalls rufe ich dich morgen an. Auf alle Fälle hältst du dich frei, nicht wahr?«

»Gewiß, ich habe nichts vor – nur morgen vormittag einen Besuch bei Steinbergs. Ich muß mich doch bei meiner gestrengen Herzensdame zurückmelden, eigentlich hätte ich ja allen Grund, mich über deine bevorstehende Verlobung zu freuen. Da wird ja Rola aufhören, für dich und von dir zu schwärmen.«

»Nun also, so freue dich doch.«

»Nein, mein Alter, das kann ich nicht, mir wird ganz wehmütig zu Sinne, wenn ich denke, daß ich nun in Zukunft nicht mehr wie bisher deine Junggesellenbude stürmen kann. Du wirst natürlich bald heiraten, nicht wahr?«

»Ich hoffe, recht bald, wenn Natascha einwilligt. Aber wir zwei, mein Junge, wir bleiben deshalb doch die Alten.«

»Ach, weißt du, Hasso! Wenn ein Freund heiratet, bleibt einem nicht viel von ihm übrig. Na, Prosit, mein Alter, noch einmal auf das, was wir lieben.«

Es war schon Mitternacht vorüber, als sie sich trennten.

Mit festem, warmem Druck faßte Axemberg beim Abschied des Freundes Hand.

»Also nochmals – viel Glück morgen auf den Weg, mein Hasso. Du hast es, weiß Gott, verdient, sehr glücklich zu werden, wenn mir auch noch immer ein wenig beklommen zumute ist, wenn ich an deine Verlobung denke. Gute Nacht, mein Alter, und Glück auf!«

»Gute Nacht, Hans, auf Wiedersehen morgen.«

Am nächsten Vormittag fuhr Hasso um die Besuchszeit vor der Kießlingschen Fremdenpension vor.

Er ließ sich den Damen Kowalsky melden und wurde sofort in den ihm schon so wohlbekannten Salon eingelassen.

Als er die Schwelle überschritt, erschien in der gegenüberliegenden Tür Natascha von Kowalsky. Sie blieb einen Moment, wie von heimlicher Erregung übermannt, unter der Portiere stehen und drückte die Hand aufs Herz, als müsse sie das stürmische Klopfen beschwichtigen.

Hasso eilte ihr entgegen mit glückstrahlendem Gesicht, und von seinem Gefühl überwältigt, faßte er ihre Hand und drückte sie an sein Herz und seine Augen, ehe er sie an seine Lippen führte.

»Natascha! Natascha! Ich war in Falkenried, um meinen Eltern die Mitteilung zu machen, daß ich Sie bitten will, meine Frau zu werden. Sie wissen das schon längst, nicht wahr, Natascha, Sie müssen es wissen? Nicht wahr, süße, teure Natascha, Sie reichen mir diese geliebte kleine Hand zum Bund für das ganze Leben und machen mich zum Glücklichsten der Sterblichen?«

»Sie sind so stürmisch, Herr von Falkenried, das alles kommt mir zu schnell, viel zu schnell, trotzdem – ich sage es ehrlich –, trotzdem ich es gefühlt habe, daß Sie mich lieben, wie ich geliebt sein möchte, trotzdem auch ich – nun ja –, ich will es ehrlich bekennen, mein Herz hat zu Ihren Gunsten gesprochen. Aber – ich habe eigentlich gar keine Lust zum Heiraten. Nein, wirklich nicht! Wir Frauen geben so viel auf, wenn wir eine Ehe eingehen und –«

Ihr Stammeln erschien ihm reizend und entzückend. Er bedeckte ihre Hände mit seinen Küssen.

»Lassen Sie doch alle Bedenken, Natascha, machen Sie mich glücklich, ich werde Sie anbeten, auf meinen Händen tragen.«

»Ach, quälen Sie mich doch nicht! Muß ich mich jetzt schon entscheiden, Herr von Falkenried? Wir kennen uns noch nicht sehr lange. Es war so schön jetzt, wie es war. Wir verstanden uns so gut.«

»Es soll noch schöner werden, Natascha.«

»Nein, nein, so ganz kampflos will ich mich nicht ergeben – lassen Sie mir Zeit.«

Er neigte sich über sie und sah ihr tief in die Augen.

»Natascha!« flehte er zärtlich.

Schnell bedeckte sie seine Augen mit ihrer Hand.

»Sehen Sie mich nicht so an, da kann ich nicht ruhig bleiben.«

Er war vor Entzücken ganz außer sich und bedeckte wieder ihre Hände und die zarten Unterarme, von denen das Gewand zurückfiel, mit heißen Küssen.

»Sie dürfen mich nicht so grausam quälen, Natascha.«

Wie ein Kätzchen schmiegte sie sich in den Sessel.

»Ich bin nicht grausam – Sie sind es. Nein, nein, ich

69

kann mich in diesem Augenblick noch nicht entscheiden. Erst müßte ich auch wissen, ob ich Ihren Eltern als Schwiegertochter willkommen bin und – die Hauptsache – meine arme Mama – ach, meine arme Mama!«

Das war ein verabredetes Zeichen Nataschas und ihrer vermeintlichen Mutter.

Und gleich darauf trat Frau von Kowalsky ein.

Er trat auf die alte Dame zu und begrüßte sie artig. Als er ihr die Hand küßte, warf sie über seinen Kopf einen forschenden Blick zu Natascha hinüber. Die machte ihr verstohlen ein Zeichen. Ohne Zögern brachte er nun auch bei Frau von Kowalsky seine Werbung an.

»Mein Gott, Herr von Falkenried, von solchen Absichten Ihrerseits hatte ich ja keine Ahnung! Meine Tochter wollen Sie mir nehmen, das Einzige, was ich noch habe? Natascha, du könntest deine arme Mutter verlassen?«

Natascha machte eine hilflose Bewegung.

»Herr von Falkenried bittet so dringend, Mama – ich habe mich ja noch nicht entschieden. Aber – ach, Mama!«

Sie warf sich der Mutter in die Arme und flüsterte ihr etwas zu, während sie verschämt zu Hasso hinüberblickte. Er hatte keine Ahnung, daß Natascha nur neue Instruktionen gab.

Frau von Kowalsky seufzte tief auf, wie in größter Bekümmernis.

»O weh, das sieht freilich nicht sehr hoffnungsvoll für mich aus. Das hätte ich mir freilich nicht träumen lassen, daß meine Natascha ihr Herz so bald verschenkt. Was sagen denn Ihre Eltern dazu, Herr von Falkenried?«

»Sie werden sich sehr freuen, Ihr Fräulein Tochter als Schwiegertochter begrüßen zu dürfen. Meine Mutter konnte es nicht erwarten, Sie kennenzulernen. Sie ist sogleich mit mir nach Berlin gereist und wartet auf Nachricht, wann sie Ihre Bekanntschaft machen kann.«

Wieder machte Natascha ihrer Mutter hinter Hassos Rücken ein schnelles, verstohlenes Zeichen.

Natascha sah Hasso an, der sich mit bittendem Blick nach ihr umwandte.

»Ich weiß ja noch gar nicht, ob ich Ihrer Frau Mutter gefallen werde, Herr von Falkenried. Nicht wahr, ehe ich Ihnen mein Jawort gebe, darf ich Ihre Frau Mutter kennenlernen.«

Das Warten fiel Hasso furchtbar schwer. Natascha erschien ihm in ihrem mädchenhaften Bangen entzückender und begehrenswerter denn je. Er fürchtete durchaus nicht, daß er auf seinen Antrag ein Nein erhalten würde.

»Wenn Sie gestatten, bringe ich meine Mutter heute nachmittag zu Ihnen, meine verehrten Damen.«

»Gewiß, Herr von Falkenried. Wir werden nur für Sie zu Hause sein. Ein kurzer, formeller Besuch darf das aber nicht sein. Wir müssen uns doch ein wenig näher kennenlernen, nicht wahr?« erwiderte Frau von Kowalsky.

»Ich danke Ihnen, gnädige Frau, und werde von Ihrer liebenswürdigen Einladung mit meiner Mutter gern Gebrauch machen.«

Natascha umfaßte die Mutter zärtlich und flüsterte ihr leise zu: »Geh.«

Da riß sich Frau von Kowalsky wie im heftigen Schmerz aus ihren Armen.

»Ich werde es erst lernen müssen, das Alleinsein zu ertragen. Aber dein Glück gilt mir höher, meine Natascha. Und ich werde mich fügen müssen, wenn mir das Herz auch bricht.«

Wie von ihrer Erregung übermannt drückte sie das Taschentuch vor die Augen und eilte aufschluchzend aus dem Zimmer, als könnte sie die Tränen nicht mehr zurückhalten.

»Die arme Mama – ach, ich wußte es, Herr von Falkenried. Sie hat ja nur noch mich auf der Welt. Wenn Mama nicht wäre – ich will es Ihnen nur gestehen –, dann hätte ich gleich ja gesagt. Mama muß sich erst beruhigen. Ach, es ist so schwer.«

»Dank, innigen Dank, Natascha, daß Sie mir das wenigstens zum Trost sagen.«

»Ach, ich weiß, Sie sind mir böse. Wer weiß, ob Sie nun wiederkommen.«

»Süße, holde Natascha, wie können Sie so etwas glauben. Ich werde die Minuten zählen, bis ich heute nachmittag wiederkommen darf. Ich verstehe wohl, daß Sie Ihre Frau Mutter nicht betrüben wollten.«

»Sind Sie mir wirklich nicht böse? Werden Sie bestimmt wiederkommen?«

»Ach, könnten Sie mir ins Herz sehen, Natascha, Sie würden nicht so fragen.«

Sie streichelte scheu und leise, wie ein zärtliches Kind, über seine Hand. »Ich werde in schrecklicher Unruhe sein, bis Sie wieder hier sind. Immer werde ich denken: Er kommt nicht wieder, er zürnt dir.«

»Natascha, so etwas dürfen Sie nicht denken.«

Sie lehnte sich zurück, so daß ihr Köpfchen fast auf seinem Arm ruhte, der sich auf die Lehne ihres Sessels stützte. Und mit einem heißen, flehenden Blick zu ihm aufsehend, bat sie in der kindlich drängenden Weise, die er schon an ihr kannte:

»Geben Sie mir wenigstens ein Pfand, damit ich mich an etwas halten kann, ja, bitte, irgendein Pfand, einen Gegenstand, den Sie sehr nötig brauchen, damit Sie ihn bestimmt heute wieder holen müssen.«

»Süßer Kindskopf, es bedarf keines Pfandes.«

»Aber wenn es mich doch beruhigt? Muß ich erst lange bitten?«

»Nein, nein, das müssen Sie nicht, Natascha, wenn es auch so süß für mich ist, von Ihnen um etwas gebeten zu werden. Was wollen Sie haben? Soll ich Ihnen mein Herz aus der Brust reißen?«

»O nein, das Herz sollen Sie behalten, darinnen will ich wohnen und ein warmes Plätzchen haben. Ich begnüge mich mit einem weniger kostbaren Gegenstand. Irgend etwas, das Sie noch heute brauchen werden, Ihre Brieftasche oder Ihre Schlüssel oder sonst irgend etwas.«

Er war nicht fähig, ruhig über ihr Verlangen nachzudenken. Verstohlen berührte er leise dies duftende Haar mit den Lippen. Halb von Sinnen vor Glückseligkeit zog er seine Schlüssel hervor und hielt sie ihr hin.

Mit einem scharfen, prüfenden Blick hatte sie dasselbe kleine Schlüsselbund erkannt, das sie an seinem Schreibtisch gesehen hatte.

»So, nun weiß ich doch, daß Sie wiederkommen und kann ruhig sein. Nicht wahr, Sie brauchen die Schlüssel sehr nötig?« fragte sie mit wichtigem Eifer.

»Ja, ich brauche die Schlüssel, aber noch nötiger brauche ich Ihren Anblick, Natascha.«

Es beseligte ihn, daß ihr so viel an seinem Wiederkommen lag. Was hätte er nicht alles willig getan, um ihr einen Wunsch zu erfüllen, und wenn er diesen Wunsch für noch so töricht gehalten hätte.

Die Schlüssel, die er sonst so ängstlich hütete, schienen ihm in ihren Händen so sicher wie in den seinen. Und am Nachmittag wollte er sie sich schon wiederholen. Klar zu denken vermochte er überhaupt nicht. Die Leidenschaft für das bezaubernd schöne Geschöpf ließ ihn alles andere vergessen.

»Jetzt muß ich Sie aber fortschicken, Herr von Falkenried.«

»Ich hoffte als ihr Verlobter dies Zimmer zu verlassen, Natascha. Süße, angebetete Natascha, wie lange muß ich noch auf ihre Entscheidung warten?«

Sie deutete schelmisch nach der Tür.

»Das kommt auf Mama an. Ich will mir viel Mühe geben, sie zu beruhigen. Wer weiß, vielleicht – ich sage vielleicht – erhalten Sie heute noch meine entschei-

73

dende Antwort.«

»Sagen Sie mir noch ein liebes, tröstendes Wort, Natascha.«

Sie sah ihn eine Weile zögernd an. Dann sagte sie leise wie ein Hauch: »Auf Wiedersehen, Hasso – lieber Hasso!«

Und ehe er es fassen konnte, war sie aus dem Zimmer gehuscht.

Er stand noch einen Augenblick wie gebannt, schaute auf die Tür. Und langsam, mit einem ungeduldigen Seufzer, ging er hinaus. Aber kein Zweifel war mehr in seiner Seele an Nataschas Liebe.

Was hätte er wohl gedacht, wenn er gesehen hätte, wie Natascha, als sie ihn verlassen hatte, zu ihrer Mutter getreten war.

Frau von Kowalsky lag, durchaus nicht in Tränen aufgelöst, sondern behaglich eine Zigarette rauchend auf dem Diwan im Nebenzimmer.

»Nun?«

Natascha zog das erbeutete Schlüsselbund aus dem Ausschnitt ihres Kleides und hielt es ihr mit spitzen Fingern hin. »Da ist es.«

»Famos, aber die Hauptarbeit liegt noch vor dir.«

Natascha wehrte ab und zündete sich ebenfalls eine Zigarette an. »Du irrst, dies war die Hauptarbeit für mich. Die Komödie ist mir vor den ehrlichen Augen dieses Mannes nicht leicht geworden. Was noch zu tun ist, soll mir danach leicht werden.«

»Unterschätze es nicht.«

»Alles, was ich brauche, ist eine halbe Stunde Zeit – an seinem Schreibtisch. Und ihn so lange hier festzuhalten ist deine Sache, Olga.«

»Du kannst auf mich zählen, das weißt du.«

»Und nun ans Werk, Olga. Wir müssen sofort unsere Koffer packen. Ich werde schon anfangen, inzwischen du zu Frau Major Kießling gehst und mit ihr abrechnest. Es bleibt bei dem, was wir darüber besprochen haben.«

»Ich teile ihr mit, daß wir mit der Frühpost wichtige Nachrichten erhalten haben, die uns zwingen, sofort nach Rußland auf unsere Güter zu reisen.«

»Richtig. Bezahle die Wohnung noch für den folgenden Monat und sage, daß wir zurückkommen. Das sieht unverfänglicher aus.«

»Die Koffer müssen dann, sobald wir fertig sind mit Packen, sofort zur Bahn gebracht werden, wir behalten nur die Handtaschen zurück. Darüber sprechen wir noch. Das Auto bestelle ich heute nachmittag, wenn ich es benutze. Ist sonst noch etwas zu bedenken?«

»Nein, nein, sonst ist ja alles erledigt.«

Während nun die alte Dame hinüberging zu Frau Major Kießling, entledigte sich Natascha ihrer verführerischen Toilette und begann zu packen.

Frau Major Kießling war sehr betrübt zu hören, daß die Damen, ihre besten und einträglichsten Mieter, so plötzlich abreisen wollten. Aber als sie hörte, daß es sich nur um eine kurze Abwesenheit handelte und die Damen, wenn sie zurückkehrten, noch für längere Zeit bei ihr wohnen würden, atmete sie erleichtert auf.

Zum Schluß dieser Verhandlung sagte Frau von Kowalsky:

»Und dann noch eins, liebe Frau Major. Wir möchten nicht, daß von unserer Abreise viel gesprochen wird, damit wir nicht erst Abschieds- und Antrittsbesuche absolvieren müssen. Sollte während unserer Abwesenheit doch jemand nach uns fragen oder uns einen Besuch machen wollen, so sagen Sie, wir seien für einige Tage verreist.«

»Wird besorgt, verehrte Frau Generalin, wird alles besorgt, Sie sollen zufrieden sein.«

»Ich danke Ihnen. In acht bis zehn Tagen können wir vielleicht schon zurück sein. Ich denke, wir werden dann noch den ganzen Winter bei Ihnen wohnen.«

»Oh, es kann mir nur angenehm sein, wenn die Damen noch recht lange bei mir wohnen. So liebenswürdige Mieter findet man nicht alle Tage.«

»Nun, wir sind mit Ihnen ebenso zufrieden wie Sie mit uns, liebe Frau Major.«

Als sie die Majorin aus ihrem Zimmer hinausbegleitete, fragte diese:

»Soll ich Ihnen das Zimmermädchen hinüberschicken, damit sie Ihnen beim Packen helfen kann?«

Frau von Kowalsky lehnte lächelnd ab.

»Nicht nötig, ich weiß ja, daß das Mädchen vormittags stark beschäftigt ist. Sollte ich sie noch brauchen, werde ich klingeln. Aber der Hausdiener soll sich gegen zwei Uhr bereit halten, unsere Koffer zur Bahn zu bringen, damit sie gleich abgehen können. Und was ich noch sagen wollte, Frau Major, heute nachmittag erwarten wir noch zwei Gäste zum Tee, Herrn von Falkenried und seine Mutter. Sie sorgen dafür, daß der Tee gefällig serviert wird, wie gewöhnlich. Ich begleiche das gleich jetzt noch, denn nachher wird es in der Eile vergessen.«

»Dann ist das doch auch nicht schlimm, es hat ja Zeit bis zu Ihrer Rückkehr.«

»Nein, nein, das liebe ich nicht.«

Und Frau von Kowalsky bezahlte sogleich und ging zu Natascha zurück und fand diese bereits in eifrigster Arbeit.

Einige wertlose, unbedeutende Gegenstände ließen sie absichtlich zurück, um den Anschein zu erwecken, als beabsichtigten sie eine Wiederkehr. Sie gingen jedenfalls sehr vorsichtig zu Werke.

Hasso fuhr, nachdem er Natascha verlassen hatte, sogleich ins Hotel zu seiner Mutter und Rose.

Hasso berichtete nun seiner Mutter, daß Natascha seine Bewerbung sehr günstig aufgenommen habe, aber

76

aus Rücksicht auf ihre Mutter und von dem Wunsch beseelt, erst die seine kennenzulernen, ihr Jawort noch kurze Zeit zurückgehalten habe. Und dann überbrachte er seiner Mutter die Einladung zum Tee.

»Frau von Kowalsky wünscht keinen formellen Besuch, Mama, sie hofft, daß wir länger verweilen. Es soll dir sicher Gelegenheit gegeben werden, Natascha etwas näher kennenzulernen«, sagte er.

Frau von Falkenried war von dieser »zarten Rücksicht« sehr angenehm berührt. Auch freute sie sich, daß Natascha sie erst hatte kennenlernen wollen, ehe sie sich mit Hasso verlobte.

Um zwei Uhr nahmen Mutter und Sohn mit Rose das Diner ein im Speisesaal des Hotels. Hasso fiel es nicht auf, daß Rose wieder sehr blaß und still war. Er war mit seinen Gedanken bei Natascha.

Nach Tisch fuhr Hasso mit den beiden Damen nach seiner Wohnung, die seine Mutter gern kennenlernen wollte. Als sie ankamen, öffnete ihnen Riemer die Tür. Er trug eine große Schürze über seiner Uniform.

»Riemer ist beim Fensterputzen und Türenwaschen. Da müßt ihr entschuldigen, daß er euch in der Schürze empfängt.«

Rose betrat mit einem seltsamen Gefühl diese behaglich eingerichtete Junggesellenwohnung. Ihr war das Herz so voll und schwer. Sie mußte immer wieder ihre Kraft zusammennehmen, um ihre Selbstbeherrschung nicht zu verlieren.

»Nun bitte, macht es euch bequem, und laßt eure gestrengen Hausfrauenaugen nicht gar so kritisch umherschweifen. Ich hoffe zwar, wir können bestehen – was meinen Sie, Riemer?«

Riemer stand stramm. »Ich hoffe, Herr Oberleutnant legen Ehre ein mit mir. Bis auf Türen und Fenster ist alles sauber und adrett.«

»Na schön, Riemer. Vergessen Sie Ihre gute Erzie-

hung nicht, Riemer. – Zu den Früchten gehören kleine
Teller und Obstmesser – haben wir das?«

»Zu Befehl, Herr Oberleutnant, drei Stück sind vor-
handen.«

»Na also, das genügt. Und Weingläser, Riemer. Da
können wir schon eher aufwarten – die beste Garnitur
bringen Sie.«

Riemer lachte. »Wir haben nur eine Garnitur, Herr
Oberleutnant, aber ein ganzes Dutzend.«

»Riemer, jetzt haben Sie mich um mein Renommee
gebracht. Also bringen Sie die Früchte und Wein und
Gläser.«

»Siehst du, Rose, so tadellos funktioniert mein Haushalt doch nicht wie der Falkenrieder.«

»Das ist von einem Junggesellenhaushalt auch nicht
zu verlangen.«

Riemer brachte nun das Gewünschte. Er hatte erst die
Schürze abgebunden und sich schmuck gemacht. Nun
servierte er die Erfrischung mit großer Würde. Er wußte,
was er Damenbesuch schuldig war.

Ein Stündchen verplauderte Hasso mit den beiden
Damen ganz behaglich. Dann war es Zeit für ihn und
seine Mutter, aufzubrechen.

»Aber was tun wir nun mit Rose, solange wir bei den
Damen zum Tee sind, Mama?« fragte er.

»Ja richtig, Rose, was tun wir mit dir?«

Rose hatte allerdings fest angenommen, daß sie Mutter und Sohn begleiten würde. Ungeladen konnte sie
aber nicht mitgehen. Jedenfalls war sie im Innern sehr
froh darüber. Sie traute sich noch immer nicht die Kraft
zu, Natascha ruhig und ohne aufzufallen zu begegnen.

»Ich kann vielleicht inzwischen noch einiges besorgen, Tante Helene.«

»Das sehe ich eigentlich nicht gern, Rose. Du kannst
das nicht gut allein tun, bist hier zu unbekannt. Ich sah,
als wir hierherfuhren, nur wenige Häuser von Hassos

Wohnung entfernt ein großes Konfitürengeschäft der Firma, wo wir immer kaufen. Da könntest du allenfalls hingehen und hättest immerhin eine gute halbe Stunde zu tun.«

»Und die übrige Zeit machst du es dir hier bei mir bequem, Rose. Riemer kann dir Tee bereiten, und wenn du dich langweilst, da findest du drüben in meinem Arbeitszimmer Bücher und Zeitungen. Wir kommen und holen dich dann ab. Ist dir das recht so?«

»Gewiß, Hasso. Ich gehe dann jetzt gleich in das Konfitürengeschäft. Ich habe es auch gesehen, als wir vorüberfuhren. Adieu also, bis nachher. Ich erwarte euch hier.«

Sie reichte Hasso und Frau von Falkenried die Hand und ging.

Hasso folgte ihr mit seiner Mutter, nachdem er Riemer noch Befehl gegeben hatte, Rose nach ihrer Rückkehr ins Wohnzimmer zu führen und ihr dort Tee und Keks zu servieren. Als er mit seiner Mutter das Haus verließ, stand bereits ein Auto vor der Tür, das Hasso vorher bestellt hatte. Nur wenige Häuser entfernt sah er Rose soeben das Konfitürengeschäft betreten. Beruhigt stieg er nun hinter seiner Mutter in den Wagen.

Natascha hatte sich zu derselben Zeit, da Frau von Falkenried und Rose bei Hasso weilten, ihr Auto bestellt. Sie verließ die Pension, in einen langen, dunklen Flauschmantel gehüllt, der schlicht und einfach wirkte. Auf dem Kopf trug sie ein kleines Filzhütchen, und ein dichter schwarzer Schleier verhüllte ihr Gesicht.

Als sie in das Auto einstieg, gab sie dem Chauffeur Weisung, sie zu einer Konditorei zu fahren, die sie in letzter Zeit schon einige Male besucht hatte.

Diese Konditorei lag der Wohnung Hasso von Falkenrieds fast direkt gegenüber.

Als sie vor der Konditorei das Auto verließ, gab sie

79

dem Chauffeur Befehl, sie an der nächsten Straßenecke zu erwarten. Vor der Konditorei sollte er nicht halten.

Das fiel dem Chauffeur um so weniger auf, als sich derselbe Vorgang schon einige Male wiederholt hatte. Er dachte nur, das schöne russische Fräulein habe wohl zuweilen ein verschwiegenes Rendezvous in der kleinen, abseits gelegenen Konditorei.

Gemächlich fuhr er seiner Order gemäß bis zur nächsten Straßenecke, während Natascha die Konditorei betrat und sich an ein kleines Tischchen am Fenster setzte. Sie zog den Friesvorhang so weit zu, daß sie durch einen schmalen Spalt auf die Straße sehen konnte, ohne von draußen gesehen zu werden.

Natascha ließ ihren Blick scharf herumschweifen, ehe sie ihren Platz einnahm. Die Gäste, meist Damen, interessierten sie nicht. Sie drehte dem Lokal den Rücken zu, sah dabei unverwandt durch den schmalen Spalt im Vorhang auf die Straße hinaus. Sie konnte gerade den Eingang zu Hassos Wohnung im Auge behalten – das hatte sie schon bei ihren früheren Besuchen der Konditorei festgestellt.

Kaum hatte sie ihren Platz eingenommen, da flammte drüben die elektrische Bogenlampe auf, und nun konnte sie den Eingang genau kontrollieren. Zuweilen warf sie einen Blick auf die Uhr.

Nicht lange brauchte Natascha zu warten, da wurde in Hassos Wohnung das Licht ausgeschaltet. Der sparsame Riemer hatte es sofort verlöscht, als sein Herr mit seiner Mutter hinausgegangen war. Zu gleicher Zeit sah Natascha Rose das Haus verlassen, aber da sie von deren Existenz nichts wußte und sie für irgendeine fremde Hausbewohnerin hielt, achtete sie nicht weiter auf sie.

Aber gleich darauf beugte sie sich weit vor. Da drüben fuhr ein Auto an, und gleich darauf trat Hasso, seine Mutter am Arm führend, aus dem Hause. Mit scharfen, forschenden Blicken, die ihr schönes Gesicht entstellten, beobachtete Natascha genau den Vorgang. Sie sah Mutter und Sohn einsteigen und das Auto davonrollen.

Nun richtete sich die schöne Russin straff empor. Ihr Antlitz bekam einen harten, entschlossenen Ausdruck, der sie um Jahre älter erscheinen ließ. Ihre feinen Nasenflügel vibrierten, die Augen blickten scharf, die Lippen preßten sich fest aufeinander. Sich erhebend, warf sie dem Kellner ein Geldstück zu und ergriff die große silberne Handtasche, die neben ihr auf dem Tische lag.

Sie zog den Schleier wieder herab und faßte prüfend in die große Manteltasche, um zu konstatieren, daß ein kleines Kästchen und eine dünne Rolle Papier noch darinnen steckten.

Und dann verließ sie eilig die Konditorei, ging noch ein Stück an den Häusern entlang und dann schnell über den Fahrdamm nach der Wohnung Hassos.

An der verschlossenen Haustür klingelte sie dem Pförtner. Wie von unsichtbaren Händen geöffnet sprang die Tür auf, und ohne Zögern trat Natascha ein. Im Treppenhaus, ehe sie an Hassos Wohnungstür trat, schlug sie den Schleier zurück. Aufatmend blieb sie einen Moment stehen. Dann zog sie kurz entschlossen die Klingel.

Jetzt lag wieder das süße, weiche Lächeln auf ihrem Antlitz, und Riemer strahlte über das ganze Gesicht, als er die schöne Russin vor sich sah.

»Ich möchte Herrn von Falkenried und seine Frau Mutter sprechen«, sagte sie freundlich und trat ohne weiteres an Riemer vorbei in den Korridor. Riemer hatte seine Schürze wieder umgebunden und neben ihm stand eine Leiter und ein Eimer. Er hatte gerade beginnen wollen, die Korridortür abzuwaschen.

»Gnädiges Fräulein verzeihen, aber die Herrschaften sind vor kaum fünf Minuten fortgefahren.«

Natascha machte ein ganz betrübtes, enttäuschtes Gesicht.

81

»Ach, wie schade – da habe ich mich doch verspätet. Wir haben uns verfehlt. Wissen Sie, wohin sich die Herrschaften begeben haben?«

»Nein, gnädiges Fräulein, ich glaube aber, die Herrschaften wollten einen Besuch machen.«

Natascha stand wie unschlüsig.

»Wir wollten zusammentreffen, und ich hoffte, sie hier noch zu erreichen. Nun werde ich die Herrschaften aber sicher verfehlen. Es bleibt mir deshalb nichts anderes übrig, als hier auf die Rückkehr zu warten. Die Herrschaften werden sicher, wenn sie mich nicht antreffen, schnell zurückkehren. Also führen Sie mich in das Arbeitszimmer des Herrn Oberleutnant. Sie wissen ja, Riemer, daß ich stets ungehinderten Einlaß habe.«

Diese scherzenden Worte unterstützte Natascha mit einem bezaubernd freundlichen Lächeln und mit einem gewichtigen, metallischen Händedruck. Ohne auf Riemer weiter zu achten, schritt sie auf die Tür des Arbeitszimmers zu. Er hätte aber auch gar nicht daran gedacht, ihr den Einlaß zu verweigern. Vergnügt ließ er das Trinkgeld in seiner Tasche verschwinden und beeilte sich, Natascha die Tür zu öffnen und das elektrische Licht im Arbeitszimmer anzudrehen. Er hatte ja von seinem Herrn Befehl erhalten, die Damen Kowalsky jederzeit eintreten zu lassen, und hielt sich an seine Instruktion.

»Wollen gnädiges Fräulein den Mantel ablegen?« fragte er, ihr einen Sessel zurechtrückend.

»Nein, danke, es ist nicht zu warm hier. Sollte er mir lästig werden, lege ich ihn selbst ab. Ich sehe, Sie sind bei der Arbeit, Riemer. Lassen Sie sich in keiner Weise durch meine Anwesenheit stören. Ich nehme mir hier ein Buch und lese, bis die Herrschaften zurückkehren.«

Riemer verneigte sich mit einer entschuldigenden Geste auf seine Schürze.

»Ich bin gerade dabei, Türen zu waschen, gnädiges Fräulein.«

»Nun, wenn Sie nicht gerade die Türen in diesem Zimmer waschen wollen, so lassen Sie sich nicht stören. Ich brauche Sie nicht. Sollte ich Ihrer bedürfen, klingle ich.«

Mit einer Verbeugung zog sich Riemer zurück.

Draußen überlegte er sich, was er nun tun sollte, wenn Fräulein von Lossow zurückkehrte, ehe sein Herr mit seiner Mutter zurückkam. Sollte er dann Fräulein von Lossow ins Arbeitszimmer führen und ihr melden, daß Fräulein von Kowalsky hier war, oder sollte er sie einfach, wie ihm sein Herr geboten, in das Wohnzimmer führen? Die Verbindungstür zwischen den beiden Zimmern war geschlossen. Schließlich brauchten die Damen gar nichts von ihrer gegenseitigen Anwesenheit zu wissen. Daß zwischen seinem Herrn und der schönen Russin zarte Bande angeknüpft worden waren, hatte Riemer längst gemerkt. Und er wußte, daß man in solchen Fällen nicht vorsichtig genug sein konnte. Jedenfalls beschloß er, sich strikt an seine Instruktionen zu halten und darüber hinaus den Dingen freien Lauf zu lassen, Rose ins Wohnzimmer zu führen, ihr dort den Tee zu servieren und von der Anwesenheit der schönen Russin nichts zu berichten. Dann hatte er auf alle Fälle keine Dummheit gemacht.

Unter diesen Betrachtungen nahm Riemer Leiter und Eimer und begann sein Werk an der Vorsaaltür. –

Natascha hatte, als Riemer das Zimmer verlassen hatte, einen Moment hinausgelauscht. Sie hörte Riemer hantieren. Ihre Gestalt straffte sich. Wieder erschien auf ihrem Antlitz der harte, entschlossene Ausdruck.

Leise glitt sie zu der Tür, durch welche Riemer hinausgegangen war, und schob vorsichtig, jedes Geräusch vermeidend, den Riegel vor. Falls Riemer doch gegen ihren Willen eintreten wollte, mußte er warten, bis sie den

Riegel wieder zurückgeschoben hatte. Dann konnte sie ihm irgendeine Erklärung geben und etwaige Bedenken mit einem erneuten Trinkgeld beschwichtigen.

Sie wollte vorsichtshalber auch die Tür zum Wohnzimmer abriegeln, aber an dieser fehlte Riegel und Schlüssel. Doch erschien ihr dies nicht wichtig. Eiligst nahm sie nun aus ihrer Manteltasche die dünne Papierrolle und das schmale, lange Kästchen. Dann warf sie mit einem Ruck den Mantel von sich in einen Sessel.

Aus ihrer großen silbernen Handtasche nahm sie leise das kleine Schlüsselbund, das ihr Hasso als Pfand gegeben hatte. Die Handtasche, die Papierrolle und das Kästchen legte sie auf den Sessel vor dem Schreibtisch. Und nun beugte sie sich herab und probierte, welcher Schlüssel in das Schloß des Schreibtisches paßte. Gleich der erste ließ sich im Schloß drehen. Und nun wendete Natascha ihre Aufmerksamkeit dem kleinen Knopf an der Seite zu. Erst zog sie daran, dann drehte sie an ihm. Als sie aber kräftig darauf drückte, rollte die leere, oberste Platte des Schreibtisches geräuschlos zurück und die eingelegte Zeichenplatte hob sich empor.

Auf der Platte lag eine Skizze aufgespannt, einige kleinere Zeichnungen lagen lose daneben. Letztere betrachtete Natascha nur flüchtig. Die größere Skizze, das war es, was sie suchte, es war Hasso von Falkenrieds geniale Erfindung, die für einen Kriegsfall ungeheuren Wert hatte und deshalb streng geheimgehalten wurde. Und um dieser Skizze willen hatte Natascha dies Wagnis unternommen. Sie mußte sich um jeden Preis eine Kopie dieser Skizze verschaffen.

Rasch wickelte sie die dünne Papierrolle auf, die sie mitgebracht hatte, sie enthielt einen Bogen Pauspapier. Den breitete sie geschickt über die aufgespannte Skizze aus. Dann entnahm sie dem kleinen schmalen Kästchen einige Zeichenutensilien.

Mit einer auf große Übung schließen lassender Sicherheit und bewundernswerter Kaltblütigkeit machte sich Natascha ans Werk und pauste die Skizze samt den genau angegebenen Berechnungsziffern durch. Trotz der Eile saß jeder Strich. Sie wußte, daß jede Sekunde kostbar war.

In einer halben Stunde war die Kopie dieser Skizze, für deren absolute Geheimhaltung sich Hasso von Falkenried mit seiner Ehre verpflichtet hatte, genau kopiert, ohne daß Natascha irgendwie gestört worden war. Nicht einen Strich, nicht eine Berechnungsziffer hatte sie vergessen. Diese Kopie verriet das ganze Geheimnis von Hassos Erfindung.

Eiligst steckte sie die Zeichenutensilien in das Kästchen zurück und versenkte es in ihre Manteltasche. Dann faltete sie die gepauste Kopie zusammen und wie irgendein belangloses Blättchen Papier, ganz klein zusammengefaltet, verschwand die bedeutungsvolle Skizze zwischen einigen Briefen und Papieren, welche die Handtasche enthielt. Einen der Briefe nahm sie dabei heraus. Er war an Hasso von Falkenried adressiert. Ein Druck auf den Knopf und die Zeichenplatte, auf der Natascha die alte Ordnung wieder hergestellt hatte, verschwand wieder in dem Fach. Geräuschlos schob sie die leere Schreibtischplatte darüber hin. Auf diese Platte legte Natascha mit einem rätselhaften Lächeln den an Hasso von Falkenried adressierten Brief. Dieser Brief sollte als Erklärung dienen für ihr Eindringen in seine Wohnung, das Riemer natürlich seinem Herrn melden würde nach dessen Rückkehr. Natascha hatte alles sehr schlau erwogen.

Inzwischen war Rose von Lossow mit ihrer Besorgung fertig geworden. Sie fand Riemer mit dem Putzen der Vorsaaltür beschäftigt und mußte einen Augenblick warten, bis er von der Leiter herabgeklettert war und ihr Platz zum Eintreten machte.

85

So brauchte Rose nicht die Flurklingel zu ziehen. Riemer öffnete die Wohnzimmertür und ließ sie eintreten. Dies Geräusch vernahm Natascha wohl, aber sie glaubte, Riemer verursache es. Daß Hasso und seine Mutter durch »Olga« festgehalten wurden, davon war Natascha überzeugt und von Roses Anwesenheit, überhaupt von ihrer Existenz, hatte sie keine Ahnung, wußte sie nicht, daß sich jetzt drüben im Nebenzimmer ein Mensch befand. Aber auch Rose hatte keine Ahnung, daß in Hassos Arbeitszimmer die junge Dame anwesend war, der Hasso sein Herz geschenkt hatte. Um sich die Zeit zu vertreiben, wollte sie hinübergehen und sich Bücher und Zeitungen zur Lektüre holen, wie es ihr Hasso angeboten hatte. Ahnungslos öffnete sie die Verbindungstür zwischen den beiden Zimmern. Ein leises Klirren von Schlüsseln und ein schwaches Geräusch, als wenn ein Schloß einschnappte, drang an ihr Ohr. Auf der Schwelle blieb sie betroffen stehen. An Hassos Schreibtisch stand hoch aufgerichtet eine bildschöne junge Dame und sah mit erschrockenen Augen nach ihr.

Ganz deutlich bemerkte Rose, daß diese Dame sich irgendwie an Hassos Schreibtisch zu schaffen gemacht hatte und nun in sichtlicher Hast und Verwirrung ein kleines Schlüsselbund in ihrer silbernen Handtasche zu bergen suchte.

In ihrem Schreck über den plötzlichen Eintritt der Fremden in dem Moment, als sie den Schreibtisch abgeschlossen und das Schlüsselbund aus dem Schloß gezogen hatte, sah Natascha nicht, daß ein zusammengefaltetes Papier aus ihrer Handtasche glitt und lautlos auf das weiche Eisbärfell vor dem Schreibtisch niederfiel. Ihre zitternden Hände mühten sich zu nervös und hastig, die Schlüssel zu verbergen.

Rose sah wohl dies Papier fallen, war aber, gleich der Fremden, so fassungslos überrascht, daß auch sie zunächst nicht weiter auf das herabfallende Papier achtete, das nun unbemerkt auf dem Eisbärfell liegenblieb.

Starr sahen sich die beiden Frauen eine Weile in die Augen, die Blicke fest ineinander gerichtet. Natascha hatte endlich die Schlüssel geborgen und zwang sich, die einen Moment verlorengegangene Geistesgegenwart wiederzuerlangen. Mit einer brüsken Bewegung richtete sie sich straff empor.

»Wer sind Sie? Was wollen Sie hier?« herrschte sie Rose an.

Rose trat nun einen Schritt näher.

»Ich bin Rose von Lossow und warte hier auf meinen Vetter Hasso von Falkenried und seine Mutter. Und wer sind Sie?«

Diese Frage Roses klang weniger schroff.

Eine Ahnung sagte ihr, wer die schöne Fremde sei. Sie glich Hassos Beschreibung. Und doch erschien es Rose kaum glaublich, daß sich Natascha in Hassos Arbeitszimmer, an seinem Schreibtisch befand. –

»Oh, wie haben Sie mich erschreckt durch Ihr Eintreten, gnädiges Fräulein. Ich bin ein wenig auf verbotenem Wege überrascht worden und nun muß ich Ihnen wohl eine Erklärung geben und mich vor allen Dingen vorstellen. Ich bin Natascha von Kowalsky.«

»Ich dachte es mir, wenn es mir auch seltsam erschien«, sagte sie halblaut.

»Sie haben schon von mir gehört?« forschte sie lächelnd, scheinbar ganz unbefangen und sicher.

»Ja, mein Vetter sprach von Ihnen und beschrieb Sie uns genau«, antwortete Rose, und ihre Augen ließen nicht von Nataschas Antlitz, auf dem jetzt wieder süßes und zauberisches Lächeln erschien.

»Ach, dann wissen Sie wohl auch, daß er um meine Hand angehalten hat?«

»Ja, das weiß ich«, erwiderte Rose ernst.

»Sicher wissen Sie auch, daß ich mich zu einer entscheidenden Antwort noch nicht entschließen konnte?«

Rose war die ganze Art und Weise Nataschas höchst unangenehm. »Ich hörte, daß mein Vetter mit seiner Mutter darüber sprach und weiß natürlich auch, daß beide jetzt Ihnen und Ihrer Frau Mutter einen Besuch machen, in der Annahme natürlich, auch Sie dort zu finden. Deshalb sehen Sie mich sehr erstaunt, Sie hier anzutreffen.«

»Ach, ich sehe schon, daß ich Ihnen eine vollständige Beichte ablegen muß, um Ihnen mein Hiersein zu erklären. Wollen Sie mich anhören?« fragte Natascha scheinbar in kindlicher Harmlosigkeit. Sie hatte sich inzwischen eine Ausrede zurechtgelegt.

»Es liegt bei Ihnen, mir eine Erklärung zu geben oder nicht. Ich habe keine zu fordern.«

»Aber natürlich sind Sie im Innern sittlich entrüstet, mich hier in der Wohnung eines Herrn zu treffen, der sich um meine Hand bewirbt. Ich wollte ihm nämlich meine entscheidende Antwort auf seine Werbung schriftlich geben. Ich mußte auch einige Fragen klarstellen. Hier liegt der Brief von mir. Ich wollte ihn selbst auf seinen Schreibtisch legen, damit ich sicher war, daß er wirklich in seine Hände kam. So eilte ich hierher, da ich ihn abwesend wußte. Nicht wahr, das ist nicht ganz so schlimm, wie es aussah?«

Rose konnte nicht vergessen, daß sie ein Geräusch vernommen hatte bei ihrem Eintritt, als habe Natascha Hassos Schreibtisch geschlossen. Und ganz sicher hatte sie gesehen, daß diese ein Schlüsselbund in ihrer Handtasche barg. So verlegen war sie gewesen, daß sie nicht merkte, daß sie das zusammengefaltete Papier verlor, das dort noch auf dem Eisbärfell lag. Rose wollte Natascha auf das Papier aufmerksam machen. Aber ein Gefühl hinderte sie daran. Sie mißtraute Natascha.

»Ich habe mir kein Urteil angemaßt über Ihr Hiersein, es hat mich nur überrascht, zumal mir der Diener nichts davon gemeldet hat, als ich eben zurückkam.«

»Ach – ich hatte dem Diener natürlich ein Märchen aufgebunden, hatte ihm gesagt, ich wollte Herrn von Falkenried und seine Mutter hier erwarten, weil ich sie verfehlt habe. Sicher hat er angenommen, daß wir uns bei einer Begegnung hier schon selbst auseinandersetzen würden. Das ist ja nun auch geschehen – und nun muß ich mich eilen, heimzukommen, um die Herrschaften noch bei meiner Mutter zu treffen.«

Eilig schlüpfte Natascha in ihren Flauschmantel, die silberne Handtasche ließ sie nicht einmal aus den Händen, während sie den Mantel anlegte. Regungslos sah ihr Rose zu.

»Adieu, Fräulein von Lossow!«

Rose neigte nur stumm das Haupt, ohne ihre Augen von Natascha zu lassen. Wieder wollte sie ihr sagen, daß sie ein Papier verloren habe – und wieder war ihr die Kehle wie zugeschnürt.

Diese manövrierte sehr geschickt an der Tür, um zu verbergen, daß sie den Riegel erst zurückschieben mußte. Aber Rose entging doch nicht das leise Schnappen des Riegels.

Wieder überfiel sie ein Mißtrauen. Aber sie wehrte sich dagegen.

Mit sich selbst unzufrieden, ließ sie sich in einen Sessel gleiten und seufzte tief auf.

»Schön ist sie – wunderschön –, aber nicht gut. Hasso wird mit dieser Frau nicht glücklich werden«, dachte sie und stützte den Kopf müde in die Hand.

Sie wußte nicht, woher ihr die Gewißheit kam, sie fühlte nur Schmerz, der ihr bitterer war als ihr eigenes Leid.

Wie gelähmt saß sie in dem Sessel, unfähig etwas zu tun. Sie starrte abwechselnd auf den Brief und auf das zusammengefaltete Papier, das Nataschas Handtasche entfallen war.

Die arme Rose ahnte nicht, daß Hasso von Falkenrieds

Ehre und Leben an jenem zusammengefalteten Papier hing, das auf dem Fell lag, wußte nicht, daß ein gütiges Geschick sie dazu ausersehen hatte, dem Mann, den sie liebte, einen unermeßlichen Dienst zu leisten, durch ihr plötzliches Eintreten und durch das instinktive Stillschweigen über das herabgefallene Papier.

Unablässig mußte sie nachdenken, was der Brief dort auf dem Schreibtisch enthielt. Sehr wichtig mußte der Brief sein, sonst hätte Natascha kaum den gewagten Schritt unternommen, in Hassos Wohnung zu kommen, um ihn selbst dorthin zu legen.

Oder war dies nur ein Vorwand gewesen?

So fragte sie sich wieder voll Mißtrauen, und wieder wehrte sie sich dagegen und schalt sich aus.

Nach einer Weile brachte ihr Riemer den Tee ins Wohnzimmer. Er meldete ihr, daß der Tee auf dem Tisch stehe.

Rose dankte. Sie sah Riemer an und fragte: »Wie lange war Fräulein von Kowalsky schon anwesend, als ich zurückkehrte?«

»Etwa eine gute halbe Stunde, gnädiges Fräulein. Sie wollte erst auf den Herrn Oberleutnant und die gnädige Frau warten. Aber als sie fortging, meinte sie, es dauere ihr doch zu lange und sie hätte Ihnen alles Nötige bestellt.«

»Durften Sie denn eine fremde Person hier einlassen?«

»Ach, gnädiges Fräulein, ich kenne Fräulein von Kowalsky sehr genau, ich bringe doch immer Blumen zu ihr hin. Und neulich ist sie mit ihrer Frau Mutter hier gewesen. Da hat mir der Herr Oberleutnant befohlen, die Damen jederzeit ungehindert eintreten zu lassen. Ich habe ganz nach der Instruktion gehandelt.«

»Und warum melden Sie mir nicht, daß Fräulein von Kowalsky anwesend war?«

»Dafür hatte ich eben keine Instruktionen, gnädiges Fräulein, und in solchen Fällen weiß Unsereins nie so recht genau, was man tun und lassen muß.«

Sie winkte freundlich ab. »Riemer, es bedarf keiner Entschuldigung. Die Angelegenheit ist ja nun erledigt.«

Als sie wieder allein war, starrte sie wieder grübelnd vor sich hin.

»Eine halbe Stunde war sie hier anwesend? Warum so lange, wenn sie nur den Brief hierherlegen wollte und wo sie doch wissen mußte, daß Hasso sie zu Hause erwartete? Und warum hatte sie den Riegel an der Tür vorgeschoben? Sie hatte es ganz sicher getan, ich merkte, wie sie ihn zurückschob.«

Sie trat an den Schreibtisch heran und las die Aufschrift auf dem Brief. In großen, energischen Buchstaben war Hassos Adresse darauf geschrieben.

Und ehe sie zurücktrat, strich sie leise und sanft, wie liebkosend über den Schreibtisch und über die Lehne des Sessels, der davor stand.

Eine Weile starrte sie wieder, wie hypnotisiert, auf das zusammengefaltete Papier zu ihren Füßen herab. Dann machte sie eine Bewegung, als wollte sie es aufheben. Nein, sie wollte es nicht berühren. Hasso mochte es aufheben, wenn er zurückkam, und Natascha zurückgeben.

Langsam ging sie wieder zu dem Sessel. Und so saß sie wie eine stumme Schildwache vor den beiden verhängnisvollen Papieren, die Hassos Schicksal bedeuteten, ohne daß sie eine Ahnung davon hatte.

Die Zeit, bis Hasso und seine Mutter heimkehrten, verging ihr furchtbar langsam.

Und dabei wurde ihr immer trostloser und einsamer zumute, als sei sie ganz allein auf der Welt.

Nataschas vermeintliche Mutter, in Wahrheit ebenfalls eine russische Spionin, hatte inzwischen Hasso und seine Mutter in liebenswürdigster Weise empfangen. Sie bat sogleich um Entschuldigung, daß ihre Tochter augenblicklich nicht zugegen sei.

»Es war Natascha sehr unangenehm. Aber wir hatten eine wichtige, unaufschiebbare Besprechung mit unserem Bankier, und da Natascha nicht gut die Herrschaften allein empfangen konnte, mußte sie sich entschließen, selbst zu ihm zu fahren. Ich bitte sehr, daß Sie einstweilen mit meiner Gesellschaft fürliebnehmen. Ich darf Sie jedenfalls um keinen Preis fortlassen, sonst ist das Kind außer sich«, sagte sie mit einem Lächeln, in dem es wie stumme Ergebung in das Unvermeidliche lag.

»Wenn Sie gestatten, verehrte gnädige Frau, dann bleiben wir natürlich gern. Meine Mutter möchte doch Ihr Fräulein Tochter gern kennenlernen.«

»Unsere Kinder stellen uns vor eine schwere Entscheidung, gnädige Frau. Und wir werden sie hergeben müssen, das sehe ich schon ein. Meine Natascha hat mich nicht im Zweifel gelassen, auf welcher Seite ihr Glück liegt.«

»Wir werden uns, wie alle Mütter, in das Unvermeidliche fügen«, erwiderte Frau von Falkenried würdevoll. Sie empfand keine Sympathie für Frau von Kowalsky. Frauen haben einen feinen Instinkt, und auf Frau von Falkenried machte die Mutter ihrer künftigen Schwiegertochter einen Eindruck, der durchaus nicht günstig zu nennen war.

Und seltsamer Weise fielen auch Hasso heute allerlei Kleinigkeiten an Frau von Kowalsky unangenehm auf. Das geschah wohl, weil heute seine Aufmerksamkeit nicht von Natascha abgelenkt wurde. Er wartete sehnsüchtig auf Nataschas Erscheinen. Die Worte ihrer Mutter hatten ihn hoffen lassen, daß Natascha die Zeit gut genützt und der Mutter die Einwilligung abgerungen hatte.

So wurde ihm die Zeit, bis sie erschien, zur Ewigkeit.

Die Herrschaften saßen in dem Salon, in dem Hasso auch sonst empfangen worden war. Nicht die leiseste

92

Spur verriet hier etwas von der geplanten Abreise der beiden.

Natascha war, als sie Hassos Wohnung verlassen hatte, eilig zu dem an der nächsten Straßenecke haltenden Auto gegangen und hatte es bestiegen.

»Schnell nach Hause!« hatte sie dem Chauffeur zugerufen. Es währte nicht lange, da hielt das Auto vor der Kießlingschen Pension. Natascha hatte wie auf dem Sprunge gesessen und öffnete, noch ehe das Auto hielt, die Tür. »Sie sind sechs Uhr dreißig wieder hier, aber pünktlich – wir fahren zum Bahnhof«, sagte sie hastig zu dem Chauffeur und reichte ihm ein Trinkgeld.

Eilig lief Natascha die Treppe hinauf, schon unterwegs den Flauschmantel aufknöpfend. Sie hatte sich im Auto nicht Zeit gelassen, ihren Raub nochmals zu besichtigen. Es war ihr gewiß, daß die kopierte Zeichnung wohlverwahrt in ihrer silbernen Handtasche steckte, in der sie noch andere wichtige Papiere aufbewahrte. Auch jetzt öffnete sie die silberne Tasche nicht, sondern drückte sie nur fest an sich, wie ein kostbares Kleinod.

Oben angelangt, betrat sie schnell das Zimmer, wo die fertig gepackten Reisetaschen standen und warf schnell die silberne Handtasche, ohne sie noch einmal zu öffnen, in ihre Reisetasche und legte hastig Hut und Mantel ab.

Ein prüfender Blick in den Spiegel, ein Ruck an dem tadellos sitzenden dunkelblauen Tuchkleid, und sie war fertig. Ehe sie hinüber in den Salon trat, schaltete sie vorsichtig das elektrische Licht aus, damit man von drüben die Reisevorbereitungen nicht sehen konnte. Schon hatte sie dann die Türklinke in der Hand, als ihr noch etwas einfiel. Sie mußte ja die Schlüssel aus ihrer silbernen Handtasche haben, um sie Hasso wiedergeben zu können. Ohne das Licht erst noch einmal einzuschalten, trat sie im Dunkeln an ihre Reisetasche und tastete nach der hineingeworfenen silbernen Tasche. Sie nahm die-

93

selbe gar nicht erst heraus, sondern öffnete sie in der Reisetasche und zog die Schlüssel hervor. Dann schloß sie erst die silberne, dann die lederne Tasche und barg das Schlüsselbund in ihrem Kleid.

Mit strahlendem, erregtem Gesicht trat sie dann in den Salon, mit den leise geröteten Wangen und den leuchtenden Augen.

Zuerst tauschte sie blitzartig einen Blick des Einverständnisses mit ihrer Gefährtin.

Dann begrüßte sie mit lieblicher Befangenheit Hasso von Falkenried, der sie seiner Mutter vorstellte, und zog dann mit einer tiefen Verneigung Frau von Falkenrieds Hand an ihre Lippen.

»Sie müssen mir gütigst verzeihen, daß ich warten ließ, aber ich habe mich so sehr beeilt, wie ich konnte. Nicht einmal Zeit zum Umziehen habe ich mir genommen«, sagte sie einschmeichelnd und bittend.

Frau von Falkenried mußte sich gefangengeben. Nataschas Schönheit, ihr Charme waren unwiderstehlich. Und Hasso war wie berauscht vor Glück, als sich Nataschas Augen tief und verheißungsvoll in die seinen senkten.

Frau von Falkenried sah die Sehnsucht in den Augen ihres Sohnes und verstand, daß es ihn verlangte, einige Worte allein mit Natascha zu reden. Nachdem man den Tee eingenommen hatte, heuchelte die alte Dame ein großes Interesse an der Einrichtung der Fremdenpension.

»Sie haben es hier so gemütlich – viel gemütlicher als in einem Hotel. Es würde mich interessieren, einmal die näheren Bedingungen kennenzulernen«, sagte sie zu Frau von Kowalsky.

Diese verstand sofort, daß Frau von Falkenried ihrem Sohn ein Alleinsein mit Natascha verschaffen wollte und ging sogleich darauf ein.

»Wenn es Ihnen lieb ist, kann ich Sie gleich einmal zu

Frau Major Kießling hinüberführen.«

»O ja, darf ich bitten.«

Kaum war Hasso mit Natascha allein, so faßte er ihre Hand und bedeckte sie mit glühenden Küssen.

»Natascha, Ihre Frau Mutter scheint etwas getröstet zu sein. Was darf ich hoffen?«

»Wenn Sie nach Hause kommen, finden Sie meine Entscheidung auf Ihre Werbung schwarz auf weiß vor.«

Er glaubte, sie habe ihm einen Brief in seine Wohnung geschickt. »Sie haben entschieden, Natascha, und wollen mich noch immer grausam warten lassen?« fragte er zärtlich, vorwurfsvoll.

»Sind Sie noch im Zweifel, wie ich mich entschieden habe? Angst hatte ich, daß ich Sie hier nicht mehr finden würde. Dann hätte mir auch Ihr Pfand nichts genützt. Wollen Sie es nun wieder haben?«

Sie zog das Schlüsselbund hervor und reichte es ihm mit einem sinnverwirrenden Lächeln.

»Ich habe es auf dem Herzen getragen«, flüsterte sie.

Er zog ihre Hand mit den Schlüsseln an seine Lippen und barg dann das Schlüsselbund in seiner Brusttasche.

»Jetzt ruht es auf meinem Herzen, Natascha. Aber nun sagen Sie mir – darf ich Sie als meine Braut betrachten?«

Eine Weile sah sie ihn mit strahlenden Augen an. Und dann nahm sie plötzlich mit einem tiefen Aufatmen seinen Kopf in ihre kühlen, feinen Hände und preßte ihre Lippen in einem langen Kuß auf die seinen.

»Träumen Sie heute nacht von mir, Hasso«, flüsterte sie leise.

Er wollte sie in seine Arme ziehen und sie küssen. Aber sie wich rasch von ihm zurück.

»Natascha – komm an mein Herz –, sei nicht so grausam«, flehte er.

»Für heute ist es genug. Ich habe noch allerlei Bedingungen zu stellen. Die finden Sie in meinem Schreiben, das Sie zu Hause erwartet.«

»Nur noch einen einzigen Kuß, süße Natascha.« Ihr Kuß hatte seine Sehnsucht ins Maßlose gesteigert.

»Heute nicht – seien Sie nicht unersättlich«, neckte sie.

Er wollte trotzdem zu ihr dringen. Kein Zweifel kam ihm mehr, daß er Natascha als seine Braut betrachten durfte. Aber ehe er sie erreicht hatte, traten die beiden alten Damen wieder ein, und Hasso mußte eine formelle Haltung annehmen.

Bald darauf brach Frau von Falkenried mit Hasso auf. Er zögerte beim Abschied, bis Frau von Kowalsky mit seiner Mutter das Zimmer verlassen hatte.

Nataschas Hand heiß und innig an seine Lippen ziehend, flüsterte er:

»Grausame, süße Natascha – du wirst mir morgen büßen müssen, daß du mich heute so gehen ließest.«

Sie sah mit einem seltsam weichen, rätselhaften Blick in seine Augen, lange und tief. Dann atmete sie auf.

»Man ist nicht immer Herr seines Willens – gute Nacht, Hasso von Falkenried.«

Und damit entließ sie ihn.

Sie blieb im Zimmer zurück, während ihre Gefährtin draußen im Vorzimmer Hasso und seine Mutter verabschiedete.

Eine Weile blieb sie mit geschlossenen Augen stehen und ein müder, trauriger Ausdruck lag auf ihrem Antlitz.

»Ich habe doch noch ein Herz in der Brust. Es ist gut, daß ich meine Aufgabe erfüllt habe. Hasso hätte meinem Seelenfrieden gefährlich werden können«, dachte sie.

»Sentimentalitäten sind überflüssiger Ballast für Leute meines Schlages«, sagte sie vor sich hin mit harter, spröder Stimme.

»Alles in Ordnung, Natascha?« fragte ihre Gefährtin beim Eintreten hastig.

»Gelungen! Nun vorwärts, Olga, wir müssen auf alle Fälle den Wiener Zug erreichen, der kurz vor dem über

Warschau abgeht.«

»Warum den Umweg über Wien?«

»Es ist besser – man kann nie wissen. In dem Warschauer Zug vermutet man uns natürlich am ersten.«

»Denkst du an eine mögliche Verfolgung, Natascha?«

»Möglich ist alles – und Vorsicht ist unser erstes Gebot. Also vorwärts.«

Olga Zscharkoff, wie wir Nataschas Gefährtin jetzt beim richtigen Namen nennen wollen, stieß einen zischenden Laut aus, als Natascha ihr berichtete.

Sie erzählte – jetzt sprachen die Damen, trotzdem sie das ganze Abteil für sich allein hatten, Russisch – ausführlich die Vorgänge in Hasso von Falkenrieds Wohnung.

Und als sie geendet hatte, seufzte sie tief auf.

Olga Zscharkoff hatte aufmerksam zugehört. Nun sagte sie, ebenfalls aufatmend:

»Es ist doch gut, daß wir über Wien fahren, wo man uns nicht suchen wird. Du hast recht, Natascha. Man kann doch nicht wissen, was geschieht, wenn Falkenried deinen Brief findet und mißtrauisch wird. Jetzt reisen wir auf alle Fälle wieder unter unseren richtigen Namen. Natascha Karewna und Olga Zscharkoff sind nun wieder schlichte, russische Bürgerinnen.«

»Gottlob, daß uns dieser letzte Coup noch gelungen ist. Außer dieser gepausten Skizze bringen wir nicht viel Beachtenswertes für unsere hohen Auftraggeber heim.«

»Ja, es war die letzte Möglichkeit, gut abzuschließen. Wo hast du denn die Pause? Hast du sie gut verwahrt?«

»Sie befindet sich noch in meiner silbernen Handtasche«, erwiderte Natascha Karewna. »Ich will sie gleich herausnehmen und zu dem übrigen Material legen. Gib mir die Aktenmappe aus deiner Reisetasche, Olga.«

Olga Zscharkoff nahm ihre Reisetasche aus dem Gepäcknetz.

»Wo hast du die silberne Handtasche?«

»In meiner Reisetasche – bitte gib mir diese auch herunter, du bist kräftiger als ich.«

Olga Zscharkoff hatte allerdings große Körperkräfte und hob die Reisetasche wie ein Spielzeug herunter. Sie stellte sie neben Natascha auf das Polster.

Nachdem Olga Zscharkoff durch die zugezogene Gardine auf den Gang hinausgelugt hatte, öffnete sie ihre Reisetasche, um eine schlichte, schwarze Aktenmappe herauszunehmen.

Natascha Karewna öffnete die ihre gleichfalls und zog die silberne Handtasche heraus. Sie legte sie in ihren Schoß und öffnete sie, um die zusammengefaltete Kopie herauszunehmen. Da sie dieselbe nicht gleich fand, entleerte sie die Tasche vollständig und breitete den Inhalt auf ihrem Schoß aus. Ihr Gesicht drückte bereits eine leise Unruhe aus. Hastig sah sie die Papiere durch, eins nach dem andern entfaltend, aber von der gepausten Skizze war keine Spur zu finden. Sie wurde nervös, blätterte nochmals alles genau durch. Nichts zu finden. ein halbunterdrückter Ausruf Nataschas machte Olga aufmerksam.

»Was ist dir, Natascha?«

Diese ließ die zitternden Hände sinken und starrte die Gefährtin an, blaß bis in die Lippen.

»Ich kann die Pause nicht finden – bitte, sieh du diese Papiere einmal sorgfältig durch. Mir ist vor Aufregung ganz schwarz vor den Augen.«

»Um Gottes willen!« rief Olga entsetzt und machte sich nun an die Durchsicht der Papiere. Aber auch sie fand nichts.

Plötzlich schlug sich Natascha vor die Stirn und lachte nervös auf. »Wie man manchmal schreckhaft ist. Die Zeichnung wird aus der silbernen Handtasche in die Reisetasche gefallen sein, als ich im Dunkeln die Schlüssel herausnahm.«

Und eilig stopfte sie alles in die silberne Handtasche zurück und nahm die offenstehende Reisetasche auf den Schoß.

Auch diese packte sie aus, Stück für Stück die darin befindlichen Gegenstände durchsuchend, und als sie nichts fand, nahm Olga Zscharkoff nochmals eine genaue Durchsuchung vor. Vergebens – die gepauste Skizze blieb verschwunden. Eine ganze Weile starrten sich die beiden Frauen in die blassen, erregten Gesichter. Sie waren gewöhnt, mancher überraschenden Situation kühn und furchtlos ins Auge zu schauen. Aber dieser neue Fehlschlag raubte ihnen die Fassung.

»Besinne dich doch, Natascha! Du mußt doch wissen, wo die Zeichnung blieb, wenn du sie schon in den Händen hattest«, stieß Olga Zscharkoff zornig und außer sich hervor.

Natascha drückte die zitternden Hände an die Schläfen und starrte grübelnd vor sich hin.

Angestrengt überdachte sie noch einmal die ganze Szene in Hasso von Falkenrieds Arbeitszimmer und ihren Heimweg. Ganz genau wußte sie, daß sie die silberne Tasche unterwegs nicht geöffnet hatte. Erst in der Pension, in dem dunklen Zimmer hatte sie sie aufgemacht, um die Schlüssel herauszunehmen. Aber dabei hatte sie die silberne Tasche nicht aus der Reisetasche genommen, und wenn da die Zeichnung herausgefallen wäre, hätte sie in der Reisetasche liegen müssen. Das sagte sie Olga mit tonloser Stimme. Diese nagte wütend an ihrer Lippe.

»Dann hast du die Pause am Ende überhaupt nicht in die silberne Handtasche getan – hast sie gar auf Falkenrieds Schreibtisch liegenlassen?«

»Nein, nein – so ist es nicht. Ich weiß bestimmt, daß ich die Zeichnung, eng zusammengefaltet, in die silberne Tasche zwischen diese andern Papiere schob, als ich den Brief für Falkenried herausnahm und auf den

Schreibtisch legte. Nichts als dieser Brief lag auf der Schreibtischplatte. Und dann – dann kam dieses Mädchen – Falkenrieds Kusine –, und ich war für einen Moment fassungslos erschrocken, weil ich die Schlüssel noch in der Hand hielt. Und da – mein Gott – ja – da öffnete ich meine Tasche und mühte mich, die Schlüssel hineinzuschieben. Es wollte nicht gleich gelingen, und ich war etwas nervös. Und – ja – nur da – nur in diesem Moment kann mir die Zeichnung aus der Tasche gefallen sein.«

»Hölle und Teufel!« zischte Olga Zscharkoff außer sich vor Wut. »Dann befindet sich also die Kopie noch in Falkenrieds Wohnung. Das hast du ja großartig gemacht!«

Natascha zuckte die Achseln und sah finster vor sich hin.

»Ich kann es mir nicht anders erklären. Du kannst nicht mehr außer dir sein, als ich es bin.«

»Du bist eine Stümperin geworden, meine Liebe«, zischte sie.

»Schweig! Ich ertrage jetzt keinen Vorwurf. Es hat mir an Glück gefehlt, ein törichter, lächerlicher Zufall kam mir diesmal dazwischen, nachdem ich, weiß Gott, mit Anspannung aller Kräfte den Erfolg schon sicher zu haben glaubte. Dieses Mädchen, von dessen Existenz ich keine Ahnung hatte, kam mir dazwischen. Und während ich sie im Auge hielt, um sie unschädlich zu machen und ihr eine Komödie vorzuspielen, hat mir ein tückischer, lächerlicher Zufall diesen Streich gespielt. Das ist Unglück, Olga, und keine Stümperei. Eine Stümperin solltest du mich nicht schelten, du nicht, denn ich habe manches Ungeschick von dir im Laufe der Jahre gutmachen müssen.«

»Und was nun? Jetzt können wir noch von Glück reden, daß wir nicht den Warschauer Zug benutzten. Findet Falkenried die Kopie in seiner Wohnung, dann läßt er möglicherweise unser Signalement an die Grenze depeschieren und dann stände es schlimm um uns«, fuhr sie etwas gemäßigter fort.

»Nein, nein – da ist nichts zu fürchten – von ihm nicht –, er wird nach seiner Heimkehr zuerst meinen Brief lesen – und der wird ihn vorläufig so erregen und verstören, daß er an nichts anderes denken wird. Außerdem ist es leicht möglich, daß das herabgefallene Papier als wertlos in den Papierkorb wandert, wenn es der Diener beim Reinigen findet. Trotzdem ist es besser, daß wir in dem Wiener Zug sitzen. Man kann nicht vorsichtig genug sein. Herrgott – das hat mich dieser Fall wieder gelehrt. Ich könnte toben.«

Olga Zscharkoff warf wütend die Sachen wieder in die Reisetaschen und legte dieselben sehr unsanft in das Gepäcknetz.

»Und was nun? Was wird nun aus uns, wenn wir mit fast leeren Händen zurückkommen? Am Ende wird man uns als untauglich entlassen.«

»Das brauchst du nicht zu befürchten. Man braucht unsere Dienste, und man wird nicht gleich vergessen, was wir schon geleistet haben.«

»Oh, dafür hat man ein kurzes Gedächtnis.«

»So hilft man ein wenig nach. Wir werden die Scharte das nächstemal auswetzen. Laß es meine Sorge sein, den Herren das vorzustellen, aber – ich selbst verzeihe mir dies Fiasko nicht. Ich könnte mir etwas antun vor Zorn, daß ich mich durch solch ein deutsches Gänschen aus der Fassung bringen ließ.«

Sie riß bei den letzten Worten so zornig an ihrem feinen Taschentuch, daß es in Fetzen zwischen ihren Fingern blieb.

Olga Zscharkoff warf sich in ohnmächtigem Grimm in die eine Wagenecke, während Natascha steif aufgerichtet sitzen blieb. So starrten die beiden Frauen finster vor sich hin, ohne noch ein Wort miteinander zu reden.

Erst nach einer langen Zeit konnte sie sich nicht enthalten zu sagen:

»Falkenried kann von Glück sagen, er ist mit einem blauen Auge davongekommen. Er kann seiner Kusine sehr dankbar sein – sie hat eine Natascha Karewna zur Närrin gemacht. Das ist so leicht noch niemand gelungen. Den sicheren Erfolg hast du dir aus den Händen gleiten lassen.«

»Spotte nur über mich – ich habe es verdient und verurteile mich viel strenger, als du es tun kannst.«

Die beiden Frauen suchten jede auf ihre Art mit dieser Enttäuschung fertig zu werden. Natascha sah zum Fenster hinaus mit finsterem, schmerzverzogenem Gesicht. Der einzige Trost in ihrem Mißgeschick war der, daß dieses vielleicht Hasso von Falkenried vor Vernichtung schützte. Sie hatte keine Rücksicht auf ihn nehmen können, solange sie ihrem Ziel zustrebte. Aber nun ihr Plan mißlungen war, gönnte sie ihm den Vorteil daran lieber, als einem andern.

»Ich werde ihn wohl nie, niemals wiedersehen«, dachte sie und schloß die Augen.

Hasso von Falkenried war mit seiner Mutter nach Hause zurückgekehrt. Unterwegs hatten Mutter und Sohn nicht viel zusammen gesprochen. Hasso brannte noch Nataschas Kuß auf den Lippen, und er sehnte sich, ihren Brief zu lesen. Seine Mutter aber suchte sich mit dem Gedanken abzufinden, daß ihr Nataschas Mutter einen so wenig sympathischen Eindruck gemacht hatte. Und nun sie nicht mehr durch Nataschas Gegenwart bezaubert wurde, fiel ihr nachträglich auch mancherlei ein, was ihr an Natascha nicht sonderlich gefallen hatte.

Sie hütete sich, ihrem Sohn etwas von ihren Gedanken zu verraten. Es hätte ihm nur das Herz schwer gemacht.

Als Mutter und Sohn in Hassos Wohnung anlangten

und auf dem Korridor ablegten, berichtete Riemer von Nataschas Besuch, und Fräulein von Kowalsky habe auch mit Fräulein von Lossow gesprochen. Befremdet sah Frau von Falkenried ihren Sohn an, obwohl sie in Gegenwart des Dieners nichts sagte.

Auch Hasso lauschte etwas betroffen auf diesen Bericht. Sie traten nun beide eilig ins Wohnzimmer, um von Rose Näheres zu erfahren. Diese saß noch immer drüben im Arbeitszimmer in dem Sessel. Als Hasso mit seiner Mutter eintrat, schrak sie aus ihrem Sinnen empor und erhob sich.

»Da sind wir wieder, Rose. Hast du dich sehr gelangweilt? Riemer sagte mir, Natascha sei hier gewesen, und du hättest mit ihr gesprochen«, stieß Hasso hastig hervor.

»Ja, Hasso. Als ich von meinem Ausgang zurückkam und mir hier aus dem Arbeitszimmer Zeitungen holen wollte, sah ich, als ich die Tür öffnete, die junge Dame hier am Schreibtisch stehen. Sie sagte mir, sie habe dir diesen Brief persönlich herbringen wollen.« Damit zeigte Rose auf den Brief.

»Aber Hasso, das ist doch – wie kann die junge Dame zu dir in deine Wohnung kommen?« fragte Frau von Falkenried sehr mißbilligend. Dieser Schritt Nataschas erschien ihr unerhört.

»Fräulein von Kowalsky wollte sicher sein, daß der Brief bestimmt in Hassos Hände kam. Sie sagte mir, sie habe gewußt, daß Hasso nicht zu Hause sei«, suchte Rose, um Hassos willen, zu erklären.

Er sah sie dankbar an. Wenn Natascha einen kleinen Verstoß begangen hatte, so war es aus Liebe zu ihm geschehen. So suchte er die Geliebte vor sich selbst zu entschuldigen und faßte nun nach dem Brief.

»Entschuldige mich einige Minuten, liebe Mama, und nimm inzwischen hier Platz. Natascha sagte mir selbst, ich würde ihre Entscheidung auf meine Werbung schwarz auf weiß zu Hause finden. Daß sie diesen Brief selbst hierhergebracht hat, ahnte ich nicht. Also auf einige Minuten, ich will nur den Brief lesen.«

Damit ging er hastig ins Nebenzimmer, während seine Mutter sich mit einem unbehaglichen Gefühl in einen Sessel gleiten ließ.

Rose trat an das Fenster und sah auf die Straße hinab.

Hasso riß drüben hastig das Kuvert auf und zog Nataschas Brief hervor. Ehe er ihn auseinanderfaltete, preßte er ihn an seine Brust und an seine Lippen. Es war ja die Entscheidung über sein Lebensglück.

In einen Sessel gleitend, faltete er dann den Brief auseinander. Und er las:

»Sehr geehrter Herr von Falkenried! Es tut mir sehr leid, daß ich Ihnen auf Ihre Werbung ein entschiedenes Nein zur Antwort geben muß. Ich bin schon seit einigen Jahren verheiratet. Vergessen Sie die kleine amüsante Episode, so schnell es Ihnen möglich ist.

Ich wollte nur einmal aus eigener Anschauung kennenlernen, wie deutsche Männer lieben können. Es hat mich sehr befriedigt, es war mir sehr interessant. Beinahe hätten Sie meiner Herzensruhe ernstlich gefährlich werden können. Soviel Feuer und Leidenschaft, wie Sie mir zeigten, hätte ich bei den nüchternen Deutschen nicht vermutet.

Zum Abschied werde ich Sie heute küssen, dies soll mein königlicher Dank sein und der Lohn für Ihre Liebe, die mir immerhin ein Triumph war. Nun grollen Sie mir nicht unversöhnlich – ich hätte wirklich nicht als Frau zu Ihnen gepaßt. Adieu, Hasso von Falkenried!

Natascha.«

Hasso starrte auf diesen Brief herab, als sei er ein Blendwerk der Hölle. Wieder und wieder mußte er ihn lesen. Und als er endlich begriff, da stöhnte er auf, wie zu Tode verwundet.

Wozu dies Gaukelspiel? Warum hatte sie ihm das angetan? Und warum gab sie sich hier als Mädchen aus?

Ein kalter Schauer durchrann seine Glieder. Zu plötzlich war diese grausame Ernüchterung. Er konnte es nicht fassen und begreifen, daß ein Weib – dieses schöne, sinnbetörende Weib, so falsch und frivol sein konnte – er konnte es nicht fassen, nicht begreifen.

So saß er lange Zeit und ließ die Wunden bluten, die ihm die Falschheit eines Weibes geschlagen hatten.

Drüben im Arbeitszimmer war Rose bei seinem ersten Aufstöhnen zusammengezuckt. Die Knie zitterten ihr. Was war das für ein qualvoller, schmerzlicher Laut?

Auch Frau von Falkenried hatte ihn vernommen und sah Rose erschrocken an. Eine Weile saßen sie reglos und sahen sich unruhig an. Dann konnte Frau von Falkenried die Stille nicht mehr ertragen sie fühlte gleich Rose, daß Hasso von einem Schmerz betroffen worden war, und ihr Mutterherz forderte seinen Teil an diesem Schmerz.

»Hasso!« rief sie ängstlich.

Dieser Ruf riß ihn aus seiner Erstarrung empor. Er schrak zusammen. In seinem Elend hatte er ganz vergessen, daß er nicht allein war. Schwerfällig erhob er sich und schwankte zur Tür.

Als er bleich und verstört auf der Schwelle stand, sahen ihn die beiden Damen entsetzt an. Rose zuckte zusammen und preßte die Hände aufs Herz. Und seine Mutter streckte ihm die Hände entgegen.

»Mein Sohn – was ist dir? Gott im Himmel, wie siehst du aus?«

»Ein lustiger Fastnachtsscherz, Mama, Frauentücke und Hinterlist! Natascha von Kowalsky ist bereits verheiratet. Sie trieb nur ein Spiel mit mir. Ein interessantes Intermezzo war ihr meine Liebe, sonst nichts«, stieß er heiser hervor und warf seiner Mutter den Brief in den

Schoß. Rose krampfte vor Schreck die Hände zusammen. Sie fühlte seine Schmerzen, fühlte, daß er bis ins Mark getroffen war. Er war nicht der Mann, sich leicht über eine solche Enttäuschung hinwegzusetzen.

Mit einem erneuten bitteren Auflachen sah er in Roses blasses, erschrockenes Gesicht.

»Nicht wahr, Rose, das kannst du nicht fassen! Und du, liebe Mama, hattest wohl recht, wenn du mir sagtest, die Russinnen sind anders geartet als deutsche Frauen. Oder sind alle Frauen falsch und verlogen? Nein, nein, verzeiht mir, ihr beiden, ich bin ein wenig aus dem Gleichgewicht und weiß nicht, was ich rede. Das kam mir alles so plötzlich, so ganz unerwartet. Wenn ich nur wüßte, weshalb sie dieses Spiel mit mir trieb und weshalb sie sich gar hierher bemühte in meine Wohnung, um mir den Brief zu bringen.«

In Roses Herzen wuchs plötzlich das Mißtrauen gegen Natascha riesengroß empor. Sie sah sie im Geiste wieder vor sich, wie sie verlegen und fassungslos dort am Schreibtisch stand und sich mühte, die Schlüssel zu bergen, mit so unsicheren Händen, daß sie nicht merkte, wie ihr das Papier entfiel, das noch dort auf dem Eisbärfell lag. Und all die anderen Verdachtsmomente fielen ihr wieder ein.

Einem inneren Zwang gehorchend, richtete sich Rose plötzlich empor und sagte mit erregter, verhaltener Stimme:

»Kann diese Dame nicht eine Abenteurerin sein, Hasso? Hast du in deinem Schreibtisch dort vielleicht Wertgegenstände verborgen?«

»Was soll das heißen, Rose?«

»Das will ich dir sagen, Hasso. Als ich hier eintrat, stand Fräulein oder Frau von Kowalsky dort an deinem Schreibtisch, und sie war auffallend erschrocken und verlegen. Mir war, als hörte ich bei meinem Eintritt ein Geräusch, als würde ein Schlüssel in einem Schloß her-

106

umgedreht. Und ganz gewiß suchte Natascha von Kowalsky in großer Verwirrung ein kleines Schlüsselbund in ihrer silbernen Handtasche zu bergen.«

»Rose!« schrie Hasso plötzlich wie von Sinnen auf, und es war, als wollte er sich auf sie stürzen.

»Verzeihe mir, Hasso. Ich habe mich selbst gescholten, als ich hörte, daß ich Natascha von Kowalsky vor mir hatte, daß in meiner Seele ein unbestimmter Argwohn erwachte. Aber jetzt erwacht er mit doppelter Stärke. Riemer sagte mir, als sie fortgegangen war, daß sie schon eine gute halbe Stunde auf dich hier in diesem Zimmer gewartet hätte, ehe ich kam. Und sie hatte dort an der Eingangstür den Riegel vorgeschoben, ich merkte, daß sie ihn beim Hinausgehen zurückschob. Und ganz gewiß war sie über meinen Eintritt furchtbar erschrocken. Sie hantierte so unsicher mit dem kleinen Schlüsselbund und der Tasche, daß sie nicht merkte, wie ihr ein zusammengefaltetes Papier dabei herunterfiel. Ich sah es fallen und hätte sie wohl darauf aufmerksam machen müssen, daß sie etwas verlor. Aber als ich es ihr sagen wollte, war mir zumute, als presse mir etwas die Kehle zusammen, ich konnte nicht reden. Und so ließ ich sie gehen, ohne ihr dies Papier zurückzugeben, wie es wohl meine Pflicht gewesen wäre. Und dies Papier – dort liegt es noch auf dem Eisbärfell –, ich habe es nicht anrühren können und mußte immer darauf hinsehen. Vielleicht siehst du es dir einmal an.«

Hasso hatte mit weitaufgerissenen Augen in Roses Gesicht gestarrt, als lese er ihr jedes Wort von den Lippen. Als sie von dem Schlüsselbund sprach, ging es wie ein Ruck durch seine zusammengesunkene Gestalt. Hatte nicht Natascha heute morgen seine Schlüssel als Pfand von ihm verlangt, und hatte er sie ihr nicht arglos, in verliebter Tändelei, ausgeliefert?

Dieser Vorwand, ihm die Schlüssel abzufordern, erschien ihm jetzt plötzlich in einem anderen Licht. Er dachte an das, was sein Schreibtisch barg. Ein jähes, furchtbares Mißtrauen befiel ihn mit entsetzlicher Wucht. Nataschas tändelndes Spiel mit den Schlüsseln, ihr Besuch bei ihm mit ihrer Mutter, ihr Verlangen, daß er Riemer gebot, sie jederzeit einzulassen, ihr angeblicher Besuch bei dem Bankier, während sie doch in Wahrheit hier in seiner Wohnung war und sich über eine halbe Stunde hier in seinem Zimmer aufhielt, hinter verriegelter Tür, das alles sah er plötzlich in grellem Licht, das ihn so blendete, daß er emportaumelte.

Mit zitternden Händen tastete er nach seinem Schlüsselbund und hielt es Rose fragend vor die Augen. Sprechen konnte er nicht. Rose verstand seine Frage. Sie sah das kleine Schlüsselbund an und nickte.

»So sah es aus – so groß war es –, und so kleine blanke Schlüssel waren daran.«

Da stieß Hasso einen heiseren Schrei aus. Der Angstschweiß stand ihm auf der Stirn. Er schloß mit zitternder Hand den Schreibtisch auf und drückte auf den Knopf. Lautlos hob sich die Platte. Scheinbar war alles in Ordnung. Aber Hassos, von Mißtrauen geschärfte Augen erblickten, als er gegen das helle Licht über die Skizze hinwegsah, die feinen, glänzenden Striche, die ein Pausstift oft auf weichem Zeichenpapier hinterläßt. Sein kundiges Auge erkannte sofort, daß die Skizze kopiert war. Wie vernichtet brach er in dem Sessel vor dem Schreibtisch zusammen.

»Hasso – mein Hasso –, was ist dir?« fragte seine Mutter jammernd.

Und auch Rose trat an seine Seite, als müsse sie ihn schützen. Instinktiv ahnte sie, was hier geschehen war. Ach – daß sie ihrem Argwohn, ihrem Mißtrauen gefolgt wäre und die schöne Russin festgehalten hätte, bis Hasso kam.

Zitternd beugte sie sich nieder zu dem herabgefallenen Papier und legte es stumm vor Hasso hin auf den

Schreibtisch. Mit toten, leeren Augen hatte er ihr Tun verfolgt. Nun sah er auf das Papier. Er erkannte sofort an der grauen, speckigen Farbe, daß es Pauspapier war. Mechanisch griff er danach und entfaltete es. Und da sprang er plötzlich, wie elektrisiert, empor und stieß einen unartikulierten Ruf aus. Mit zitternden Händen entfaltete er das Pauspapier vollends und breitete es über seine Zeichnung aus.

Wie ein Zittern flog es über seine hohe Gestalt. Er hob das bleiche Gesicht und wandte es Rose zu. Und plötzlich faßte er ihre Hände und preßte mit einer inbrünstigen Gebärde seine Lippen darauf.

»Rose! Rose! Dir danke ich es, wenn ich vor Vernichtung bewahrt bleibe«, stieß er heiser vor Erregung hervor.

Kraftlos war Hasso, noch immer Roses Hand krampfhaft festhaltend, in seinen Sessel zurückgesunken. Ganz klar war ihm nun mit einem Male alles geworden. Er wußte nun, daß Natascha von Kowalsky in ganz bestimmter Absicht dies frevle Spiel mit ihm getrieben hatte, wußte, daß er einer russischen Geheimagentin in die Hände gefallen war. Die ganze Tragweite dieser Erkenntnis überfiel ihn mit einer Wucht, die ihn fast zerschmetterte.

Er überdachte noch einmal, was geschehen war, seit er Natascha kennengelernt hatte. Alles sah er nun in einem anderen Lichte, alles erhielt ein anderes Gepräge. Er war genarrt worden. Und wie ein Gimpel war er in das Netz hineingetaumelt, das ihm die schöne Spionin mit ihrem Sirenenlächeln vorgehalten hatte. Nie – niemals würde er sich das selbst verzeihen, das wußte er.

»Hasso, so sag' mir doch nur endlich, was geschehen ist. Ich verstehe das alles nicht und ängstige mich zu Tode«, rief seine Mutter außer sich.

Er fuhr aus seiner Erstarrung empor und wandte das blasse Gesicht seiner Mutter zu. Und dann sah er wieder in Roses angstvolles Gesicht, in ihre tiefblauen Augen hinein. Die Gewißheit, daß er ihr seine Ehre, sein Leben zu danken hatte, überfiel ihn mit Allgewalt. Wieder faßte er ihre Hände, dann sah er zu ihr auf mit einem Blick, der sie erschütterte und den sie nie mehr vergessen konnte.

»Rose, du weißt nicht, was du mir getan hast, als du zur rechten Stunde hier eintratest und – dies Papier nicht ausliefertest an die Frau, die es verloren hatte. Dein Instinkt hat dich, gottlob, sicher geleitet – oder eine höhere, gütige Fügung. An diesem Blatt Papier hing meine Ehre und damit mein Leben. Hättest du es ausgeliefert an die Frau, dann blieb mir nichts übrig, als mir eine Kugel durch den Kopf zu jagen. Du hast mir Ehre und Leben gerettet. Das kann ich dir nie genug danken und werde es dir nie vergessen.«

Rose war so erschüttert, daß sie nicht reden konnte. Sie schüttelte nur hilflos den Kopf, um anzudeuten, daß ihr Verdienst daran nur sehr gering war. Aber in ihrer Seele war eine tiefe Dankbarkeit gegen das Schicksal, das sie davor bewahrt hatte, Natascha das Papier auszuliefern.

Mit einem tiefen Atemzug erhob sich Hasso und schob Rose vor seine Mutter hin.

»Bedanke auch du dich bei Rose, sie hat deines Sohnes Leben gerettet. Wäre dies Blatt Papier in den Händen Natascha von Kowalskys geblieben, dann wäre das Geheimnis meiner Erfindung, für dessen Bewahrung ich meine Ehre verpfändet hatte, an die Russen verraten worden. Nichts hat mich vor diesen Frauen gewarnt. So felsenfest war mein Vertrauen in Nataschas Reinheit. Ich selbst habe ihr heute vormittag die Schlüssel zu meinem Schreibtisch, die ich sonst nie von mir lasse, ausgehändigt, als sie sie als Pfand von mir forderte, daß ich am Nachmittag bestimmt wiederkommen würde. Und während sie mich in Gesellschaft ihrer Mutter sicher wußte, eilte sie hierher, um die Skizze zu kopieren. Sie muß eine sehr sichere Zeichnerin sein. Riemer hat sie natürlich ein Märchen aufgetischt, ihn will ich gar nicht erst weiter verhören. Es darf nicht über die Sache gesprochen werden. Mit Rose hatte sie nicht gerechnet, da sie von ihrer Anwesenheit nichts wußte. Und sicher hatte sie, als sie in die Kießlingsche Pension zurückkehrte, noch nicht bemerkt, daß ihr die Beute wieder entwischt war. Sonst wäre sie nicht so strahlend und sicher gewesen.«

»Mein Hasso – mein armer Hasso, daß du dein Herz an dieses ehrlose Geschöpf verlieren mußtest!«

Er richtete sich auf. Sein Antlitz war jetzt wieder hart und kalt, wie von Stein. »Daran erinnere mich nie mehr, Mama! Besser so, als wenn ich auch meine Ehre noch verloren hätte.«

Hasso machte eine hastig abwehrende Bewegung und trat wieder an seinen Schreibtisch. Mit düsterem Gesicht sah er auf die Pause nieder, an der sein Schicksal gehangen hatte.

Rose hatte mit bangen Augen in Hassos düsteres, versteinertes Gesicht gesehen. Sie verstand ihn viel besser als seine Mutter, wußte, wie es jetzt in ihm aussah. Neben dem Schmerz um den Verrat der geliebten Frau an seinem Herzen brannte wohl das Bewußtsein in seiner Seele, daß er durch sein Vertrauen der Spionin gegenüber die nötige Vorsicht außer acht gelassen hatte. Das vergab er sich selbst nicht.

»Ich verdiene keinen Dank. Der liebe Gott hat mich nur zu seinem Werkzeug gemacht, um Hasso vor einem verbrecherischen Anschlag zu schützen. Aber ich freue mich unsagbar, daß ich der inneren Stimme nachgab, die mich hinderte, das Papier auszuliefern. Sonst wäre das Unglück, das Hasso betroffen hat, noch viel größer geworden.«

Hasso sah in ihr blasses Gesicht. Und dann wandte er sich jäh ab und trat an das Telefon heran, das an der Seite seines Schreibtisches befestigt war. Er ließ sich mit der

Fremdenpension Kießling verbinden und bat die Frau Major an das Telefon.

»Bitte, Frau Major – sind die Damen Kowalsky zu Hause?«

»Nein, Herr von Falkenried, sie sind auf einige Tage verreist – gleich, nachdem Sie sich mit ihrer Frau Mutter entfernt hatten.«

»So plötzlich?«

»Es war schon heute vormittag geplant, aber die Damen wollten nicht viel Aufhebens davon machen.«

»Kennen Sie das Ziel der Reise?«

»Gewiß, die Damen reisen nach ihren russischen Gütern, sind aber in acht bis zehn Tagen schon wieder zurück.«

»So, so! Wissen Sie, welchen Zug die Damen benutzt haben?«

»Den Warschauer Zug, gegen sieben Uhr.«

»Danke verbindlichst.«

Hasso hängte den Hörer hin und sann eine Weile nach. Dann ergriff er ihn abermals und ließ sich mit seinem Gönner und höchsten Vorgesetzten, Exzellenz von Bogendorf verbinden. Als dieser sich nach einer Weile am Apparat meldete, fragte Hasso:

»Exzellenz verzeihen, wenn ich störe, aber ich möchte anfragen, ob ich Exzellenz in einer wichtigen Angelegenheit sofort sprechen kann.«

Er bekam den Bescheid, daß er erwartet werde. Aufatmend wandte er sich an Rose und seine Mutter.

»Ich muß euch jetzt eurem Schicksal überlassen. Bitte kehrt ins Hotel zurück und erwartet mich dort. Sollte ich nicht mehr abkommen können, gebe ich euch telefonisch Bescheid. Also, bitte kommt, ich bringe euch zu einem Wagen und fahre dann zu meinem Vorgesetzten, um ihm von allem Meldung zu machen.«

»Mußt du das tun, Hasso?« fragte seine Mutter.

»Ja, Mama, eine Verschleierung der Tatsachen ver-

112

trägt sich nicht mit meiner Ehre.«

Seufzend nahm Frau von Falkenried ihren Pelzmantel um. Auch Rose machte sich fertig. Hasso faltete die gepauste Kopie zusammen und steckte sie, samt Nataschas Brief, zu sich. Dann versenkte er die Zeichenplatte wieder und schloß den Schreibtisch sorgfältig ab. Und dann schärfte er Riemer ein, niemand mehr in die Wohnung einzulassen, gleichviel, wer es sei.

Er war doch nicht ganz sicher, ob Natascha, falls sie den Verlust der Kopie merkte, nicht noch einen Versuch machen würde, seine Wohnung zu betreten, um nach dem verlorenen Papier zu suchen. Sie konnte ja die Abreise nur vorgegeben haben.

Er brachte Rose und seine Mutter zu einem Auto, bestieg dann selbst ein anderes und fuhr zu Exzellenz von Bogendorf. Dieser ließ ihn sofort vor. Hasso trat ihm mit bleichem, aber jetzt wieder ruhigem und entschlossenem Gesicht entgegen.

»Exzellenz verzeihen, wenn ich ohne Umschweife das Wichtigste zuerst vorwegnehme. Ich bitte sofort zu veranlassen, daß die Eurer Exzellenz auch bekannte Frau General von Kowalsky und ihre Tochter, die angeblich den Warschauer Siebenuhrzug benutzt haben, um nach Rußland zu reisen, unterwegs, jedenfalls, ehe sie die Grenze passieren, verhaftet werden.«

Exzellenz von Bogendorf sah ihn betroffen an. »Aus welchem Grunde, Herr Oberleutnant? Die Damen sind von der russischen Botschaft empfohlen worden und gehören einer vornehmen russischen Aristokratenfamilie an. Was ist Ihnen denn? Irre ich mich nicht, so wurde mir sogar erzählt, daß Sie sich um Fräulein von Kowalsky offensichtlich bewerben?«

»Das alles werde ich Eurer Exzellenz sofort auseinandersetzen. Doch ehe ich mich darüber verbreite, bitte ich, alles Nötige und Mögliche zu veranlassen, um sie festnehmen zu lassen. Möglicherweise sind sie im Besitz von Plänen oder Papieren vom Schauplatz ihrer früheren Tätigkeit, die man nicht nach Rußland gelangen lassen soll.«

»Ich kenne Sie als besonnenen, zuverlässigen Menschen, Herr Oberleutnant, und weiß, daß Sie gewichtige Gründe haben müssen, Derartiges von mir zu verlangen.«

Hassos Stirn hatte sich gerötet, als Exzellenz von seiner Besonnenheit und Zuverlässigkeit sprach.

»Ich stehe für meine Worte ein, Exzellenz, und bitte nur noch ad notam zu nehmen, daß die Damen unter der Angabe, acht bis zehn Tage auf ihre russischen Güter zu reisen, sich heute abend gegen halb sieben Uhr aus der Fremdenpension Kießling entfernten, um mit dem Warschauer Zug abzureisen, und daß sie möglicherweise unter einem anderen Namen auftreten. Das Signalement ist also genau anzugeben, soweit es möglich ist.«

Exzellenz nickte kurz entschlossen. Und dann spielte das Telefon nach allen Richtungen. Was augenblicklich getan werden konnte, wurde getan, um Olga Zscharkoff und Natascha Karewna die Flucht abzuschneiden. Ohne Nataschas Vorsicht, den Wiener Zug zu benutzen, wären die beiden Spioninnen sicher an der Grenze abgefaßt worden.

Erst als Exzellenz von Bogendorf alles Nötige veranlaßt hatte, wandte er sich wieder zu Hasso, bat ihn, Platz zu nehmen und das Weitere zu berichten.

Hasso legte eine vollständige Beichte ab unter Vorlage der gepausten Kopie und des Briefes von Natascha von Kowalsky.

Aufmerksam hörte Exzellenz von Bogendorf zu, und als Hasso zu Ende war, atmete er auf.

»Gottlob ist die Angelegenheit für uns noch glimpflich abgelaufen, Herr Oberleutnant. Ich will Ihnen keinen Vorwurf machen – auch dem bedächtigsten Mann kann einmal ein Fehler passieren. Im übrigen bekommt durch

Ihren Bericht eine vertrauliche Meldung, die mir aus Friedrichshafen zuging, eine besondere Beleuchtung. Dort ist vor ungefähr einem Vierteljahr versucht worden, die Tür zu einem geheimen Bureau aufzubrechen, in dem Pläne aufbewahrt wurden, die von großer Wichtigkeit waren. Der Täter wurde gestört, ehe er sein Vorhaben ausführen konnte. Man fand in der Nähe des betreffenden Korridors, auf den die Türe mündete, niemand vor, als einer der Ingenieure das halbzerstörte Schloß entdeckte. Außer einer beschränkten Putzfrau war auf den Stiegen keiner bei der Arbeit. –

Als man am nächsten Tag die Scheuerfrau vernehmen wollte, war sie verschwunden, und mit ihr eine Nichte, mit der sie zusammengewohnt hatte. Hier – lesen Sie das Signalement von Tante und Nichte –, man hat es mir zur Vorsicht gesandt, da man annahm, es handle sich um Spioninnen, und wenn Sie das Signalement genügend ergänzen, könnte man es wohl auf diese Frau General von Kowalsky und ihre Tochter passend machen. Anscheinend sind es dieselben Personen gewesen. Da sie in Friedrichshafen keinen Erfolg hatten, versuchten sie es hier, um uns unsere Geheimnisse abzustehlen. Gottlob auch ohne Erfolg – wenn dieser auch nur noch an einem Fädchen hing.«

Hasso hatte das Signalement gelesen und gab es zurück.

»Fast bin ich überzeugt, Exzellenz, daß es sich um dieselben Personen handelt, die sich dort einer Verkleidung bedienten. Anscheinend hatten diese beiden Spioninnen besonderes Interesse für unsere Luftflotte. Und die Jüngere muß eine tüchtige, geübte Zeichnerin sein, das sehen Exzellenz an dieser, in einer halben Stunde fertiggestellten Kopie. Wenn sie auch gepaust ist – eine Leistung bleibt es doch.«

»Sie haben recht. Und die Pause ist so klar und genau, daß ich mit Vergnügen konstatieren kann, daß Sie aber-

115

mals eine Verbesserung angebracht haben.«

»Ich hatte die Absicht, Eurer Exzellenz gleich nach meiner beabsichtigten Verlobung Vortrag darüber zu halten. Eure Exzellenz können vielleicht verstehen, daß mich meine Arbeit jetzt nicht mehr so freut wie zuvor. Ich kann mir meine Unvorsichtigkeit nicht verzeihen, wenn Exzellenz auch gütig und verzeihend darüber urteilen. Die Reue darüber wird mich immer verfolgen.«

Exzellenz von Bogendorf erhob sich und sah Hasso, der sich gleichfalls erhob, fest und scharf an.

»Mit Reuegefühlen schlagen Sie sich nicht herum. Damit verzetteln Sie eine Kraft, die das Vaterland nötiger braucht. Nichts bereuen – gutmachen, Herr Oberleutnant von Falkenried, verstanden!«

»Eure Exzellenz – untertänigsten Dank für diese Worte.«

»Und nun – auf morgen vormittag. Hoffentlich erwischen wir die beiden Spioninnen. Wenn sie auch kaum nennenswerte Erfolge gehabt haben, so ist es doch immer besser, wenn man solchen Schädlingen das Handwerk legt. Sonst haben wir sie schwerlich das letztemal gesehen. Jedenfalls danke ich Ihnen, daß Sie sofort zu mir kamen.«

Damit war Hasso entlassen.

Etwas erleichtert fuhr er in das Hotel zu seiner Mutter und Rose.

Rita von Falkenried hatte in Wien eine herrliche Zeit verlebt. Sie hatte in der Familie des Baron von Hohenegg die herzlichste Aufnahme gefunden.

Josepha von Hohenegg war die einzige Tochter ihrer Eltern und besaß nur noch einen fast zehn Jahre älteren Bruder, mit dem sie herzlichste Geschwisterliebe verband.

Als Rita Ende Oktober in Wien eintraf, war Baron Rainer, Josephas Bruder, noch nicht anwesend. Er verwaltete selbständig das in der Nähe von Hohenegg gelegene Gut Villau, das ebenfalls seiner Familie gehörte. Zuvor hatte er einige Jahre als Offizier bei einem vornehmen Reiterregiment in Wien gedient. Seit zwei Jahren hatte er aber seinen Abschied genommen, um seinen Vater zu entlasten durch die Bewirtschaftung eines seiner Güter.

Baron Rainer wurde jedoch ebenfalls in den nächsten Tagen in Wien erwartet.

Rita und Josepha schlossen sich mit der alten Innigkeit einander an und waren natürlich unzertrennlich. Josepha erzählte Rita viel von ihrem »Rainerbruder«.

Eines Tages saßen die beiden jungen Damen in Josephas entzückendem Boudoir in einem molligen, gemütlichen Erkerausbau und sahen auf die belebte Promenade. Villa Hohenegg lag im vornehmsten Stadtviertel in einem herrlich gepflegten Garten.

»Morgen kommt mein Rainerbruder, Rita. Du sollst schauen, was für ein goldiger Mensch er ist. Ich habe ihn so gern. Natürlich nimmt er mich nicht ganz für voll – weißt, ich bin halt in seinen Augen so ein kleines Busserl, mit dem er seine Gaudi treibt, wenn er grad bei Laune ist. Und ich sekkier' ihn auch ein bisserl, als Revanche dafür. Aber sonst verstehen wir uns einzig«, sagte Josepha. Und dann schleppte sie alle Fotografien ihres Bruders herbei und zeigte sie Rita.

»Gelt – hier als Offizier –, da hat er Schneid? Schad', daß er nicht mehr aktiv ist. Ich hab' ihn gern gesehen in der Uniform.«

»Oh, ich weiß schon warum.«

»Gar nichts weißt du. Schau dir lieber meinen Rainerbruder an. Ist er nicht fesch?«

Rita sah sich die Bilder an. Und dann sagte sie lächelnd: »Mehr als fesch, Josepha, lieb sieht er aus, er hat ein Gesicht, das einem gleich Vertrauen einflößt.«

»Ich freu' mich so, daß ihr zwei euch nun endlich kennenlernt. Ich glaub', ihr werdet euch prächtig verstehen.

Mußt aber nicht denken, daß er ein so bedeutender Mensch ist wie dein Bruder. O jegerl, vor dem hab' ich immer einen grausigen Respekt gehabt. Es ist ein Kreuz, Rita, wenn die Männer so arg ernst und gescheit sind. Das ist nichts für mich. Ich muß halt lachen und mein G'spaß treiben können. Weißt – wie mit dem Rudi Haßbach. Da brauchst nicht jedes Wörtel auf die Goldwag' zu legen, kannst auch mal was ganz Dummes daherreden.«

Rita hattte den Grafen Haßbach, einen Freund und ehemaligen Regimentskameraden von Rainer Hohenegg, bereits am ersten Tage ihres Wiener Aufenthaltes kennengelernt. Er war ein frischfroher Reiteroffizier, immer vergnügt, immer zu Scherzen aufgelegt. Und Rita merkte gleich, daß er Josepha eifrig den Hof machte.

»Daß dir der Rudi Haßbach gefällt, hab' ich längst bemerkt, Josepha«, sagte sie schelmisch.

»Tschaperl – bist doch arg klug! Woraus hast es denn gemerkt?«

»Du singst mit besonderer Vorliebe ein gewisses Lied«, neckte Rita.

»Was denn für ein Lied?«

Rita sprang auf, setzte sich an das Klavier im Nebenzimmer und spielte eine Melodie. Und dann sang sie den Text dazu:

> »Mein Schatz is a Reiter,
> A Reiter muß's sein,
> Das Roß g'hört dem Kaiser,
> Der Reiter ist mein.
> Tra la la la la,
> Tra la la la la.«

Josepha war hinter sie getreten und zog ihr die Hände vom Klavier.

»Willst du still sein, hier wird nicht aus der Schul' geplaudert.« Sie zog Rita lachend, aber mit gerötetem Gesicht wieder hinüber an das Fenster.

»Da, schau her! In zwei Minuten wird der Rudi da draußen hoch zu Roß erscheinen und mir eine Fensterparad' machen. Das hab' ich kontraktlich. Jeden Morgen einen Blumenstrauß, jeden Mittag, wenn es der Dienst erlaubt, eine Fensterparade. Schau – da ist er schon. Gelt – eine fesche Figur macht er auf seinem Gaul? Er reitet wie ein Gott! Papa sagt, er hat den Teufel im Leib, wenn er auf dem Gaul sitzt.«

»Das sind zwei verschiedene Lesarten. Aber jedenfalls paßt ihr um so besser zusammen, Josepha, denn du bist auch eine brillante Reiterin.«

»Das Kompliment geb ich dir zurück, Rita. Ich hab' in Falkenried oft genug deine Reitkunst bewundern können. Weißt du, wenn mein Rainerbruder hier ist, dann reiten wir drei so oft wie möglich zusammen aus. Ach, mein liebes Wien! Du mußt es liebgewinnen, Rita! Es ist die schönste Stadt der Welt – schon weil der Rudi drinnen lebt. Schau doch – er grüßt herauf, jetzt hat er uns entdeckt. Du – untersteh dich nicht und mach ihm schöne Augen!.«

»Ich werde mich hüten, Josepha. Du kratzest sie mir sonst am Ende trotz aller Freundschaft aus«, stellte Rita schelmisch fest.

»Da kannst dich drauf verlassen«, antwortete Josepha, und da Graf Haßbach jetzt verschwunden war, umfaßte sie Rita, wirbelte sie im Zimmer herum und lief dann hinüber ans Klavier.

»Mein Schatz is a Reiter!«

Am anderen Tage traf Rainer Hohenegg ein.

Und vom ersten Moment an fanden Rita und der junge Baron großes Wohlgefallen aneinander. Baron Rainer

119

war ein stattlicher, hübscher Mensch, mit gebräuntem, sympathischem Gesicht, klaren, guten Augen und fröhlichem Wesen, das aber auch einer festen, ernsten Lebensführung nicht abhold war.

Er machte nicht den geringsten Hehl daraus, daß die junge Freundin seiner Schwester ihm ausnehmend gefiel, und beschäftigte sich sehr viel mit ihr.

Josepha sah mit Vergnügen, daß der Bruder und die Freundin so gut zusammenstimmten, und auch Josephas Eltern sahen sich befriedigt lächelnd an, wären durchaus nicht abgeneigt gewesen, sie als Schwiegertochter aufzunehmen.

Sehr bald fanden sie beide heraus, daß sie in ihren Ansichten und Meinungen harmonierten, als seien sie für einander geschaffen. Wenn die jungen Herrschaften ausritten, gesellte sich oft Graf Haßbach zu ihnen, und dann war es immer ganz selbstverständlich, daß draußen in den Waldungen Graf Rudi sich an Josephas Seite und Baron Rainer an Ritas Seite hielt.

In den ersten Tagen des Dezembers hielt Graf Rudi Haßbach in aller Form um die Hand der Baronesse Josepha an, und diese wurde ohne jeden Widerstand seine glückstrahlende Braut.

Baron Rainer hatte dem Freunde und der Schwester herzlich Glück gewünscht. Nun suchte er mit einem seltsamen Gefühl nach Rita.

Diese saß im Musikzimmer an dem Flügel und spielte einen Chopinschen Walzer.

Man hatte Rita scheinbar über dem freudigen Familienereignis vergessen. Als Rainer eintrat, blieb er erst ein Weilchen an der Tür stehen. Ein verlorener Sonnenstrahl huschte über die lichte, reizende Erscheinung der Spielerin.

Langsam trat er näher heran, an ihre Seite und sah, auf den Flügel gelehnt, unverwandt in ihr rassiges, beseeltes Gesichtchen.

Sie hatte flüchtig zu ihm aufgesehen, spielte aber weiter. Dabei fühlte sie jedoch seinen Blick, und das verwirrte sie und trieb ihr das Blut ins Gesicht. Mitten im Spiel ließ sie plötzlich die Hände auf den Tasten ruhen, schüttelte ärgerlich über sich selbst den Kopf und sah ihn vorwurfsvoll an.

»Jetzt haben Sie mich ganz aus dem Konzept gebracht, Herr Baron.«

»Ich war doch mucksmäuserlstad.«

»Ich kann nicht spielen, wenn mich jemand so andauernd betrachtet«, erwiderte sie.

»Habe ich das getan?« fragte er, ihren Blick festhaltend.

»Ja gewiß!« rief sie, ein wenig ärgerlich über sich selbst.

Ein Lächeln flog über sein Gesicht.

»Woher wissen Sie denn, daß ich Sie angeschaut habe? Sie haben mich doch gar nicht angesehen?«

»Trotzdem weiß ich's, ich habe es gefühlt.« Er beugte sich vor, und in seinen Augen zuckte es.

»Wissen Sie, daß man nur den Blick von Menschen fühlt, die einem entweder sehr unsympathisch oder sehr sympathisch sind?«

»Nein, das habe ich nicht gewußt«, antwortete sie wie unter einem Zwang.

»Es ist aber so. Und ich möchte nun gar gern wissen, Fräulein Rita, welcher Art Ihre Gefühle für mich sind.«

Sie wurde sehr rot, meisterte aber ihre Verlegenheit. »Das muß ich mir doch erst einmal überlegen.«

»Nein, Sie wissen es genau und wollen es mir nur nicht sagen.«

»Müssen Sie es denn unbedingt wissen?«

»Ganz unbedingt.«

»Wissen Sie nicht, daß zwischen Österreich und Deutschland unbedingte Sympathie herrscht? Kann ich da anders, als Ihnen sympathisch begegnen?«

»Rita, liebe Rita, da drüben hat sich soeben ein glückliches Brautpaar zusammengefunden. Meine Schwester und Rudi Haßbach haben sich verlobt. Nun liegt so eine seltsam sehnsüchtige Stimmung hier in der Luft, als müßte man es schnell den beiden Glücklichen nachtun. Ich will Ihnen einmal ein Geständnis machen, Rita. Voriges Jahr sandten Sie meiner Schwester eine Fotografie von sich. Ich sah lange in das reizende, eigenartige Gesichtel hinein. Es gefiel mir, gefiel mir sehr. Am meisten die Augen und der Mund. Ja, besonders dieser entzückkende, eigenwillige Mund, ›den möcht' ich küssen‹, dacht ich mir. Josepha sagte mir, daß sie im Sommer nach Falkenried eingeladen sei und daß sie dann sicher dafür sorgen würde, daß Sie im Winter nach Wien kommen würden.«

»Davon hat mir Josepha kein Wort gesagt.«

»Auf meinen Wunsch nicht, liebe Rita. Ich wollte mich erst überzeugen, ob das Original denselben Eindruck auf mich machen würde wie das Bild. Josepha hat mir viel, sehr viel von Ihnen erzählen müssen. Und nun – nun, liebe Rita, habe ich Sie kennengelernt, und so viel tausendmal besser als das Bild gefallen Sie mir, und die Sehnsucht, den reizenden Mund, der es mir gleich angetan hat, zu küssen, ist halt immer ärger geworden. – Und ich will nun nicht mehr allein da unten in Villau hausen. Das Beste fehlt halt doch, wenn man so ein einschichtiger Junggesell ist. Gelt, Sie erbarmen sich jetzt meiner Not und helfen mir ein bisserl von meiner Sehnsucht. Ganz zu stillen ist sie ja nimmer – aber so eine kleine Abschlagszahlung auf das Glück –, gelt, Rita – die darf ich mir nehmen?«

Sie konnte ihre Augen nicht von ihm lassen. Und da fragte er nicht mehr. Schnell legte er seine Arme um sie und stillte seine Sehnsucht. Da ihn Rita in keiner Weise daran hinderte, brauchte er sehr lange Zeit. Und sie lag still an seinem klopfenden Herzen und erwiderte seine

Küsse. So vertieft waren sie beide in diese herrliche Beschäftigung, daß sie nicht merkten, wie Josepha und Graf Rudi Arm in Arm mit leuchtenden Augen eintraten.

»Jetzt – was ist denn das? Rita, was tust du denn in den Armen meines Rainerbruders?« fragte Josepha halb lachend, halb gerührt.

Die Glücklichen fuhren auseinander. Rainer aber hielt Rita fest und blitzte Josepha übermütig an.

»Dasselbe, mein liebes Schwesterl, was du zuvor in den Armen deines Rudi getan hast. So etwas steckt an. Und wenn schon im Haus dahier eine Hochzeit gefeiert werden soll, kommt es auf eine zweite auch nicht an. Gelt, Rita? Was die beiden da drüben können, das können wir auch. Und jetzt gehen wir zwei zu meinen Eltern. Dies Brautpaar lassen wir zur Strafe allein, weil es uns mitten in unsere Verlobung hineingefallen ist. Komm, Rita!«

Damit wollte Rainer Rita mit sich fortziehen. Aber Josepha hielt sie fest.

»Halt – stillgestanden, hier wird nicht davongelaufen.«

Sie küßte Rita herzlich.

»Schwesterlein, liebes, gelt, jetzt soll es noch schöner werden? Und da bescher ich dir auch gleich einen Schwager. Gleich müßt ihr zwei euch ein verwandtschaftliches Busserl geben – ich erlaub es großmütig.«

Graf Rudi verneigte sich lachend vor Rita.

»Mit Verlaub – was Josepha will, tue ich immer mit Vergnügen. Du, Rainer – schau mal weg, damit dich die Eifersucht nicht umbringt.« Damit küßte Graf Rudi erst Ritas Hand und dann ihren Mund.

Rita war von alledem ein wenig benommen. Rainer schob auch schon Graf Rudi energisch beiseite.

»Jetzt ist's genug – jetzt will ich erst mal meine Braut für mich allein haben«, sagte er und führte Rita schnell davon. Drüben im Nebenzimmer blieb er aber gleich wieder stehen.

»Schatzerl, jetzt müssen wir die unterbrochene Verlobungszene noch ein bisserl fortsetzen«, sagte er zärtlich neckend, »noch kein bisserl ist meine Sehnsucht gestillt – im Gegenteil, viel ärger ist's halt damit geworden.«

»Wollen wir nicht erst zu deinen Eltern gehen, Rainer?«

Er hielt sie fest und schüttelte energisch den Kopf.

»Das eilt mir gar nicht, mein holdes Schatzerl. Geschwind – gib deinem armen Rainer noch ein Busserl, daß er nicht verdursten muß.«

Mit »einem Busserl« war es natürlich nicht abgetan. Aber Rita vergaß das Zählen so gut wie Rainer.

Und von drüben erklang Klavierspiel und Josephas Stimme:

> »Mein Schatz is a Reiter,
> A Reiter muß's sein;
> Das Roß g'hört dem Kaiser,
> Der Reiter ist mein.
> Tra la . . .«

Das weitere wurde erstickt. Graf Rudi schien drüben die Verlobungsszene auch energisch fortzusetzen. – »Nun komm, Schatzerl, jetzt wollen wir fein artig zu den Eltern gehen; ein Weilchen halt ich es nun aus«, sagte Rainer.

Seine Eltern waren nicht sehr überrascht und gaben ohne Zögern ihren Segen. Und dann depeschierte Rainer an Herrn von Falkenried und Rita an ihre Mutter nach Berlin. Sie wußte, daß diese mit Rose dort weilte. Rainer meldete seinen Besuch in Falkenried für nächsten Montag an. Bis dahin wollte Frau von Falkenried von Berlin zurück sein.

Das war die freudige Nachricht, die Frau von Falkenried im Hotel vorgefunden hatte.

Hasso von Falkenried vergab sich nicht, daß er Natascha von Kowalsky die Schlüssel zu seinem Schreibtisch ausgehändigt hatte. Das Bewußtsein, unvorsichtig und leichtsinnig gewesen zu sein, nagte an dem sonst so pflichtgetreuen, zuverlässigen Mann. Daran änderte auch der Umstand nichts, daß sein Vorgesetzter den Fall so milde beurteilte. Er selbst tat es nicht.

Daß auch seinem Herzen eine tiefe Wunde geschlagen worden, trug mit dazu bei, ihn niederzudrücken.

Vorläufig blieben die beiden Spioninnen verschollen, aber an alle maßgebenden Stellen wurde ihr genaues Signalement gegeben, und diesem Signalement wurde eine Warnung beigefügt, besonders streng auf Elemente zu achten, die sich an die fraglichen Bureaus herandrängten.

Hasso ging nun wieder mit besonderem Eifer an seine Arbeit. »Nichts bereuen – gutmachen.« So hatte ihm Exzellenz von Bogendorf gesagt. Und gutmachen wollte er, das nahm er sich fest vor.

In den ersten Tagen nach dieser bitteren Enttäuschung war Hasso düster und wortkarg. Rose sah voll Sorge in das versteinerte Gesicht. Sie verstand ihn am besten, kraft ihrer Liebe. Sie merkte, daß ihm jetzt die Anwesenheit der Mutter eine Qual war und daß er sich sehnte, mit sich allein fertig zu werden. So beeilte sie sich tunlichst mit den Einkäufen.

Hans von Axemberg war nur am letzten Abend mit Hasso und seinen Damen zusammengekommen. Er hatte angenommen, Hasso habe sich verlobt und sei von seiner Braut in Anspruch genommen worden. Als er nun jedoch Hasso wiedersah, merkte er sofort, daß der Freund verändert war. Er nahm an, daß Hassos Bewerbung um Natascha von Kowalsky erfolglos verlaufen sei. Und als er am nächsten Sonnabend bei Steinbergs zum Tee geladen war, erfuhr er, daß Frau General von Kowalsky mit ihrer Tochter verreist sei. Diese Abreise

125

brachte er in Zusammenhang mit der düsteren Stimmung des Freundes. In der Gesellschaft ahnte niemand etwas von der Spionageaffäre.

Hans von Axembergs gutes Herz litt es aber nicht, länger mit scheinbarer Teilnahmslosigkeit dem Freunde zu begegnen. Am Sonntag vormittag begab er sich in Hassos Wohnung und fand ihn auch zu Hause.

Eine Weile unterhielten sich die Freunde, Axemberg sah in Hassos blasses, gequältes Gesicht. Dann hielt er es aber nicht mehr aus.

»Mein lieber Hasso, ich habe ja niemals den Größenwahn besessen, anzunehmen, daß ich dir so viel sein könnte, wie du mir, denn du bist mir sehr, sehr viel. Aber ich sehe, daß dich etwas quält, und kann das nicht länger schweigend ansehen. Du hast mich neulich abends, als du von Falkenried zurückkehrtest, deines Vertrauens in deiner Herzensangelegenheit für wert gehalten. Aber das, was dich quält, das behältst du für dich. So viel gelte ich dir nicht, daß du mich auch daran teilnehmen läßt.«

Hasso sah in das frische, gutmütige Gesicht des Freundes, in seine ehrlichen Augen hinein. Es wallte wie Rührung in ihm auf bei seinen Worten. Erst nach einer Weile konnte er reden.

»Lieber Hans«, sagte er warm, »was ich einem Freund sagen kann, dem besten, ehrlichsten, den ich habe, denn das bist du, das sollst du hören. Aber dann frage auch nie mehr weiter, dann laß es zwischen uns begraben sein.«

»Das verspreche ich dir, Hasso.«

»Und gib mir dein Ehrenwort, daß das, was ich dir sage, unter uns bleibt.«

»Du hast mein Ehrenwort.«

Hasso atmete tief auf. Dann zog er aus einem Fach seines Schreibtisches Nataschas Brief.

»Also hier, lies erst einmal das.«

Axemberg ergriff den Brief und las ihn. Sein hübsches

Gesicht bekam einen verächtlichen Ausdruck.

»Infame Schlange! Ich ahnte, daß eine falsche Note an diesem Weibe war.«

»Wie recht du hattest mit dieser Ahnung, das wird dir erst klarwerden, wenn ich dir sage, daß Natascha von Kowalsky so wenig die Tochter eines russsischen Generals war wie ihre sogenannte Mutter die Witwe eines solchen. Ich nehme sogar als ziemlich bestimmt an, daß sie überhaupt nicht in einem verwandtschaftlichen Verhältnis miteinander standen.«

»Du willst doch nicht sagen, daß – daß es Abenteurerinnen waren?« fragte er erschrocken.

»Schlimmer noch, es waren russiche Spioninnen, und nur ein glücklicher Zufall bewahrte mich davor, ihr Opfer zu werden. Du weißt, ich arbeite an einer Erfindung, die uns im Kriegsfall sehr wertvoll sein kann. Du kannst die ganze Tragweite dieser Eröffnung verstehen, denn du weißt, daß ich mich mit meiner Ehre für die Geheimhaltung meiner Arbeit verbürgt hatte. Ich fuhr sofort zu Exzellenz von Bogendorf. Er hat mir nichts nachgetragen. Aber ich selbst kann mich nicht ganz freisprechen, weil ich mich in meiner blinden Verliebtheit düpieren ließ. Und ich werde mich selbst dafür bestrafen – ich habe mich zu dem Entschluß durchgerungen, meinen Abschied zu nehmen.«

»Hasso!« rief er erschrocken.

»Es ist beschlossene Sache, Hans.«

»Wie kannst du nur auf einen solchen Gedanken kommen, Hasso? Wenn dir Exzellenz von Bogendorf nichts nachträgt, dann kannst auch du dich unbedingt freisprechen. Du bist doch mit Leib und Seele bei deinem Beruf.«

»Meinem Beruf werde ich auch in Zukunft treu bleiben, ich habe die Absicht, mich noch ausnehmender damit zu beschäftigen, aber in aller Stille, daheim in Falkenried. In Falkenried will ich mir einen Flugplatz und eine Werkstätte anlegen und mit ausgesucht tüchtigen Monteuren neue Modelle bauen. Aber, bitte, rede davon noch nicht. Mit Exzellenz von Bogendorf habe ich noch nicht darüber gesprochen, aber ich weiß, er wird meinen Entschluß billigen und verstehen. ›Nichts bereuen – gutmachen‹ so hat er zu mir gesagt. Du weißt, mein Vater steht meinem Beruf fremd und verständnislos gegenüber, und es wird mir nicht leicht werden, ihn zu bestimmen, mir den nötigen Platz und das Kapital zur Verfügung zu stellen. Aber wenn ich ihm alles in Ruhe vorstelle und erkläre, mich dauernd in Falkenried niederzulassen, dann wird er schon einwilligen. Erst wenn ich seiner Einwilligung sicher bin, bespreche ich das alles mit Exzellenz von Bogendorf. Du bist der erste, der davon ein Wort von mir erfährt. Und nun beklage dich nicht noch einmal über mangelndes Vertrauen.«

»Ganz stolz machst du mich, Hasso«, sagte er, seine Ergriffenheit bekämpfend, »und es wäre Unsinn von mir, dir in deine Entschlüsse hineinzureden, wenn ich es auch aus egoistischen Gründen tun möchte. Alter, ich kann mir nicht denken, wie ich ohne dich auskommen soll hier in Berlin.«

»Du wirst mich, so oft du kannst, in Falkenried besuchen.«

»Das lasse ich mir nicht zweimal sagen. Aber das verwünschte Weibsbild, das an alledem schuld ist, soll der Teufel holen, mit dem sie wohl im Bunde steht.«

»Guter Kerl, nun laß es genug sein, und niemals mehr ein Wort davon – ich ertrage es schlecht.«

»Lieber beiße ich mir die Zunge ab. Jetzt gehe ich aber, damit ich erst einmal meinen Groll verwinde. Leb' wohl für heute.«

»Lebe wohl, Hans. Wenn du mit einem Abend nichts anzufangen weißt, laß es mich wissen. Ich nehme jetzt vorläufig keine Einladungen an, aber für dich bin ich immer zu Hause.«

Hasso sah ihm eine Weile mit starren Augen nach. Dann setzte er sich mit einem tiefen Atemzug an die Arbeit. –

Als Frau von Falkenried mit Rose wieder nach Hause kam, wurde sie von ihrem Gatten bereits voll Unruhe erwartet. Hatte er doch von Baron Rainer von Hohenegg ein Telegramm bekommen, in dem ihm dieser mitteilte, daß ihm Rita ihr Jawort gegeben habe und er am Montag nach Falkenried kommen werde.

Seine Gattin mußte ihm den frohen Glauben stören, daß nun seine beiden Kinder ihr Lebensglück gefunden hätten. So schonend wie möglich berichtete sie ihm über das, was in Berlin geschehen war.

Herr von Falkenried konnte das besser als seine Frau verstehen, und er schloß Rose mit großer Herzlichkeit in seine Arme.

»Ich segne den Tag, meine liebe Rose, da du nach Falkenried kamst. Nach allem, was ich gehört habe, danke ich dir nicht nur das Leben meines Sohnes, sondern auch die Ehre unseres Namens. Das will ich dir nie vergessen«, sagte er bewegt.

Man kam überein, daß Rita von all diesen schlimmen Dingen nichts erfahren sollte.

In sehr bewegter Stimmung erwarteten die Eltern am Montag Baron Rainer von Hohenegg. Er gefiel ihnen sehr, sehr gut, und was er ihrer Tochter außer seiner Person zu bieten hatte, war glänzend zu nennen.

So gaben sie frohen Herzens ihre Zustimmung. Als Baron Rainer aber bat, daß die Hochzeit schon im Februar stattfinden sollte, hob Frau von Falkenried erschrocken die Hände.

»So bald schon, lieber Rainer? Die Zeit ist ja viel zu kurz, um eine Aussteuer zu beschaffen.«

»Es wird gehen, verehrte, liebe Mama. Du mußt bedenken, daß ich im März schon wieder in Villau sein muß, wenn die Feldarbeiten beginnen. Da bleibt mir für eine Hochzeitsreise nur kurze Zeit. Sei gut und laß dir ein bisserl zureden. Und wenn meine Mutter in kurzer Zeit eine Aussteuer für Josepha schaffen kann, wirst du halt auch bis Februar eine für Rita schaffen können.«

Dabei sah er seine Schwiegermama so flehend an, daß sie nicht nein sagen konnte. Aber sie stellte die Bedingung, daß Rita nun sofort heimkehren müsse, damit sie ihre Tochter wenigstens noch einige Monate bei sich hatte.

»O weh! Ich wollt schon bitten, daß Rita über Weihnachten bis zu Josephas Hochzeit in Wien bleiben könnte.«

Dagegen protestierten aber Ritas Eltern ganz energisch.

»Nein, nein – dies letzte Weihnachtsfest darfst du uns Rita nicht nehmen, Rainer. Wenn sie erst deine Frau ist, haben wir doch nichts mehr von ihr und müssen uns begnügen.«

»Aber zu Josephas Hochzeit kommt sie dann auf einige Tage nach Wien – und wir hoffen sehr, daß sie dann von ihren lieben Eltern begleitet wird«, bat Rainer.

»Mein Gesundheitszustand erlaubt mir das nicht. Ich hoffe dann, deine Eltern kennenzulernen, wenn sie zu eurer Hochzeit nach Falkenried kommen. Aber meine Frau wird Rita natürlich begleiten.«

Noch an demselben Tag reiste Baron Rainer wieder ab, mit einem kleinen Umweg über Berlin, wo er Hasso aufsuchte, um sich mit ihm bekannt zu machen.

So kam das Weihnachtsfest heran, und einige Tage vor dem Fest traf Hasso in Falkenried ein.

Seine Eltern begegneten ihm mit der sorglichen Teilnahme, die man gegen ein geliebtes, krankes Kind anzuwenden pflegt. Sie taten darin des Guten etwas zuviel. Das war Hasso in seiner etwas reizbaren Stimmung eine Qual. Dafür berührte ihn Roses feinfühlige Zurück-

130

haltung und Ruhe wie eine Wohltat.

Rita hatte für nichts und niemand Sinn und Zeit. Sie wußte ja auch nicht, daß in Hasso etwas geschont werden mußte. Wenn ihm auch ihre Unbefangenheit sehr lieb war, so hatte er sich doch gerade jetzt wenig mit Rita zu sagen. So kam es ganz von selbst, daß er mehr wie sonst Roses Gesellschaft suchte. Und bei ihr fand er ein so feines, wohltuendes Verständnis, daß er sich oft direkt zu ihr flüchtete, wie zu einem treuen, verständigen Kameraden. Und mit Rose besprach er dann auch zuerst seinen Plan.

Roses Augen leuchteten auf. Es machte sie stolz und glücklich, daß er ihr diesen Beweis seines Vertrauens gab. Und mit so klarem Verständnis und so warmer Begeisterung ging sie darauf ein, daß er sie zuweilen ganz erstaunt betrachtete.

Eines Tages sagte sie ihm: »Der Platz jenseits des Waldes auf dem Weg nach der Station wird sich am besten für deine Zwecke eignen, Hasso. Da ist eine weite Strecke mageren, unfruchtbaren Bodens, auf dem wir trotz mancherlei Versuchen immer nur spärliche Heuernten halten. Dieser Boden rentiert sich gar nicht. Ich habe neulich schon mit Colmar darüber gesprochen, daß es besser ist, alle Versuche aufzugeben. Das wäre also kaum ein Verlust, wenn dir dein Vater dieses Ödland zur Verfügung stellte. Da hättest du Platz genug, könntest in nächster Nähe der Station die Halle und Werkstätte anlegen und würdest in keiner Weise gehindert. Fährst du mit dem Rad hinüber, bist du in zehn Minuten von hier aus dort.«

Erstaunt sah er sie an.

»Mit solchen Gedanken hast du dich beschäftigt?«

»Ja. Du weißt doch, daß ich deinem Beruf ein großes Interesse entgegenbringe. Dein Vater ist leidend und spricht oft davon, daß er es gern sähe, wenn du deinen Abschied nähmest und wenigstens die Oberaufsicht von

Falkenried in die Hände nehmen würdest. Ich muß dir sagen, Hasso, dein Vater ist kränker, als ihr alle glaubt, er zeigt es nur nicht so.«

»Denkst du wirklich, daß sein Zustand zu Besorgnissen Anlaß gibt?«

»Ja – zu den ernstesten Besorgnissen. Und du wirst ihm eine Freude machen, wenn du ihm sagst, daß du nach Falkenried kommen willst, für immer. Nur dasein sollst du. Die Augen des Herrn müssen über einen solchen Besitz wachen, wie Falkenried ist. So wenig er selbst noch leisten kann – seine Anwesenheit genügt doch, um jeden Beamten an seine Pflicht zu mahnen. Du brauchst, auch wenn dein Vater einmal nicht mehr am Leben ist, keine Angst zu haben, daß dir für deinen Beruf keine Zeit mehr bleibt. Das läuft alles ohne dich; Colmar ist außerordentlich tüchtig und pflichttreu, und ich stelle dir natürlich gern auch in Zukunft meine schwachen Kräfte zur Verfügung. In Fritz Colmar erzieht sich außerdem sein Vater einen zuverlässigen Nachfolger. Den halte dir für die Zukunft fest. Ich habe mir das oft überlegt, denn ich habe mir gedacht, daß du es in Falkenried nicht aushalten würdest, wenn du nicht in deinem Beruf hier tätig sein könntest. Ganz von selbst bin ich da auf den Gedanken gekommen, daß du dir das Stück Ödland zum Flugplatz einrichten könntest. Und – ich habe das auch bereits deinem Vater von allen Seiten beleuchtet.«

»Das hast du getan?«

Sie atmete tief auf, als sie das frohe Aufleuchten seiner Augen sah, das sie so lange schmerzlich vermißt hatte.

»Ja, das habe ich getan.«

»Und Papa?« forschte er erregt.

»Er hat es ganz leidlich aufgenommen. Erst wollte er ein bißchen aufbegehren. Aber dann mußte ich ihm das alles klarmachen. Wenn du nun mit ihm darüber offen sprechen willst, so glaube ich sicher, daß du nicht auf große Schwierigkeiten stoßen wirst.«

»Es ist ganz wunderbar, Rose, mit welchem Verständnis und welchem Interesse du dich in meine Lage gedacht hast. Ich weiß nicht, wie ich dir danken soll. Mir scheint, ich muß dich immer mehr als eine Art guter Vorsehung für mich betrachten. Wie soll ich dir nur danken?«

»Sprich doch nicht von Dank. Ich bin doch so froh, wenn es mir das Schicksal vergönnt, dir einen kleinen Dienst zu erweisen. Ich stehe ja noch in deiner Schuld.«

»In meiner Schuld? Du weißt wohl nicht, was du sprichst?«

»Doch, dir verdanke ich es, daß mir hier jetzt alle mit so viel Liebe entgegenkommen.«

»Aber Rose – komm doch nicht immer wieder darauf zurück«, schalt er fast zornig.

»So laß uns unsere gegenseitige Rechnung still begleichen«, bat sie leise.

»Stolze Rose – stolze Rose!« schalt er mit einem leisen Lächeln.

»Sprichst du mir die Berechtigung ab zu diesem Stolz?« fragte sie halb ernst.

»Nein, nein, gewiß nicht. Aber eine Bitte habe ich an dich. Schenke mir deine Freundschaft, Rose. Ich habe dich in der letzten Zeit von einer Seite kennengelernt, daß ich dir diese Bitte aussprechen muß. Du kannst mir viel, sehr viel sein, Rose – und ich bin nicht stolz in dieser Beziehung, ich wehre mich nicht dagegen, dir verpflichtet zu sein. Ich möchte dich hier festhalten für alle Zeit, gerade weil ich meine Kräfte mehr für meinen Beruf als für Falkenried einsetzen werde. Und du kannst in deiner zarten, verständigen Art zwischen meinen Eltern und mir vermitteln, wenn wir einmal aufeinanderstoßen. Natürlich kann ich dich nur so lange in Falkenried festhalten, bis du dich eines Tages verheiraten wirst.«

»Wenn du mich brauchen kannst, Hasso, so lange du willst, freudig werde ich allezeit meine Pflicht in Falkenried tun. Heiraten werde ich nie.«

»Es gilt, Rose, ich nehme dich beim Wort – bis auf deinen letzten Ausspruch. Schon manches Mädchen hat gesagt: Ich heirate nie. Und dieses Nie war oft genug von sehr kurzer Dauer. Aber bis du deine Hand einmal verschenkst, so lange bleibst du mir ein guter Freund und Kamerad, nicht wahr?«

»Ja, Hasso, das kann ich dir versprechen.«

Noch an demselben Tag sprach Hasso mit seinem Vater, es ging alles besser, als er zu hoffen gewagt hatte. Er merkte sehr wohl, wie gut Rose ihm vorgearbeitet hatte. Sein Vater zeigte sich zugängiger in bezug auf seinen Beruf.

Nach dem Weihnachtsfest reiste Rita mit ihrer Mutter zu Josephas Hochzeit nach Wien, und zu gleicher Zeit kehrte Hasso nach Berlin zurück. Gleich am andern Tag begab er sich zu Exzellenz von Bogendorf und teilte ihm, zunächst vertraulich, mit, daß er seinen Abschied nehmen wolle und welche Pläne er für die Zukunft habe.

Erst wollte Exzellenz nichts davon hören, als ihm Hasso aber klar und ruhig auseinandersetzte, daß er in Falkenried ungestörter arbeiten könne, sah der alte Herr eine Weile nachdenklich vor sich hin. Dann reichte er Hasso schnell und impulsiv die Hand. »Sie haben recht, mein lieber Falkenried, und ich erwarte viel von Ihnen für die Zukunft. Sie werden mich nicht enttäuschen. Und wer weiß, vielleicht ist der Tag nicht fern, da Sie vom Vaterland gefordert werden. Viele Augen blicken auf Deutschlands Größe, die es sich mühsam errungen hat. Ich weiß, daß ich Sie in den ersten Reihen sehen werde, wenn es gilt, gegen Feinde des Vaterlandes aufzutreten.«

»Das bedarf keiner Versicherung, Exzellenz. In Krieg und Frieden weihe ich meine ganze Kraft dem Vaterland.« –

134

Viel zu schnell für Ritas Eltern, zu langsam für den sehnsüchtigen Bräutigam kam Ritas Hochzeitstag heran.

Zwei Tage vorher kam Hasso von Falkenried für immer nach Hause. Sein Abschied war bewilligt, und er war dabei zum Hauptmann befördert worden.

Ganz Falkenried war festlich geschmückt, und von nah und fern kamen die Hochzeitsgäste herbei, um dieses Fest zu feiern mit dem würdigen Glanze, der bei solchen Gelegenheiten in vornehmen Familien üblich ist.

Natürlich waren außer den Freunden und Verwandten der Braut auch die des Bräutigams geladen, und man hörte überall den gemütlichen österreichischen Dialekt durch das reine Hochdeutsch und verschiedene andere Dialektanklänge herausklingen. Es war eine sehr vornehme Festversammlung, und an der Hochzeitstafel gab es manch launigen und ernsten Toast auf diese Verschwägerung zwischen Österreich und Deutschland.

Hasso von Falkenried brachte ebenfalls einen solchen Toast aus, indem er sich an seine Schwester wandte.

»So wie Deutschland und Österreich als treue Bundesgenossen Seite an Seite stehen, in Freud und Leid, so sollst auch du, meine liebe Schwester, als deutsche Frau mit einem Österreicher ein treues Bündnis für Lebenszeit geschlossen haben. Du gehst nicht mit deinem jungen Gatten in ein fremdes Land, sondern in ein Bruderreich, in dem die Menschen, wie dein Gatte, in deiner Sprache mit dir sprechen. Als deutscher Offizier stehe ich Österreich so sympathisch gegenüber wie euch allen unseren neuen österreichischen Verwandten, mit denen zusammen wir jetzt eine einzige große Familie bilden. Möge das Band, das uns vereinigt für alle Zeit, fest und unzerreißbar sein, nicht nur das Familienband, sondern auch das unserer Nationen. Ich erhebe mein Glas und bitte Sie alle, meine hochverehrten Herrschaften, mit mir anzustoßen auf dies doppelte Bündnis zwischen Österreich und Deutschland.«

Begeisterte Rufe folgten seiner Rede, und die Gläser klangen hell aneinander.

»Deutschland und Österreich in Treue vereint allewege!« rief Graf Rudi Haßbach und er trank sein Glas in einem Zuge leer.

Neben ihm saß seine junge Gattin. Sie waren eben auf der letzten Etappe ihrer Hochzeitsreise und wollten von Falkenried nach Wien zurückkehren, wo eine reizende kleine Villa für sie wie ein Schmuckkästchen eingerichtet worden war.

Das helle Glück lachte diesen beiden jungen Menschen fast übermütig aus den Augen. Sie hatten es auch als würdiges Ehepaar durchaus noch nicht gelernt, ernsthaft zu sein, und kosteten jede Minute ihres Daseins jubelnd aus.

Das ganze Fest verlief äußerst harmonisch und wurde nicht von dem leisesten Mißton getrübt. Als am Spätnachmittag Rita mit ihrem jungen Gatten ihre Hochzeitsreise antrat, dachten die Gäste durchaus noch nicht daran, die Feier zu beenden.

Rose hatte naturgemäß mit den Vorarbeiten zur Hochzeitsfeier am meisten zu tun gehabt. Frau von Falkenried und Rita waren durch die Beschaffung der Ausstattung reichlich in Anspruch genommen und hatten ihr alles überlassen müssen. Rose war ihrer Aufgabe auch hier vollständig gewachsen gewesen, es gab für sie überhaupt keine Schwierigkeit. Sie war von einer bewundernswerten Leistungsfähigkeit. Eine tiefe innere Freudigkeit hob sie gleichsam über alles hinweg. Hasso war ja nun heimgekommen für immer, und sie durfte als sein treuer Kamerad neben ihm stehen und ihm von Nutzen sein. Für ihre bescheidene Seele war das ein Glück, wie sie es kaum jemals zu hoffen gewagt hatte. Ihre wunschlose Liebe hatte keine höhere Forderung an das Schicksal.

Roses Verhältnis zur Familie Falkenried hatte sich,

zumal seit der Affäre in Berlin, vollständig gewandelt. Den neuen österreichischen Verwandten war sie als vollwertiges Familienmitglied vorgestellt worden.

Rita hatte sich herzlich gefreut, daß die Eltern sich so ganz anders zu Rose stellten.

Unter den Hochzeitsgästen von Rita und Rainer war auch Hans von Axemberg gewesen, der in seiner munteren Weise viel zur fröhlichen Stimmung beigetragen hatte.

Er blieb nach der Hochzeit noch einige Tage zur Jagd in Falkenried.

Am Morgen nach dem Hochzeitsfest sagte er seufzend zu Hasso:

»Weißt du, mein Alter, solche Hochzeitsfeiern müßten für Unbeteiligte verboten sein. Ich hatte die ganze Zeit Halluzinationen und sah überall Rola von Steinberg unter Myrthenkranz und Schleier.«

»So mache doch endlich energisch Schluß, Hans, und verhilf der jungen Dame in Wirklichkeit zu Brautkranz und Schleier.«

»Was denkst du denn – die sieben Jahre sind noch nicht um. Augenblicklich ist sie mir auf zwei Monate ganz aus den Augen gerückt, da sie ihren Pflichten als Schwester vom Roten Kreuz nachkommt. Nachher kommt das Manöver und wer weiß, wann ich endlich wieder anfangen kann, meine Festung regelrecht zu belagern. Aber eines Tages muß sie doch kapitulieren.«

»Bist du dessen so sicher?«

»Ich muß mir nur einmal irgend etwas Romantisches und Überwältigendes ausdenken, dann sinkt sie ihrem Retter hoffentlich gerührt in die Arme, und wir sind beide schrecklich glücklich.«

Hasso mußte lachen – und Hans lachte vergnügt mit.

In Falkenried war nach Ritas Hochzeit wieder das gewohnte Leben. – Hasso ging an die Verwirklichung seiner Pläne. Das von Rose vorgeschlagene Stück Ödland eignete sich vorzüglich für seine Zwecke. Es wurde sofort mit dem Bau einer Halle und Werkstätte begonnen, und inzwischen saß Hasso eifrig über neuen Plänen und Zeichnungen.

Getreulich widmete er jeden Tag eine Stunde landwirtschaftlichen Konferenzen mit seinem Vater, Colmar und Rose.

Gleich nach Ritas Hochzeit zeigten sich ernstliche Krankheitsanfälle bei seinem Vater, und noch weilte Rita auf ihrer Hochzeitsreise, als ihr Vater plötzlich durch einen Herzschlag hinweggerafft wurde.

So erfuhr Rita erst, als sie mit ihrem jungen Gatten in Villau ihren Einzug gehalten hatte, daß inzwischen ihr Vater gestorben war.

Frau von Falkenried, die schon sehr unter der Trennung von Rita gelitten hatte, brach beim Tode ihres Gatten völlig zusammen und konnte sich lange von diesem Schlage nicht erholen. Sie kam sich einsam und überflüssig vor.

Rose und Hasso taten mit vereinten Kräften alles, was sie konnten, um Frau von Falkenried zu beruhigen und zu zerstreuen. Aber es wollte ihnen nur schwer gelingen.

Rose erwies sich nun noch mehr, als zuvor, als der Mittelpunkt von Falkenried. Durch ihre Hände liefen alle Fäden, und es war ihr Glück und ihr Stolz, daß sie Hasso alles Störende fernhalten konnte.

Am frühesten Morgen schon radelte Hasso auf dem Waldweg nach dem Flugplatz und kam erst mittags wieder heim. Nach Tisch konferierte er mit Colmar und Rose, dann fuhr er wieder mit dem Rad hinüber. Das war ihm praktischer und bequemer als ein Reitpferd zu benutzen.

Zuweilen, wenn Rose der Weg auf die Felder am Flugplatz vorüberführte, traf sie dort mit Hasso zusammen.

Und da er merkte, wie sehr sie sich für seine Arbeiten interessierte, ließ er sie teilnehmen an seinem geistigen Schaffen, wurde es ihm bald Bedürfnis, sich ihr mitzuteilen. So wuchs sie mehr und mehr in seinen Ideenkreis hinhein und überraschte ihn oft selbst mit praktischen Vorschlägen.

Im Mai unternahm Hasso die ersten Aufflüge von seinem Flugplatz aus.

Roses Wunsch, solche Flüge zu sehen, wurde nun oft genug erfüllt und ihre Blicke folgten sehnsüchtig dem Riesenvogel, der sich so stolz und kühn in die Lüfte schwang.

Sie wagte aber nicht, Hasso zu bitten, sie einmal an einem solchen Flug teilnehmen zu lassen. Aber er erinnerte sich selbst, daß sie ihm einmal den Wunsch ausgesprochen hatte, mit ihm auffliegen zu dürfen.

Und eines Morgens, als er sich von ihr verabschiedete, um nach der Halle zu fahren, sagte er lächelnd:

»Heute ist ein ruhiger Tag, Rose. Du hast mir einmal gesagt, daß du gern mit mir auffliegen möchtest. Willst du es heute tun? Das Wetter ist außerordentlich günstig für einen ruhigen Flug.«

Rose konnte zuerst nicht antworten vor freudigem Schreck. »Darf ich? Darf ich wirklich?« stieß sie endlich hervor. »O, wie gern!«

»Dann sei in einer Stunde drüben auf dem Flugplatz, Rose.«

Sie nickte nur, sprechen konnte sie nicht.

Und zur festgesetzten Zeit war sie zur Stelle, in einen glatten, festen Ledermantel gehüllt, wie sie ihn auf Autofahrten trug, mit der Autokappe auf dem blonden Haar.

Hasso sah sie prüfend an und nickte ihr nur zu.

Am Waldrand hielt Fritz Colmar auf seinem Pferd. Als er sah, daß Rose sich bereitmachte, ihren Platz auf dem Aeroplan einzunehmen, sprang er ab, band sein Pferd an einen Baum und kam spornstreichs herübergelaufen.

»Gnädiges Fräulein – Sie wollen doch nicht etwa mitfliegen?« fragte er atemlos.

»Doch, das will ich.«

»Donnerwetter – das ist Courage!« entfuhr es seinen Lippen.

»Es ist nicht anders, als wenn wir eine kleine Autofahrt unternehmen würden, lieber Colmar.«

»Ja, für Sie, gnädiger Herr, da ist es wohl nichts anderes. Aber für das gnädige Fräulein? Und ich selbst möchte lieber den wildesten Gaul zwischen den Schenkeln haben als auf solch einem Flugzeug sitzen.«

»Sie sind doch sonst so ein Luftikus«, rief sie ihm zu.

Er mußte nun zurücktreten. Hasso gab das Zeichen zum Abfahren. Wie ein gewaltiger Vogel, dessen Kraft nur in den Schwingen liegt und dessen Füße etwas plump und ungeschickt über den festen Boden hüpfen, so rollte der Aeroplan ein Stück auf dem Boden dahin, bis er sich langsam in die Lüfte hob und nun sicher und ruhig, wie seiner Kraft bewußt, emporstieg. Und höher und höher stieg er empor, in den blauen Äther hinauf.

Was Rose auf diesem Flug empfand, das konnte sie selbst kaum fassen. Hier oben war sie losgelöst von allem, allein mit dem Mann, dem ihre junge Seele zujauchzte. In seiner Hand war jetzt ihr Leben, und wenn es ihm gefallen hätte – jubelnd hätte sie den Untergang mit ihm begrüßt. Mit großen leuchtenden Augen nahm sie alles in sich auf, was sie zu sehen bekam.

Über eine Stunde blieben sie oben im Reich der Lüfte. Sie waren über die nahe Stadt hinweggeflogen, weit über den Kirchturm hinweg, klein und winzig alles, was Menschenhände da unten geschaffen hatten.

Und nun ging es zurück nach Falkenried. Wie Verklärung lag es auf Roses Antlitz, als ihr Hasso beim Aussteigen behilflich war.

»Nicht wahr, Rose – das war schön?« fragte er sie.

Sie preßte nur fest und dankbar seine Hand in der ihren. Sprechen konnte sie nicht. Aber er verstand sie auch ohne Worte, wußte, daß er in ihr einen Kameraden gefunden hatte, der mit ihm durch dick und dünn ging und bei dem er Verständnis finden würde für alles, was ihn bewegte.

Frau von Falkenried, die keine Ahnung von Roses Mitfliegen hatte, war ganz entsetzt, als diese nun glückstrahlend nach Hause kam und ihr von ihrem Ausflug berichtete.

»Mein Gott, Rose, bist du denn von Sinnen gewesen? Es ist doch wahrlich genug, daß ich in ewiger Angst um Hasso leben muß. Nun fange du nur, um Gottes willen, nicht auch noch mit diesem Unsinn an«, sagte sie außer sich.

»Ach, liebste Tante Helene, wenn du einmal solch einen Flug unternehmen würdest, dann hättest du gar keine Angst mehr. Es war so wunderschön. Und ich habe dir vorher nichts davon gesagt, weil ich fürchtete, du würdest es mir verbieten.«

»Ich würde mich mit Händen und Füßen wehren, wollte mich jemand in so ein Flugzeug setzen. Was soll denn die ganze Fliegerei für einen Zweck haben? Als Spielerei ist sie doch wahrlich nicht zu betrachten, da sie schon so viel Menschenleben gefordert hat. Und als ernster Beruf hat sie doch gar keinen Nutzen.«

»Sieh es dir doch mal mit anderen Augen an als bisher. Jedes neue Verkehrsmittel, jede neue große Erfindung pflegt im Anfang Opfer zu kosten. Denke an die Elektrizität, an die Automobile – an die Dampfer und an die Eisenbahnen. Da hat man auch im Anfang dagegen protestiert, und es kostete Opfer, bis all das sich zur Vollendung entwickelt hatte. So wird es auch mit den Flugzeugen werden.«

Hasso war dazugekommen und hatte Rose lächelnd zugehört.

141

»Aber durch die Luft kann man doch unmöglich einen Verkehrsweg schaffen, der von Nutzen ist«, beharrte Frau von Falkenried.

»Das wird sich erst zeigen, liebe Mama. Zum Beispiel im Falle eines Krieges würde das gesamte Flugwesen große Bedeutung gewinnen.«

»Ach, Krieg! Gott bewahre uns davor!« rief seine Mutter. »Ich kann mir gar nicht denken, daß es zwischen zivilisierten Völkern noch jemals zu einem Krieg kommen kann.«

»Liebe Mama, es kann der Frömmste nicht in Frieden bleiben, wenn es dem bösen Nachbar nicht gefällt. In allen Ländern rüstet man sich auch mit Flugzeugen und Luftschiffen. Da dürfen wir Deutschen nicht die Hände in den Schoß legen und warten, bis uns die Feinde über die Köpfe hinwegfliegen.«

»Gott bewahre uns davor! Ich möchte einen Krieg jedenfalls nicht erleben. Mit Schrecken denke ich noch an 70–71. Ich war damals noch ein Schulmädel, aber die Angst und Sorge vergesse ich nie, und wenn ich hundert Jahre alt würde. Nein, Gott bewahre mich in Gnaden, daß ich nicht noch einen Krieg erlebe. Jetzt müßte ich einen Sohn mit hinausziehen lassen – und ich bin nicht eine von den tapfren Müttern, die stolz und freudig das eigne Kind dem Vaterland opfern.«

Hasso brach das Thema ab.

Zum Glück kam in diesem Augenblick Post – zwei Briefe von Rita, einer für die Mutter, einer für Rose.

Rita schrieb oft nach Hause. In den Briefen an die Mutter wagte sie sich mit ihrer jungen Glückseligkeit nicht so heraus. Aber Rose gegenüber machte sie kein Hehl daraus.

Rose hatte auch oft an Rita geschrieben und ihr mitgeteilt, daß die Mutter noch immer sehr unter dem Verlust des Vaters litte und wohl auch große Sehnsucht nach der Tochter habe.

Heute schrieb nun Rita an Rose:

»Meine liebe, gute Rose! Was Du mir von Mama schreibst, macht mir große Sorge. Ich meine, Mama wäre nur aufzuhelfen, wenn sie sich jetzt mal auf einige Zeit von Falkenried entfernte. Ich denke, wenn Mama uns in Villau besucht, hat sie Ablenkung, Luftveränderung und – mich. Ich schreibe Mama, zugleich mit diesem Brief an Dich, und sage ihr, daß sie mich unbedingt auf einige Wochen besuchen und Villau kennenlernen muß.

Also bitte, unterstütze meinen Plan, Mama von Falkenried fortzulocken.

Für heute nicht mehr, als herzliche Grüße an Dich und Hasso von Deiner glücklichen Rita.«

Der Erfolg dieser beiden Briefe Ritas war, daß Frau von Falkenried schon zwei Tage später die Reise nach Villau antrat.

Baron Rainer von Hohenegg war seiner Schwiegermutter bis Wien entgegengereist, um sie da in Empfang zu nehmen und bis nach Villau zu begleiten. Bei dieser Gelegenheit besuchte er seine Schwester und seinen Schwager in ihrer entzückenden kleinen Villa.

Graf Rudi und seine junge Gattin lebten in sonnigster Glückseligkeit. Für diese beiden glücklich veranlagten Menschen gab es keine Schatten auf der Welt, und sie ahnten nicht, daß an ihrem Glückshimmel sich bald genug drohende, finstere Wolken auftürmen sollten.

Graf Rudis größte Sorge bestand jetzt darin, daß seine junge Frau sich ja nicht Schaden zufüge. Sie erwartete Anfang Oktober ihr erstes Kindchen, und der besorgte Gatte hätte sie am liebsten in Watte gehüllt. Josepha lachte ihn aus und wollte nichts von Schonung wissen, da sie sich gesund und wohl fühlte. Rainer freute sich an dem Glück seiner Schwester.

Als Graf Rudi mit seinem Schwager allein war, sagte er ernster, als er sonst zu sein pflegte:

»Ich glaub nicht, Rainer, daß ich Urlaub bekomme diesen Sommer. Wenn mich nicht alles täuscht, dann liegt etwas in der Luft. Du weißt ja, ich hab allerhand Beziehungen, und man hört dies und das. Ich sag dir das, damit du auf alle Fälle vorbereitet bist.«

Rainer drückte ihm schweigend die Hand. Sie sahen sich ernst an. Aber dann sagte Rainer beruhigend:

»Die da drüben, die nie Ruhe geben, haben sich ja all die Zeit weidlich in den Haaren gelegen. Aber jedenfalls muß man auf alles gefaßt sein.« –

Schloß Villau lag in einer malerischen, wundervollen Gegend auf einer mäßigen Anhöhe. Die junge Schloßherrin stand wartend auf der blumengeschmückten Veranda, als der Wagen mit ihrer Mutter und ihrem Gatten vorfuhr.

Eilig lief ihm die junge Frau entgegen. Rainer sprang mit einem Satz aus dem Wagen und fing sie in seinen Armen auf.

»Schatzerl, ich hab so große Sehnsucht nach dir gehabt«, flüsterte er ihr zu.

Sie sah ihn zärtlich schelmisch an, küßte ihn und schob ihn lachend beiseite. »Jetzt kommt mein Mutterl erst an die Reihe, du Unband«, schalt sie und umarmte und küßte ihre Mutter herzlich.

Dieser traten vor Freude über den Anblick ihres blühenden, glücklichen Kindes die Tränen in die Augen.

»Nicht weinen, liebe Mama! Schau um dich – du kannst ganz Villau von hier aus überblicken. Hab' ich nicht eine herrliche Heimat gefunden? Dort drüben auf dem hohen Berg liegt Schloß Hohenegg, wo Rainers Eltern wohnen. Du wirst mit uns nach Hohenegg fahren.«

So plauderte Rita, um ihrer Mutter Zeit zu geben, sich zu fassen. Mit großen Augen sah sich die alte Dame um.

»Schön ist es hier – wunderschön! Und ich bin nun doch froh, daß ich mich zu dieser Reise entschlossen habe. Wenn ich nun heimkomme, da werde ich an dich denken und dich immer vor mir sehen, wie du eben so strahlend glücklich da oben auf der Veranda standest und mir zuwinktest.«

Villau war ein sehr schöner und reicher Besitz.

Frau von Falkenried bekam erst jetzt, während ihres Aufenthalts in Villau, einen rechten Begriff von der glänzenden Partie, welche ihre Tochter gemacht hatte.

Rita war eine ganz tüchtige kleine Hausfrau geworden.

»Weißt du, Mama«, sagte sie eines Tages, »daheim haben wir uns immer viel zuviel auf Rose verlassen. Die hat uns verwöhnt, hat uns immer alles abgenommen. Jetzt weiß ich erst, was so ein Haushalt für Arbeit macht. Aber es macht mir Vergnügen, mich einzuarbeiten. Und Rainer ist sehr zufrieden mit mir. Nicht wahr, Rainer?«

Dieser zwinkerte seiner Schwiegermutter verstohlen mit den Augen zu. »Na – es geht halt so –, man muß zufrieden sein und darf nicht zu große Anforderungen stellen.«

Rita zauste ihn lachend ein wenig bei den Ohren.

In dieser Atmosphäre von Glück und Frohsinn heiterte sich Frau von Falkenrieds Stimmung tatsächlich auf. Rita und Rainer ließen ihr gar nicht Zeit, wieder in ihren Trübsinn zu verfallen.

Die Zeit von Frau von Falkenrieds Aufenthalt in Villau verging sehr schnell für sie. So war der 28. Juni herangekommen, jener denkwürdige Tag, an dem der österreichische Thronfolger Erzherzog Franz Ferdinand mit seiner Gemahlin in Sarajevo das Opfer heimtückischer Meuchelmörder wurde.

Baron Rainer brachte die Nachricht mit nach Hause von einer Ausfahrt in die nächste Stadt, wo man die Kunde mit allen Anzeichen des Entsetzens und der Entrüstung aufgenommen hatte. Er ahnte, daß dieser von den Serben verübte Meuchelmord schwerwiegende Folgen haben würde. Er übersah die Tragweite dieses furchtbaren Ereignisses.

Am 8. Juli trat Frau von Falkenried die Heimreise wieder an, von ihrem Schwiegersohn bis Wien begleitet. Baron Rainer wollte bei dieser Gelegenheit noch einmal mit seinem Schwager sprechen.

Ein plötzlicher Witterungsumschlag von großer Hitze zu einer abnorm niedrigen Temperatur, verursacht durch ein heftiges Gewitter, hatte zur Folge, daß sich die alte Dame eine sehr schwere Erkältung auf dieser Reise zuzog.

Sie kam sehr elend zu Hause an, und einige Tage später befiel sie eine schwere Lungenentzündung. Ihr geschwächter Organismus konnte dem Ansturm dieser heftigen Krankheit nicht widerstehen, und trotz Roses unermüdlicher, hingebungsvoller Pflege starb Frau von Falkenried am 24. Juli.

Ihr Wunsch war erfüllt worden. Sie erlebte den Krieg nicht mehr.

Am 23. Juli wurde der serbischen Regierung vom österreichisch-ungarischen Gesandten eine Note in Belgrad übergeben, welche die Forderung enthielt, die Österreich Serbien unbedingt stellen mußte, um Sühne zu heischen für den Fürstenmord in Sarajevo.

Diese Note wurde nicht in befriedigender Weise beantwortet. Und nun drängten sich die Ereignisse in geradezu erschreckender Weise.

Am 28. Juli brachte eine Extraausgabe der Wiener Zeitung im amtlichen Teil folgende Bekanntmachung:

Kriegserklärung!

Auf Grund allerhöchster Entschließung Seiner K. und K. apostolischen Majestät vom 28. Juli 1914 wurde heute an die Königlich Serbische Regierung eine in französischer Sprache abgefaßte Kriegserklärung gerichtet, welche in deutscher Übersetzung folgendermaßen lautet: Da die Königlich Serbische Regierung die Note, welche ihr vom österreichisch-ungarischen Gesandten in Belgrad am 23. Juli 1914 übergeben worden war, nicht in befriedigender Weise beantwortet hat, so sieht sich die K. und K. Regierung in die Notwendigkeit versetzt, selbst für die Wahrung ihrer Rechte und Interessen Sorge zu tragen und zu diesem Ende an die Gewalt der Waffen zu appellieren. Österreich-Ungarn betrachtet sich daher von diesem Augenblick an als im Kriegszustand mit Serbien befindlich.

Der österreichisch-ungarische Minister
des Äußeren
Graf Berchtold.

Dieser Erklärung folgte der Mobilmachungsbefehl auf dem Fuße. Und unter den Millionen Herzen, die bei dieser Nachricht erzitterten wie unter dem Flügelschlag eines grausamen Geschickes, waren auch die Herzen der beiden neuvermählten Paare.

Nun ging es ans Scheiden und Meiden. Rudi Haßbach brachte es, in heißer Angst um seine junge Frau, Josepha so schonend wie möglich bei.

Sie nahm es auf wie einen Urteilsspruch des Schicksals. Sie hatte ja nicht einmal den sicheren Trost, nach vielleicht langer Trennung den Geliebten wiederzusehen. Wer konnte in solchem Falle auf ein Wiedersehen rechnen?

Sie umklammerte ihn in tiefer Herzensangst. Zum erstenmal war kein frohes Lachen in diesen sonst zu sonnigen Männeraugen. Der bittere Ernst der Stunde lag darin und doch all die herzinnige Liebe und Sorge für sein junges Weib.

»Tapfer sein – tapfer, mein liebes Sepherl, du darfst dich nicht aufregen, denk an unser Kinderl! Für das Kinderl mußt dich gesund erhalten – und auch für mich, mein goldiges Sepherl. Schau – so wie uns geht es heut viel hunderttausend Menschen. Man darf nicht zagen. Wenn ich heimkomme aus dem Kriege, dann will ich doch mein Sepherl gesund wiederfinden, hörst du? Du gehst heim zu deinem lieben Mutterl, so lang ich fort bin, und bist mein tapfres Sepherl.«

Ach, Josepha konnte nicht tapfer und mutig sein. Wenn ein Frauenherz um das Liebste bangt, das es auf Erden hat, dann zittert es in Angst und Sorge, auch wenn es sonst noch so heldenhaft und mutig ist.

Mit aller Kraft zwang sie sich zur Ruhe, nachdem sie den ersten jähen Schrecken überwunden hatte.

»Gott wird dich mir wiederbringen, mein Rudi. Es kann ja nicht sein, daß er uns auseinanderreißen will für immer. Er wird dich beschützen und behüten, ich will ihn darum anflehen Tag und Nacht«, sagte sie voll heiliger Inbrunst.

»Darfst mir das Lachen nicht ganz verlernen, mein Sepherl – auf Wiedersehen!« rief er ihr zu.

Josepha sah ihm nach, bis ihr die Tränen den Blick verdunkelten.

Auch an Rita und Rainer trat zwei Tage später die Trennung heran mit all ihren herben Bitterkeiten. Und auch diese beiden jungen Herzen lösten sich in tiefer Qual voneinander.

Josephas Vater war auf ein Telegramm seines Schwiegersohnes sofort nach Wien gereist, um seine Tochter nach Hohenegg zu holen. Bei ihren Eltern sollte sie bleiben, bis der Krieg zu Ende sein würde. Dort war sie voraussichtlich in unbedingter Sicherheit.

Und nach Hohenegg brachte auch Rainer seine junge Frau, ehe er zu seinem Regiment abreiste.

Rita und Josepha fielen sich schluchzend in die Arme und hielten sich lange umschlungen, als müsse eine die andere stützen. Sprechen konnten sie nicht. Sie wußten auch ohnedies, wie es in ihren Herzen aussah.

Josephas Eltern nahmen sich der nun verwaisten Rita mit derselben Liebe und Fürsorge an, wie der eigenen Tochter.

So lebten Rita und Josepha scheinbar ganz friedlich in Hohenegg. Bis in diese stille Gegend drang wenig von den Unruhen des furchtbaren Weltenbrandes, der nun in erschreckender Weise um sich griff. Nur die Zeitungen meldeten ihnen all das Furchtbare, was geschah. Und ihre Herzen zitterten in Angst und Not um die geliebten Menschen.

Schwer und düster hatten sich nun auch über Deutschland die Wetterwolken zusammengeballt. Rußland nahm eine bedrohliche Haltung gegen Deutschland und Österreich an und war bereits heimlich am Mobilisierungswerk. In den maßgebenden Kreisen war man kaum noch im Zweifel, was diese bedrohliche Stellungnahme zu bedeuten hatte. Trotzdem versuchte Kaiser Wilhelm die Kriegsgefahr mit Einsatz all seiner Kräfte von Deutschland abzuwenden. Er erbot sich selbst, zwischen Rußland und Österreich zu vermitteln. Aber trotzdem Rußland auf sein Angebot einging, um möglichst viel Zeit für seine hinterlistigen Pläne zu gewinnen, setzte es unentwegt seine Mobilisierung fort.

So sah sich Deutschland gezwungen, eine Anfrage an die russische Regierung zu richten über den Zweck dieser militärischen Maßnahmen.

Diese Anfrage wurde nicht beantwortet. Man hätte sie wohl mit den Worten beantworten können: »Wir wollen den Krieg mit Deutschland und Österreich, und wir wollen euch vernichten.« Aber diese ehrliche Antwort gab Rußland nicht. Es hüllte sich in Schweigen, um mit fieberhafter Eile weiter zu rüsten und jede Minute des Vorsprungs auszunützen.

In seiner Langmut und seinen ehrlichen Friedensbestrebungen ging der deutsche Kaiser soweit, als diese

Anfrage nach der festgesetzten Frist nicht beantwortet
wurde, diese Frist noch um sechs Stunden zu verlän-
gern. Als auch dann die verlangte Antwort nicht eintraf,
wußte man, was das zu bedeuten habe.

Kaiser Wilhelm erklärte für das Deutsche Reich den
Kriegszustand.

Es war am 31. Juli 1914 um 6⁶/₄ Uhr, als Kaiser Wilhelm
folgende Ansprache an die vor dem Schloß versammelte
Volksmenge hielt:

»Ich danke euch! Eure Kundgebung war mir ein
Labsal. Wir sind im tiefsten Frieden in des Wortes
wahrer Bedeutung überfallen worden durch den Neid
unserer Feinde, der uns rings umgibt.
Fünfundzwanzig Jahre habe Ich den Frieden be-
schirmt und gehalten. Nun bin Ich *gezwungen*, das
Schwert zu ziehen; aber Ich hoffe, daß ich es mit Ehren
wieder einstecken kann. Es werden euch enorme Opfer an Gut und Blut auferlegt werden; aber ihr werdet
sie ertragen, das weiß Ich. Wir werden die Gegner
niederzwingen. Nun geht in die Kirchen und betet zu
Gott, daß er dem deutschen Heere und der deutschen
Sache den Sieg verleihen möge!«

Als am Abend dieses denkwürdigen Tages Oberst von
Steinberg nach Hause kam, erwarteten ihn seine Frau
und seine Tochter mit großer Unruhe und Sorge.

»Papa, lieber Papa, was bringst du für Nachrichten?«
fragte Rola, sich an den Vater schmiegend.

Er legte den einen Arm um seine Frau, den andern um
seine Tochter. Sein festgefügtes, wettergebräuntes Gesicht hatte einen tiefernsten Ausdruck, und doch leuchtete es in seinen Augen auf in mutvoller Begeisterung.

»Es wird Ernst, meine Lieben. Morgen wird der Befehl
zur Mobilmachung voraussichtlich in allen Teilen unseres deutschen Vaterlandes telegraphisch bekanntgege-

ben werden.«

»Und wann mußt du fort?« fragte Frau von Steinberg nach einer Weile leise.

»Am Montag spätestens – vielleicht auch schon am Sonntag.«

Rola hob das blasse Antlitz. Sie dachte an einen, der mit dem Vater zugleich hinausziehen würde in den Kampf, an einen, der ihr seit langer, langer Zeit schon sein warmes, junges Herz zu Füßen gelegt hatte, und dem sie auf all sein treues Werben nur immer eine halb ungeduldige, halb spöttische Abwehr gegeben hatte – Hans von Axemberg.

Das Herz tat ihr plötzlich so weh, als sie an ihn dachte, so weh, daß sie die Tränen nur schwer niederzwingen konnte. Ob sie ihn überhaupt noch einmal wiedersah, ehe er fortging? Sie öffnete schon die Lippen und wollte den Vater fragen. Aber mädchenhafte Scheu schloß ihr den Mund. Es war ihr, als müsse sie mit dieser Frage ein Geheimnis verraten, das sie sich kaum selbst eingestehen wollte – das Geheimnis, daß sie Hans von Axemberg, trotz ihrer spröden Abwehr, doch herzlich liebgewonnen hatte.

Sie saß bei Tische den Eltern gegenüber und sprach mit ihnen von dem, was jetzt das ganze Land mit Unruhe und Sorge erfüllte. Aber ihre Gedanken flogen immer wieder zu Hans von Axemberg.

Am nächsten Tag, dem 1. August, wurde die allgemeine Mobilmachung für Deutschland angeordnet, und Rola erfuhr von ihrem Vater, daß sein Regiment wohl schon am nächsten Tage die Fahrt an die Grenze antreten würde.

Das hieß für Rola: den Vater hergeben und – den Geliebten. Ja – mit einem Male wußte sie es, daß sie Hans von Axemberg liebte, schon seit langer, langer Zeit.

Und nun war ein einziges, atemloses Warten in ihrer Seele, ob er noch einmal kommen und sich verabschieden würde oder ob er ohne Abschied von ihr gehen wollte.

Das letztere konnte und wollte sie nicht glauben. Sie wartete und wartete. Aber der Tag schritt weiter und weiter voran – und er kam nicht. Was war das für ein qualvoller Tag, der wie eine schwere, drückende Last auf allen Gemütern lag, von der man sich verzweifelt zu befreien trachtete.

Solche Stunden und Tage zählen hundertfach für jeden Lebensweg.

Und Rola wartete – wartete vergeblich auf etwas, das ihrer Ansicht nach doch kommen mußte.

Aber der Abend sank hernieder, und Hans von Axemberg war nicht gekommen. Und morgen zog er ins Feld.

Mit bleichem Antlitz und zuckenden Lippen stand sie am Fenster ihres Zimmers und starrte auf die Straße hinab. Sie dachte an ihr letztes Zusammensein mit Hans von Axemberg. Da hatten sie wieder erst ein kleines Scharmützel ausgefochten, da hatte er sie lange schweigend angesehen, mit einem Blick, der sie seltsam beunruhigt hatte. Erst nach einer ganzen Weile hatte er mit verhaltener Stimme gesagt:

»Sie wissen nicht, wie weh Sie mir tun – sonst würden Sie es gewiß nicht tun.«

Jetzt brannten sich diese Worte tief und schmerzend, wie eine Anklage, in ihr Herz. Wenn er doch käme!

Wollte er wirklich gehen und sie in dieser Zerrissenheit ihrer Empfindungen zurücklassen?

Nein – sie hielt dieses qualvolle, tatenlose Warten nicht mehr aus, sie mußte etwas tun – mußte hinaus ins Freie. Die Wände des Zimmers rückten zusammen, als wollten sie alles ersticken. Mit einem jähen Ruck wandte sie sich vom Fenster ab und verließ ihr Zimmer.

Ohne langes Besinnen, wie magnetisch angezogen, lief sie einige Straßen entlang bis zu einem kleinen, freien Platz. Und in einem dieser Häuser wohnte, wie sie wußte, Hans von Axemberg.

Sie wurde sich nicht klar über das, was sie hier wollte, wußte nur, daß sie ihn nicht gehen lassen konnte, nicht gehen lassen durfte, ohne ihm ein gutes Wort mit auf den Weg zu geben. Einmal mußte er ja wohl noch nach Hause kommen oder, wenn er zu Hause war, fortgehen. Und darauf wollte sie warten, gleichviel, wie lange es dauern würde. Der kleine Platz war still und menschenleer.

Dicht vor Hans von Axembergs Wohnung ging sie zwischen den Ziersträuchern der Anlagen langsam auf und ab. Zuweilen blieb sie stehen und schaute nach dem Hause empor nach einigen erleuchteten Fenstern.

Ob hinter einem derselben Hans von Axemberg wohnte?

Sie hatte jetzt kein Empfinden dafür, daß es unpassend für eine Dame aus guter Familie sei, auf einen jungen Herrn vor seiner Wohnung zu warten. Solche Bedenken hatten jetzt nicht Raum in ihrer Brust. Sie dachte auch nicht daran, was ihre Mutter denken würde, wenn sie merkte, daß sie fortgegangen war, am dunklen Abend, ohne jede Begleitung.

Wohl eine Viertelstunde hatte sie so vor Hans von Axembergs Wohnung Wache gestanden, da öffnete sich die Haustür, und der, auf den Rola wartete mit fieberhafter Sehnsucht, trat heraus. Er war bereits in der feldgrauen Uniform, in der die deutschen Soldaten diesmal in den Krieg ziehen sollten.

Rola stand wie gelähmt, sie konnte sich nicht rühren. Und er schritt gerade auf sie zu, ohne sie zunächst zu beachten. Erst, als er dicht neben ihr stand und der helle Lichtschein einer Laterne auf sie fiel, stutzte er vor der reglosen, weißen Gestalt und sah sie scharf an.

Da blieb er mit einem Ruck stehen und atmete tief auf, und sah sie an, als glaube er an eine Halluzination.

All seine Gedanken waren gestern und heute zu Rola geflogen, aber er hatte noch nicht eine Minute Zeit gehabt zu einem Besuch bei Steinbergs – aber nun er mit seinen Vorbereitungen fertig war, trieb ihn die Sehnsucht doch zu ihr. Vielleicht half ihm noch ein gütiger Zufall, daß er einen Abschiedsgruß mit ihr tauschen konnte. Von dieser Hoffnung beseelt, hatte er sich aufgemacht, um bis zur Steinbergschen Wohnung zu gehen.

Und nun stand Rola plötzlich vor ihm. – Wie gelähmt stand sie da und doch vor Erregung an allen Gliedern zitternd. Die großen grauen Augen hatten heute gar keinen übermütigen, kampfeslustigen Ausdruck. Sie blickten angstvoll und unruhig und hatten einen feuchten Schimmer. Es lag etwas Hilfloses in der ganzen Erscheinung.

»Rola!«

Halberstickt und doch impulsiv rang sich ihr Name über seine Lippen.

Sie nickte nur stumm und duldete es, daß er ihre kalten, zitternden Hände zwischen die seinen nahm und sie inbrünstig küßte. Und dann zog er sie hastig in den Schatten des Gebüsches.

»Ich konnte nicht anders – Sie sollten nicht ohne Abschied von mir gehen – ich – ja – ich wollte Ihnen sagen, daß es mir leid tut – ach, so bitter leid, daß ich Sie gekränkt und gequält habe all die Zeit.«

»Deshalb, Rola – deshalb sind Sie hierhergekommen – haben gar hier auf mich gewartet?« fragte er mit ungläubigem Jubel in seiner Stimme.

Wieder atmete sie tief auf. Und dann wurde sie ganz ruhig und richtete sich entschlossen auf. »Ja, deshalb. Den ganzen Tag hatte ich auf Sie gewartet. Und als Sie nicht kamen, da mußte ich gehen, mußte Sie noch einmal wiedersehen.« –

»Er zog sie ganz nahe an sich heran bei den Händen

154

und sah ihr tief in die Augen.

»Wissen Sie, was Sie mir mit diesen Worten für ein Geschenk machen, Rola? Glauben Sie wirklich, ich wäre ohne Abschied von Ihnen gegangen? Das alles kommt ja so plötzlich. Und morgen müssen wir fort, das wissen Sie wohl von Ihrem Herrn Vater. Ich war auf dem Wege zu Ihnen, wußte nur noch nicht, wie ich es anstellen sollte, Sie zu dieser ungewohnten Zeit zu Gesicht zu bekommen. Und nun stehen Sie vor mir – hier vor meiner Wohnung. Ach, Rola – soll das heißen, daß du es nun genug sein lassen willst der Qual? Willst du mir sagen, daß dein trotziges Herz nun endlich den Widerstand aufgegeben hat? Es gibt keinen, der dich so liebt, wie ich es tue.«

Er fühlte, wie sie zitterte und bebte, und plötzlich rang sich ein trockenes Schluchzen über ihre Lippen.

»Hans – ach, lieber Hans – ich hab dich lieb – so lange schon – ich habe es nur selbst nicht gewußt«, stammelte sie.

Er nahm sie fest in seine Arme, an sein klopfendes Herz. »Liebling – ich habe es ja gewußt – du konntest mir auf die Dauer nicht widerstehen. Du – du – wenn du wüßtest, wie ich nach dir verlangt habe. Manchmal meinte ich, ich ertrüge es nicht mehr. Und ohne diesen Krieg – wer weiß, wie lange du mich noch gequält hättest.« Und er preßte seine Lippen auf den feinen, weichen Mädchenmund, wieder und wieder.

Sie vergaßen, daß sie im Schatten des Gebüsches die ersten heißen Liebesküsse tauschten, vergaßen jetzt sogar auf kurze Zeit, daß diesen Küssen ein schmerzlicher Abschied folgen mußte. Einige kurze Minuten des Glükkes forderten sie dem neidischen Schicksal ab.

Und dann gingen sie langsam, Arm in Arm über den stillen, menschenleeren Platz und sagten sich in Eile so viel Liebes und Süßes, wie sich nur in diese kurzen Minuten fassen ließ. Und wieder und wieder kehrten sie um in die stillen Anlagen, weil sie sich immer noch etwas zu sagen hatten.

Schließlich sagte Axemberg aber ganz energisch:

»Weißt du, mein Liebling – in dieser großen, ungewöhnlichen Zeit ist es Unsinn, kleinlichen Bedenken nachzugeben. Ich gehe jetzt mit dir nach Hause und stelle deinen Eltern noch heute abend die Frage, ob sie mich nach beendetem Krieg als Schwiegersohn willkommen heißen wollen. Wenn ich nur gestern schon eine Ahnung gehabt hätte, dann wäre ich nicht in den Krieg gezogen, ohne diese liebe, kleine Hand für immer an mich zu fesseln durch eine Kriegstrauung. Aber nun ist die Zeit doch zu kurz, und ich muß mich damit begnügen, daß du dich mir anverlobt hast. Das wird mich wie ein Talisman schützen. Wirst du auch an mich denken?«

»Ja, Liebster, das weißt du nun doch, daß meine Gedanken immer um dich sein werden. Aber denke nicht, daß ich tatenlos zu Hause sitzen werde, während du im Felde stehst. Dazu bin ich nicht geschaffen. Auch ich will zum Wohl des Vaterlandes meine Kräfte regen. Morgen stelle ich mich dem Roten Kreuz zur Verfügung. Ausgebildet bin ich längst, und meine Eltern billigen meinen Entschluß.«

Hand in Hand traten sie eine Minute später vor Rolas Eltern.

Da gab es kein langes Reden und Erklären. Nur wenige herzliche, tiefempfundene Worte, herüber und hinüber. Rolas Eltern nahmen den Schwiegersohn mit offenen Armen auf. Aber man kam doch überein, die Verlobung erst zu veröffentlichen, wenn friedlichere Zeiten gekommen wären.

Das Brautpaar war zufrieden. Noch eine kurze, selige Stunde war den beiden jungen Menschen beschieden – dann kam der herbe, bittere Abschied. Ein letzter, schmerzlich-süßer Kuß, ein verhaltenes heißes Liebeswort – ein halb ersticktes Lebewohl –, dann waren sie getrennt – wer wußte, für wie lange Zeit.

Die Beerdigung Frau von Falkenrieds war in aller Stille vollzogen worden. Baron Rainers Depesche, die Hasso meldete, warum er Rita nicht nach Hause reisen lassen wollte, war eingetroffen.

Er schrieb seiner Schwester einen liebevollen, herzlichen Brief, berichtete ihr alle Einzelheiten über Krankheit, Tod und Beerdigung der Mutter und suchte ihr Trost einzusprechen.

Und nun blieb er mit Rose allein in Falkenried. Sie fühlten beide, ohne daß sie es aussprachen, daß es auf die Dauer nicht so bleiben konnte, sondern daß eine schwerwiegende Änderung kommen mußte.

Hasso sagte sich so gut wie Rose, daß er als Junggeselle nicht mit ihr in Falkenried hausen konnte, nun seine Mutter tot war. Und mit sorgenvollem Herzen fragte er sich: Was soll nun mit Rose werden, und wie soll Falkenried ohne Rose weiter bestehen? Daß sie ihm selbst persönlich sehr fehlen würde, gestand er sich offen ein.

Im Grunde hätte er es wunderschön gefunden, wenn alles hätte bleiben können, wie es war. Aber er mußte sich sagen, daß es nicht anging. Er war ein junger, unverheirateter Mann – und Rose ein junges Weib.

Zum erstenmal sah er in dieser zwangvollen Lage in Rose nicht nur den Kameraden, sondern auch – das junge Weib.

Es war, als fielen ihm dabei Schuppen von den Augen. Er sah, daß dieses junge Mädchen stille, feine Reize besaß, die er bisher nicht beachtet.

War es nur das Gefühl, daß ein ferneres Zusammenleben mit ihr unter den alten Beziehungen nicht fortbestehen konnte, was ihm die Augen öffnete für Roses weibliche Reize, oder war sein Herz nach den bitteren Erfahrungen mit Natascha wieder aufnahmefähig geworden. Er wußte nur, daß weder sein Herz noch seine Sinne jetzt absolut ruhig waren, wenn ihm Rose gegenüberstand.

Was soll mit Rose werden?

Er konnte sie doch unmöglich von Falkenried fortgehen lassen. Wo sollte sie hingehen? Vielleicht zu Rita nach Villau?

Als er diesen Gedanken noch erwog, kam die Nachricht von dem Ausbruch des Krieges in Österreich.

So war also nicht daran zu denken, Rose nach Villau zu schicken.

Und es wollte ihm auch gar nicht gefallen, Rose von Falkenried fortzuschicken, wo sie doch so unentbehrlich war.

In diese Situation hinein kam Deutschlands Mobilmachung. Er hatte soeben sein neuestes Flugzeug ausprobiert, an dem er allerlei wichtige Verbesserungen angebracht hatte, die von großer Bedeutung waren. Stolz und befriedigt war er von einem langen Flug zurückgekehrt und hatte den Aeroplan in die Halle schaffen lassen.

Sogleich hatte er sich an seinen Schreibtisch gesetzt, um Exzellenz von Bogendorf zu berichten, wie vorzüglich sich sein neuestes Flugzeug bewährt habe. Kaum hatte er die Feder ergriffen, als er telefonisch angerufen wurde. Er nahm den Hörer auf – und bekam Bescheid, daß Exzellenz von Bogendorf ihn zu sprechen wünsche.

»Mein lieber Herr von Falkenried, zunächst nur privatim die Mitteilung, daß morgen voraussichtlich in allen Teilen Deutschlands mobil gemacht wird.«

»Wirklich, Exzellenz?«

»Jawohl. Sie sollen also schneller, als wir ahnten, wieder zu uns zurückkehren. Ich wollte Ihnen das inoffiziell schon jetzt mitteilen und zugleich anfragen, wie weit Ihr neuester Aeroplan gediehen ist.«

»Der ist fertig. Ich war soeben im Begriff, Euer Exzellenz zu melden, die neuen Vorrichtungen funktionieren tadellos und lassen sich in kürzester Zeit an anderen Flugzeugen anbringen. Die nötigen Apparate habe ich noch für etwa zwölf Flugzeuge fertigstellen lassen.«

»Das ist ja famos, lieber Falkenried. Sie stellen uns das doch alles zur Verfügung?«

»Selbstverständlich, Exzellenz.«

»Bis wann können wir darauf rechnen, daß sie mit dem neuen Aeroplan und den Apparaten hier eintreffen?«

»Ich gebe sofort Order an meine Werkstätte, daß mit dem Verpacken sogleich begonnen wird. Bis Montag früh spätestens ist alles transportfertig, und ich reise dann mit meinen Monteuren hier ab.«

»Gut, gut, ganz vorzüglich. Ich sehe, Sie sind noch der alte, auf den unbedingt zu zählen ist. Ich erwarte Sie bei mir.«

»Exzellenz dürfen auf mich zählen.«

»Freut mich. Nun wollen wir mal dem Feind zeigen, was es heißt, die Deutschen zu einem Krieg zu drängen.«

Damit war das Gespräch beendet.

Mit fest zusammengepreßten Lippen sah Hasso vor sich hin. Dann nahm er den Hörer wieder auf und rief seinen Hauptmonteur in der Werkstätte an den Apparat.

Ohne weitere Erklärung gab er diesem Weisung, sofort mit dem Verpacken der fertigen Apparate und des neuen Flugzeuges zu beginnen.

»Ich komme nachher selbst noch einmal hinüber, sobald ich abkommen kann.«

Die Nachricht von der Mobilmachung hatte ihn nicht unvorbereitet getroffen. Seit der Mobilisierung Österreichs hatte er das kommen sehen. Bei der deutschen Luftflotte, dieser neuesten Waffe, wurde im Kriegsfall jeder Mann gebraucht, und er war sich, ohne Überhebung, seines Wertes bewußt. Jetzt war für ihn die Zeit

159

gekommen, sich selbst die Seele reinzubaden von dem Vorwurf, daß er eine einzige Stunde einem Weibe gegenüber die Vorsicht außer acht gelassen hatte. – Die Frage, was aus Rose werden sollte, mußte zwischen heute und Montag früh entschieden werden.

Zwar konnte Rose nun in Falkenried bleiben, denn reiste ab. Und in ihren Händen wußte er Falkenried wohl geborgen, solange er fern war. Aber – wenn er nicht wiederkehrte – wenn er fiel –, was wurde dann aus Rose?

Falkenried war Majorat, und wenn er ohne Leibeserben, ohne einen Sohn zu hinterlassen, starb, dann kam ein entfernter Verwandter von ihm als Herr nach Falkenried. Und dann hatte Rose kein Recht mehr, hierzubleiben. Sie würde verlassen und schutzlos im Leben stehen.

Er sprang auf und lief unruhig auf und ab. Was er tun sollte, um ihre Zukunft auf alle Fälle sicherzustallen, wußte er nicht. Aber eins war ihm klar – geschehen mußte irgend etwas für Rose.

Er hinterließ, daß sie nicht mit dem Abendessen auf ihn warten sollte, da er drüben vielleicht länger aufgehalten würde.

Das wurde Rose bestellt, als sie nach Hause kam. Es befremdete sie nicht. Sie wußte, daß Hasso ein neues, schweres Werk vollendet hatte.

So ließ sie auch für sich nicht erst die Tafel decken, sondern auf ihr Arbeitszimmer Tee und einen Imbiß bringen, damit sie noch einige schriftliche Arbeiten erledigen konnte.

Erst als sie, wie jeden Abend, im Hause herumging und alles abschloß, kam Hasso nach Hause. Sie begrüßten einander mit einem warmen Händedruck.

»So lange warst du heute bei der Arbeit, Hasso? Ist alles nach deinem Wunsch gelungen?

»Alles funktioniert tadellos. Und du bist auch noch nicht zur Ruhe?«

»Ich hatte noch einiges in die Bücher einzutragen. Jetzt in der Ernte bleibt mir am Tag wenig Zeit dafür. Aber nun bin ich auch rechtschaffen müde. Soll ich dir noch das Abendessen servieren lassen?«

»Nein, danke. Ich habe drüben mit den Leuten ein Butterbrot gegessen. Sie mußten Überstunden machen.«

»Ist die Arbeit so eilig, Hasso?« fragte Rose ahnungslos.

»Ja, Rose – es muß auch am Sonntag gearbeitet werden.« Und dann reichte er ihr die Hand. »Nun gute Nacht, Rose – du bist müde! Schlaf gut.«

»Gute Nacht, Hasso.«

Sie stieg die Treppe empor zu ihrem Zimmer hinauf. Er blieb in der Halle stehen und sah ihr nach. –

Am nächsten Nachmittag stand Hasso mit seinem Obermonteur vor der Flugzeughalle. Da sah er plötzlich Rose mit verhängten Zügeln quer über den Flugplatz in schärfstem Tempo auf sich zureiten. Er ging ihr entgegen. Schon von weitem sah er, daß sie sehr erregt war, und er ahnte den Grund zu dieser Erregung. Kurz vor ihm parierte sie ihr Pferd.

»Hasso!« Wie ein Schrei brach es aus ihrer Brust.

Er trat an sie heran und sah zu ihr auf. »Was ist, Rose?«

Sie konnte vor Erregung nicht gleich sprechen. Ihr Antlitz war bleich, trotz des scharfen Rittes, und er sah, wie sie sich mühte, Fassung zu behalten. Endlich stieß sie hervor:

»Krieg mit Rußland, Hasso. Deutschland macht mobil. Morgen ist der erste Mobilmachungstag. Soeben traf das Telegramm auf der Post ein. Ich traf mit Colmar dort zusammen. Er ist gleich wieder auf die Felder hinaus, um es den Leuten zu verkünden. Und ich bin hierhergeeilt, um es dir zu sagen.«

Kein Zug änderte sich in seinem Gesicht.

»Ich wußte es schon seit gestern, Rose. Exzellenz von

161

Bogendorf teilte es mir inoffiziell mit, deshalb sprach ich noch nicht darüber. Hier muß alles eingepackt und fortgeschickt werden. Auch das Automobil stelle ich in den Dienst des Vaterlandes. Und die Remonten müssen wir mit Colmar zusammen aussuchen.«

»Und du, Hasso?«

»Ich reise Montag früh. Und nun entschuldige mich; ich muß zu meinen Arbeitern zurück. Heute abend sprechen wir noch darüber.«

Schnell reichte er ihr die Hand und ging davon. Ihr blasses, erregtes Gesicht beunruhigte ihn – und jetzt mußte er ganz ruhig bleiben.

Rose hielt noch eine Weile still auf ihrem Pferd und sah ihm nach. Langsam wandte sie sich dann, um heimzureiten. Und ihr war zumute, als liege ihr das Herz wie ein Stein in der Brust.

Daheim angekommen, blieb ihr aber wenig Zeit, ihrem Schmerz nachzuhängen. Von allen Seiten stürmten die Leute auf sie ein. Die erschreckende Nachricht hatte sich im Schloß und im Dorfe mit Windeseile verbreitet.

»Krieg – es gibt Krieg!« riefen sich die Leute zu.

In kopfloser Angst liefen die weiblichen Dienstboten durcheinander und rafften, als müßten sie vor etwas Schrecklichem fliehen, allerlei zusammen, um es dann wieder hinzulegen. Aber die Männer nahmen die Botschaft anders auf. Die jungen reckten frisch die starken Arme, als sollte es gleich auf den Feind losgehen. Die älteren und besonneneren, die an Weib und Kind dachten, ballten die Fäuste und bissen die Zähne zusammen.

Nach und nach kamen alle vom Feld heim. Der Verwalter Colmar ritt als erster in den Gutshof. Er brauchte, da er bereits in der Mitte der fünfzig war, nicht mit fort in den Krieg, aber sein Sohn mußte als einer der ersten mit hinaus.

Fritz Colmar stürmte bald darauf mit jugendlicher Begeisterung unter die Leute. Er sah nicht das blasse, ver-

162

weinte Gesicht seiner Mutter am Fenster des Verwalterhauses.

Dem Vater schwenkte er die Mütze entgegen.

An regelrechte Arbeit war heute nicht mehr zu denken, trotzdem sie heute nötiger als je gewesen wäre, denn die Ernte war noch nicht herein, und die Männer wurden fortgerufen ins Feld.

Die Leute blieben in aufgeregten Gruppen auf dem Hofe stehen, bis Hasso nach Hause kam.

Er sprach zu den Leuten, wie eben nur ein Mann von seiner Art zu sprechen vermochte, ruhig und ernst.

»Wir haben jetzt alle, reich und arm, hoch und gering, vom Kaiser bis zum Bettler, nur eine einzige Pflicht allen andern voranzustellen, das ist die Pflicht, das Vaterland zu schützen gegen den räuberischen Feind, der mit schändlichen Mitteln unsern Frieden bedroht. Dieser heiligen Pflicht wollen wir uns alle, Mann für Mann, unterziehen. Mit Gott für Kaiser und Vaterland!«

Ein einstimmiger, brausender Ruf antwortete ihm auf diese Rede. Hasso forderte nun die Männer auf, die militärpflichtig waren, sich bei dem Verwalter zu melden, damit festgestellt werden konnte, wann jeder einzelne entlassen werden mußte.

Viel Ruhe wurde heute nicht. Alle hatten noch zu fragen, und für Hasso und Rose gab es keine Minute zu einer ruhigen Aussprache. Sie waren nicht eine Minute allein bis zum späten Abend.

Am andern Morgen mußten sich schon eine ganze Anzahl der jungen Männer auf den Weg machen.

Die jungen Knechte steckten sich Eichenlaub an die Mützen, schäkerten noch ein bißchen mit den Mägden und jauchzten, als gehe es zu einem Feste. Die älteren Leute hielten Frau und Kinder noch einmal im Arm mit der kurzen, kargen Zärtlichkeit hartgewöhnter Leute und sprachen schnell noch ein paar ernste, leise Worte miteinander.

So ging der Zug durchs Dorf, und hier und da schloß sich noch einer an. Wenn sich die Frauen von ihren Männern getrennt hatten, gingen sie weinend heim. Aber wenn sie sich ausgeweint hatten, bissen sie tapfer die Zähne zusammen und gingen an die Arbeit. Denn nun hieß es doppelt fleißig schaffen in Haus und Stall und dem Stückchen Feld, das jedem eigen war. Die Ernte mußte eingebracht, das Vieh versorgt werden, doppelt achtsam, denn man ging einer schweren Zeit entgegen.

Rose erwies sich auch jetzt, trotz ihrer eigenen Herzensnot, als ein Segen für ihre Umgebung. Sie ging von einem zum andern und half und tröstete, wo und wie sie konnte. Ihre Angst um Hasso mußte sie zum Schweigen bringen, sie durfte sie nicht einmal zeigen – weil sie doch kein Recht dazu hatte.

Sie hatte auch keine Zeit, sich ihrem Schmerz hinzugeben. Und Hasso hatte zunächst ebensowenig Zeit, auf Rose zu achten.

Aber dann kam der Sonntagabend heran, und nun wurde ein wenig Ruhe nach dem ersten Sturm. Drüben in der Flugzeughalle ging alles nach Wunsch, und Hasso konnte nun aufatmen und sich eine Stunde Ruhe gönnen.

Er wollte nun zunächst einmal darüber nachdenken, wie er Roses Zukunft sicherstellen konnte. Und er kam auf den Gedanken, auf alle Fälle ein Testament zu hinterlassen und in diesem Testament für Rose nach Kräften zu sorgen.

Er überlegte, wie er es aufsetzen sollte. Und da kam die Sehnsucht über ihn, dies alles einmal klar und ruhig mit Rose zu besprechen.

Er wußte sie drüben im Wohnzimmer, sie hatte ihm gesagt, daß sie dort sei, falls er sie brauche.

Und als er eintrat, sah er Rose blaß und ernst vor einem jungen Knecht und einer jungen Magd stehen. Der Frieder und die Trina hielten sich fest bei den Händen. Trina hatte rotgeweinte Augen und hielt den Kopf gesenkt, und der Frieder hatte einen trotzig verlegenen Ausdruck im Gesicht.

Hasso blieb lautlos an der Tür stehen und wurde so Zeuge der kleinen Szene, die sich hier abspielte.

»Wir möchten das gnädige Fräulein um Erlaubnis bitten«, sagte der Frieder, »daß wir zwei, die Trina und ich, heut abend noch zum Herrn Pfarrer gehen dürfen. Ich muß morgen früh fort – und ich will die Trina nicht im Elend sitzen lassen. Sie soll für ihr Kind, das um die Weihnachtszeit kommt, einen ehrlichen Namen haben. Die Trina hat meine Frau werden sollen, und ich will nicht zum Schuft an ihr werden. Ich hab mit dem Herrn Pfarrer gesprochen. Er will uns ohne Aufgebot heute abend noch zusammengeben in einer Nottrauung. Außer uns sollen noch zwei Paare aus dem Dorfe heute abend nach dem Gottesdienst in einer Kriegstrauung zusammengegeben werden. Die Trina soll als meine Frau zurückbleiben. Dann hab ich draußen meine Ruhe, und sie hat sie daheim.«

Rose hatte ernst und ruhig zugehört. Nun reichte sie dem Frieder die Hand mit einem freundlichen Lächeln.

»Das ist brav von Ihnen, Frieder. Die Trina ist ein ordentliches Mädchen. Ich verspreche Ihnen, daß ich für Trina sorgen will, solange es in meiner Macht steht. Ich weiß freilich selbst noch nicht, wie alles hier wird, und muß erst noch mit dem gnädigen Herrn Rücksprache nehmen. Aber ein gutes Wort will ich auf alle Fälle für die Trina einlegen.«

Da trat Hasso heran mit nachdenklichem Gesicht.

»Ich habe schon alles gehört, und für die Trina wird gesorgt. Wann will euch denn der Herr Pastor zusammengeben in der Kirche?«

»Um neun Uhr, gnädiger Herr. Der Herr Gemeinde-

165

vorstand will in der Sakristei sein, damit er vorher die standesamtliche Eintragung der drei Paare machen kann. Es ist nichts weiter dabei nötig als unsere Geburtsscheine und meine Militärpapiere. Das haben wir beisammen, gnädiger Herr.«

Hassos Gesicht war noch nachdenklicher geworden.

»Es ist gut. Ihr könnt gehen – und ich selbst werde eurer Trauung beiwohnen. Eine gute Stunde ist bis dahin noch Zeit. Also – ich komme in die Kirche.«

Der Frieder und die Trina gingen Hand in Hand davon.

Rose trat an den Tisch und legte mit ernstem Gesicht die Zeitung zusammen, in der sie gelesen hatte, ehe das Brautpaar eintrat.

Hasso stand am Kamin gelehnt und sah sie an. Und da war ihm ganz seltsam zumute. Sie trug ein schlichtes, schwarzes Kleid, das sich weich ihren schlanken Formen anschmiegte. Das Lampenlicht streute glänzende Lichter auf ihren goldenen Scheitel. Wie schön dieses blonde Haar war. Das fiel ihm heute zum ersten Male so recht in die Augen. Eine stille, ergebene Trauer lag auf ihren reinen Zügen, und die Augen hielt sie gesenkt.

Wie blaß sie aussah. Wahrscheinlich bangte sie sich um ihre Zukunft. Ließ er sie nicht auch hilflos zurück, wenn er morgen in den Krieg zog?

Mit einem seltsamen Gefühl hatte er vorhin den Frieder von der Nottrauung sprechen hören, die der Pastor heute abend vornehmen wollte. Da waren also drei Männer im Dorfe, die ihre Bräute nicht als Mädchen zurücklassen wollten, die ihnen ihre Namen und die Rechte einer Frau geben wollten. Die Rechte einer Frau?

Er sah mit großen Augen zu Rose hinüber. War das nicht wie ein Fingerzeig des Schicksals? Da war ja die Hilfe für Rose. Warum sollte er sie nicht zu seiner Frau machen?

Rose – seine Frau?

Unwillkürlich richtete er sich auf. Das war die einfachste und gründlichste Lösung seiner Frage, was nun aus Rose werden sollte. Für Krieg und Frieden enthob ihn das aller Schwierigkeiten.

Warum war er nur noch nicht selbst auf diesen einfachen Ausweg gekommen? Vielleicht, weil er eben so einfach war.

Ja – es war das beste! Dann hatte sie auf alle Fälle ein Heimatrecht in Falkenried für alle Zeit. Denn selbst wenn er fiel, blieb ihr als seiner Witwe bis an ihr Lebensende ein fester Witwensitz in Falkenried und Einkünfte und Gerechtsame. Kam er aber aus diesem Kriege zurück, dann würde er an Roses Seite still und friedlich in Falkenried leben können. Sie stand seinem Herzen näher als sonst ein Mensch, sie verstand ihn, wie sonst niemand. Und – war sie nicht auch ein reizendes, gesundes und begehrenswertes Weib?

So, wie er einst Natascha geliebt hatte, liebte er sie nicht – so würde er wohl nie mehr eine Frau lieben können. Aber Rose war ihm lieb und wert genug, daß er sich sehr wohl eine innige, harmonische Ehe mit ihr denken konnte.

Aber Rose? Würde sie einwilligen, seine Frau zu werden, wenn er jetzt so plötzlich mit einer solchen Frage an sie herantrat?

Er konnte sich darauf keine Antwort geben. Sie hatte sich aufgeopfert für ihn, wie sie sich für alle in Falkenried aufgeopfert hatte. Aber – ob sie auch seine Frau werden wollte? Frauen sind so anders geartet als Männer. Und Rose war in allen Dingen ein Ausnahmegeschöpf.

So stand er ihr schweigend gegenüber, statt die Zeit zu der geplanten Aussprache auszunützen. Und dies Schweigen wuchs zwischen ihnen empor und füllte das Zimmer, so daß es seltsam auf Rose lastete. Sie fühlte, wie ihr die Knie zitterten, ihr war, als streife sie das Schicksal mit schwerem Flügelschlag. Kraftlos, wie niedergedrückt, fiel sie in einen Sessel am Tisch und hielt mechanisch die Zeitung vor die Augen, ohne einen Buchstaben lesen zu können.

»Rose!«

Sie schrak zusammen. Weich und bittend, wie nie zuvor, hatte er ihren Namen ausgesprochen.

»Was willst du, Hasso?« fragte sie leise.

Er trat schnell zu ihr und nahm ihr die Zeitung aus den Händen. »Rose – ich dächte, wir hätten uns soviel noch zu sagen und finden doch kein Wort füreinander, nun wir endlich eine ruhige Stunde haben.«

»Ja, Hasso. Und man fürchtet sich fast, seinen Gedanken Worte zu geben.«

»Nein, Rose, das ist es bei mir nicht. Was mich zum Schweigen brachte, war ein Gedanke, der mir das Herz so bewegte, daß ich ihn nicht gleich in Worte fassen konnte. Aber jetzt will ich es tun, Rose. Die Minuten sind kostbar, man darf nicht eine vergeuden. Ich habe einen Wunsch auf dem Herzen, Rose – eine Bitte. In den letzten Tagen, seit meiner Mutter Tod, habe ich mich in banger Sorge gefragt: Was soll nun mit Rose werden – und was mit Falkenried, wenn Rose hier fort müßte? Ehe der Krieg kam, mußte ich mir sagen: Du kannst mit Rose nicht mehr wie bisher in Falkenried zusammenleben. – Hast du auch darüber nachdenken müssen, Rose?«

Sie atmete tief auf. Etwas Hilfloses, das er sonst nicht an ihr kannte, lag über ihrem Wesen und rührte ihn.

»Ja, Hasso, ich habe daran gedacht und mir auch gesagt, daß es so nicht bleiben kann. Ich wußte nur noch nicht, wohin ich mich wenden sollte. Aber jetzt, da du in den Krieg gehst, bleibe ich natürlich in Falkenried und verwalte es dir in Treue, bis du heimkehrst. Durch diesen schrecklichen Krieg ist ja diese Frage vorläufig gelöst, nicht wahr?«

»Ja, Rose – aber nur für den Fall, daß ich zurückkehre. Solange ich am Leben bin, bist du hier in Falkenried wohl aufgehoben. Aber – wenn ich nun falle?«

Sie zuckte zusammen, senkte das Haupt. »Das wolle Gott verhüten«, sagte sie mit verhaltener, tonloser Stimme.

»Man muß damit rechnen, Rose. Ich tue es jedenfalls. Und ich will dich auf alle Fälle in gesicherten Verhältnissen zurücklassen, auch für den Fall meines Todes.«

Sie biß die Zähne fest aufeinander. Was lag noch an ihrem Leben, wenn das seine vernichtet sein würde?

Sie konnte nicht antworten. Und so fuhr er fort: »Ich bin nun endlich auf einen Ausweg gekommen, Rose, den ich für den natürlichsten und verständigsten halte.«

»Was ist das für ein Ausweg, Hasso?« fragte sie so ruhig wie möglich.

Er zeigte ernst und ruhig nach der Tür.

»Da gingen eben zwei junge Menschen von uns, Rose. Der Pfarrer will sie, mit noch zwei anderen Paaren, heute abend noch zusammengeben für Leben und Tod. – Willst du diesen selben Weg mit mir gehen, Rose?«

Sie saß einen Augenblick wie gelähmt und sah ihn mit großen Augen an, als verstehe sie ihn nicht. Und dann fuhr sie plötzlich auf und stand hochaufgerichtet vor ihm.

»Hasso!«

Fest faßte er ihre Hände. »Das kommt dir überraschend, Rose. In einer Zeit, wie wir sie jetzt erleben, werden schnelle Entschlüsse geboren und kleinliche Bedenken ohne weiteres beiseite geschoben. Ich weiß, daß ich dich vor eine schwere Entscheidung stelle, aber ich habe keine Zeit, lange um dich zu werben. Höre mich an, ehe du mir Antwort gibst. Du bist mir bisher wie eine Schwester gewesen, du warst mir ein guter Kamerad. Keine stürmische, leidenschaftliche Liebe hat mich bisher gedrängt, das Band, das uns umschlungen hat, fester zu knüpfen, und ich weiß, daß auch du mir nur schwesterlich zugetan bist. Aber mir würde das genü-

169

gen, um mir eine Ehe mir dir, auch in Friedenszeiten, wünschenswert erscheinen zu lassen. Ich hätte wahrscheinlich auch ohne den Krieg nach diesem Ausweg gegriffen, um dich in Falkenried festzuhalten. Dieser Gedanke kam mir ganz plötzlich wie eine Erleuchtung, als ich Frieder und Trina Hand in Hand vor mir sah. Das natürliche Empfinden des einfachen Burschen, sein Mädchen nach Möglichkeit zu schützen vor allem Schlimmen, was ihr droht, war mir wie eine Offenbarung. Ich möchte auch, wie der Frieder, meine Ruhe da draußen haben, Rose. Und das kann ich nur, wenn ich deine Zukunft sichergestellt habe. Dies geschieht, daß ich dir meine Hand reiche. Was dann auch kommen mag – Falkenried wird deine Heimat bleiben. Und ob ich heimkehre oder nicht – du bist hier in Sicherheit. Du bist mir der liebste Mensch auf der Welt – bist mir lieber noch als meine Schwester. Was ich einer Frau noch an warmen Gefühlen zu geben habe, nach jener grausamen Enttäuschung, von der du Zeuge warst, das kann ich dir geben. Und kehre ich heim, dann werde ich mich freuen, dich hier für immer an meiner Seite halten zu können. Jetzt sollst du nichts tun, als dich mir antrauen lassen von unserm alten Dorfpastor, der uns von Kind auf kennt, damit du als Herrin von Falkenried hier zurückbleiben kannst. So, Rose – nun habe ich dir alles gesagt, was ich auf dem Herzen habe. Und nun sage mir, ob du mit mir gehen willst Hand in Hand, um gleich den schlichten Dorfleuten noch heute abend vor dem Altar in ernster Stunde einen festen Bund fürs Leben mit mir zu schließen.«

Rose stand mit gesenktem Haupt vor ihm und suchte sich zu fassen. Hassos Worte übten eine zwingende Macht auf sie aus. Sie hatte keinen Willen als den seinen. Obwohl sie wußte, daß er sie nicht liebte, wußte sie doch auch, daß ihm keine andere Frau teurer war als sie. Vielleicht wäre in anderer Zeit ihr Stolz davor zurückgebebt, sich gleichsam von ihm aus Mitleid zu seiner Frau machen zu lassen, aber jetzt hatte sie keinen Stolz gegen ihn ins Feld zu führen. Und er hatte recht, wenn er in dieser großen Zeit nichts Kleinliches gelten lassen wollte.

Sie hob den Kopf und sah ihn an mit den schönen tiefblauen Augen. Ernst und still war ihr Blick. Nichts verriet ihm, auch in dieser Stunde nicht, wie sich ihm ihr ganzes Sein entgegendrängte in schmerzvoller Sehnsucht, ihm das zu zeigen, konnte sie ihrem Stolz nicht abringen.

Nur einen Augenblick zögerte sie noch, dann legte sie mit einem tiefen Atemzug die Hand in die seine. »Ich will mit dir gehen, Hasso«, sagte sie schlicht und einfach.

Warm umschloß er ihre kalte, bebende Hand und sah ihr ernst und tief in die Augen.

»So komm, Rose – laß uns zur Kirche gehen. Ich danke dir, daß du dein Schicksal mir anvertrauen willst«, sagte er bewegt.

Und so schritten sie, Hand in Hand, in den lauen Sommerabend hinaus, Rose in ihrem schlichten, schwarzen Kleid, Hasso im Arbeitsanzug.

Schon von weitem sahen sie die kleine Dorfkirche erleuchtet und hörten den Gesang der andächtigen Menge.

In der kleinen Sakristei warteten Rose und Hasso, bis der Pastor von der Kanzel kam. Da trug ihm Hasso seine Bitte vor. Der weißhaarige alte Herr sah sie mit freundlichen Augen an und besprach noch einiges mit ihnen.

Und nach beendetem Gottesdienst kam der Gemeindevorsteher in die Sakristei, mit ihm die drei Brautpaare und einige Angehörige derselben. Die staunten nicht wenig, als sie den jungen Gutsherrn und das gnädige Fräulein vom Schloß hier vorfanden – als viertes Brautpaar.

171

Der Gemeindevorsteher waltete nun seines Amtes als Standesbeamter. Und als erstes Paar wurden Rose und Hasso in rechtskräftiger Weise Mann und Frau. Mit etwas unsicherer Hand schrieb Rose ihren neuen Namen in das Amtsbuch:

»Rose Magdalene Elfriede Freifrau von Falkenried, geborene Freiin von Lossow.«

Da stand es schwarz auf weiß neben Hassos Namen und band sie auf alle Zeit an den Mann, den sie liebte mit jeder Faser ihres Seins.

Und dann schritten Rose und Hasso, gefolgt von den anderen Paaren, schlicht und ruhig, Hand in Hand in die Kirche hinein bis vor den Altar.

Die ganze Menge war auf ihren Plätzen geblieben, um dieser feierlichen Kriegstrauung beizuwohnen. Ein altes Mütterchen aus dem Dorf hatte ihr lange gehegtes und gepflegtes Myrtenstöckchen geplündert und trat nun an die vier Kriegsbräute heran, um mit der welken, zitternden Hand jeder ein Myrtenzweiglein in das schmucklose Haar zu stecken.

Auch Rose ließ sich willig mit diesem Zweiglein schmücken. Das war so rührend und feierlich. Ringsum weinten und schluchzten die Frauen vor Ergriffenheit, und selbst aus manchem Männerauge wurde hastig und verschämt eine Träne fortgewischt.

Rose weinte nicht. Aber ihr Antlitz war bleich bis in die Lippen, und sie mußte die Zähne fest zusammenbeißen. Denn das wußte sie, wenn sie jetzt die Fassung verlor und in Tränen ausbrach, dann bekam sie sich so bald nicht wieder in die Gewalt.

Der alte Pastor hielt eine kurze, aber ergreifende Rede. Und fester und fester mußte Rose die Zähne zusammenbeißen. Sie fühlte, wie sich Hassos Hand um die ihre schloß. Und von dieser starken, festen Männerhand strömte Kraft in die ihre, eine Kraft, die ihr Ruhe und Frieden in die Seele zauberte.

172

Wie im Traum ging alles an ihr vorüber, nur der feste, warme Druck von Hassos Hand war ihr wie etwas Herrliches bewußt. Aber dann drang noch etwas über ihre Bewußtseinsschwelle, das waren Worte, die der alte Pfarrer sprach:

»Bis daß der Tod euch scheide.«

Wie ein kalter Schauer flog es über Rose dahin. Ach, wie nahe stand der Tod hinter diesen vier jungen Paaren. Und die Hand, die jetzt fest und lebensvoll die ihre umschloß, würde sie sich auch nach dem Kriege voll warmen Lebens nach ihr ausstrecken?

Rose fiel auf die Knie nieder, mit den andern allen, und betete, betete mit der ganzen heißen Inbrunst ihres Herzens:

»Vater im Himmel, laß ihn gesund wieder heimkehren. Still und bescheiden will ich an seiner Seite wandeln und nichts für mich begehren. Nur erhalte mir sein geliebtes Leben.«

Dann sang die Gemeinde: »Ein feste Burg ist unser Gott.« Als es verklungen, war die feierliche Handlung zu Ende, und die vier Kriegsbräute verließen am Arm ihrer Gatten die Kirche, umgeben von ihren Verwandten.

Ehe sie die Kirche verließen, hatte Hasso dem Pastor eine Summe Geldes zur Verteilung an die anderen drei Kriegsbräute ausgehändigt, denn diese waren alle recht wenig mit Glücksgütern gesegnet und konnten eine Beihilfe wohl brauchen.

Still und ernst traten Hasso und Rose den Heimweg an. Er legte ihre Hand auf seinen Arm. So führte er sie durch den Wald nach dem Schloß.

Viel sprachen sie nicht im Anfang. Erst als sie die Bewegung in sich niedergezwungen hatten, begannen sie miteinander zu reden von dem, was nun alles noch geschehen müsse.

Und über diesen notwendigen und wichtigen Dingen kamen sie beide wieder ins Gleichgewicht.

Das Schicksal der stillen Frau an seiner Seite war nun unlösbar an das seine gebunden, »bis daß der Tod euch scheide«. Und er fühlte sich innig zufrieden damit. Rose war nun auf alle Fälle in Zukunft geborgen, gleichviel, ob er wiederkam oder nicht. Bei diesem Gedanken legte er seine Hand auf die Roses, die auf seinem Arm ruhte, und drückte sie sanft.

»Reut es dich auch nicht, Rose, daß du meinem raschen Willen gefolgt bist? Nun bist du gebunden an mich, solange ich lebe.«

»Nein, es reut mich nicht. Gott helfe, daß es auch dich niemals reuen wird, Hasso.«

Er wandte ihr seine Augen zu, und sein Herz fing plötzlich an, recht unruhig zu schlagen. Wie eine heilige Verklärung lag es auf ihren reinen Zügen. So holdselig erschien sie ihm mit einem Male, so umflossen von Reinheit und Seelenadel, daß er seine Augen nicht von ihr lassen konnte.

Rose ging an seiner Seite mit einem Empfinden, als könnte sie so mit ihm gehen bis an das Ende der Welt, ohne zu fragen, ohne einen andern Willen zu haben als den seinen.

Doch eins wußte sie. Trotzdem ihre Seele um ihn bangte, mußte sie tapfer sein und durfte mit keinem Wimperzucken verraten, was er ihr war. Herzliche Sympathie durfte sie ihm zeigen und die warme Besorgnis einer schwesterlichen Freundin, eines guten Kameraden, aber nicht die heiße, zitternde Angst um sein geliebtes Leben. Ihre Liebe durfte er nicht erraten; danach trug er kein Verlangen. Lieber sterben, als ihm würdelos entgegenzubringen, wonach er kein Verlangen trug.

Sie atmete tief auf, und heimlich löste sie den Myrtenzweig aus ihrem Haar und barg ihn in ihrem Kleide, damit er nicht verlorenging.

Drüben am Schloßportal wurde es lebendig. Der Frieder und die Trina waren mit dem übrigen Gesinde, das

174

in der Kirche gewesen, heimgeeilt und hatten es in den Leutekammern erzählt: Der gnädige Herr und das gnädige Fräulein hätten sich trauen lassen, schlichtweg mit den einfachen Leuten aus dem Dorf und mit Frieder und der Trina zusammen.

Die Kunde drang auch in die Verwalterwohnung. Da saß Frau Colmar mit verweintem Gesicht und schwerem Herzen im Sorgenstuhl, und ihr Mann stützte den Kopf in die Hand und blickte vor sich hin, als schaue er hinüber in Feindesland. Als aber nun die Trina hereinkam nach schüchternem Anklopfen und meldete, was eben in der Kirche geschehen war, da rissen sich die beiden Menschen aus ihrer Versunkenheit empor und schritten mit den Leuten zum Portal des Schlosses hinüber, um dem jungen Paar einen Glückwunsch zu bringen.

Es gab keinen lauten Jubel und keine Feier. Still und ernst dankten Rose und Hasso für die Glückwünsche und drückten die dargereichten Hände.

»Eine Feier gibt es nicht, Leute, dazu ist die Zeit zu ernst. Aber will's Gott, können wir feiern, wenn das Land von Feinden befreit ist«, sagte Hasso.

Den Verwalter und seine Frau lud er zum Abendessen ein. »Dabei können wir noch mancherlei besprechen. Wenn meine Frau auch in allem Vollmacht hat – einiges gibt es doch noch zu beraten.«

Es klang Rose seltsam in den Ohren, als Hasso sie zum ersten Male seine Frau nannte.

Das helle Rot schlug ihr dabei ins Gesicht, und die Augen senkten sich. Sie konnte es noch nicht fassen, daß sie nun Rose von Falkenried hieß und Herrin des Hauses war.

Dann kam am andern Tag der Abschied.

An Rose traten allerlei Anforderungen heran. Alles kam zu ihr, was den Kopf verloren hatte oder sich nicht selbst zu helfen wußte. Und so hatten sich Hasso und

Rose kaum flüchtig guten Morgen sagen können.

Aber kurz vor Hassos Abreise saßen sie sich nun im Wohnzimmer gegenüber, und nun konnten sie auch einmal kurze Zeit an sich selbst denken. Hasso neigte sich vor und faßte Roses Hände. In seinen sonst so harten, festen Zügen war eine fremde Weichheit. »Gottlob, Rose, einige ruhige Minuten haben wir uns noch gerettet, können nun wenigstens ohne Zeugen Abschied nehmen voneinander.«

Sie ließ ihre Hand zitternd in der seinen ruhen, sah ihn aber nicht an.

»Aber nicht davon wollte ich mit dir sprechen, Rose. Wirst du mir schreiben?«

»Ja, Hasso, über alles, was hier geschieht, werde ich dir berichten, und du? Wirst auch du mir zuweilen schreiben – wenigstens ein kurzes Wort, damit ich weiß, daß du lebst und gesund bist?«

Ihre Stimme klang halb erstickt. Sie hatte bei diesen Worten zagend die Augen erhoben.

»Das will ich tun, gewiß, so oft ich kann. Und du schreibst an Rita, daß du meine Frau geworden bist? Rita wird sich darüber freuen. Du weißt doch, daß Rita dir gut ist.«

»Ja, das weiß ich. Die Arme! Sie wird in schwerer Angst und Sorge um ihren Gatten sein. Und die arme Josepha – ihr Gatte ist schon fort. Wie herb und bitter ist das Schicksal für diese beiden jungen Ehepaare.«

»Nun – und wir, Rose? Sind wir nicht auch ein junges Ehepaar? Tun wir dir nicht auch ein wenig leid?«

Sie wurde plötzlich dunkelrot. Scheu zog sie ihre Hände aus den seinen und erhob sich. Sie trat von ihm fort an das Fenster.

Er erhob sich auch und folgte ihr. »Nun, Rose? So stumm? Meinst du nicht, daß mir der Abschied von dir auch sehr schwer wird? Du bist mir so viel geworden in all der Zeit. Das weißt du wohl gar nicht?«

Sie konnte nicht antworten. Kein noch so armes Wort brachte sie über die Lippen. Die Tränen stiegen ihr würgend im Halse empor. Nur jetzt um Gottes willen die Fassung nicht verlieren. Eine Angst war in ihr, daß sie sich jetzt verraten könnte.

Sie rang mit sich wie mit einem Feind und schüttelte nur stumm den Kopf. Und als er nun ihre Hand faßte, merkte er, daß sie am ganzen Körper zitterte vor unterdrückter Erregung. Diese Erregung teilte sich ihm mit. Er war plötzlich gar nicht mehr ruhig und gelassen.

»Nun sieh mich noch einmal an, Rose, zum Abschied. Mir ist, als wären mir die Augen aufgegangen. Wie blind bin ich neben dir hergegangen. So ein Tor war ich. Sieh mich noch einmal an, Rose, gleich muß ich fort.«

Und in dieser Minute lag all ihr Schmerz, all ihre Liebe unverhüllt in ihren Augen – jetzt konnte sie nicht anders, ihr Stolz hatte keine Macht mehr über sie. Der Herzschlag stockte ihm. Was Rose ihm all die Jahre herb und kalt verborgen hatte, enthüllte sie ihm in diesem Augenblick. Sie wußte nicht, daß sie sich so verriet. Aber er erfaßte in diesem Moment ihr stilles Geheimnis, und damit erschloß sich ihm ihr ganzes Wesen. Er wußte plötzlich, daß sie ihn schon geliebt hatte, als er sich mit Natascha verloben wollte.

Erschüttert und bewegt stand er und schaute wie gebannt in ihre Augen. Er hielt ihren Blick fest, daß sie ihm vollends das Geheimnis ihrer Seele preisgeben mußte.

So standen sie – wie lange, das wußte keins von beiden zu sagen.

Aber ehe er dann ein Wort fand, wurde die Tür geöffnet nach kurzem Anklopfen, und der Verwalter Colmar stand auf der Schwelle.

»Gnädiger Herr, es ist Zeit.«

Sie schraken beide zusammen.

Gewaltsam zwang er sich zur Ruhe und tat einen Schritt nach der Tür, um Colmar zu folgen.

»Komm, Rose – die Leute warten«, sagte er mit verhaltener Stimme.

Aber ehe er die Tür erreichte, blieb er stehen.

Colmar war hinausgegangen – sie waren wieder allein.

Hasso sah nach Rose zurück. Sie war mit unsicheren Schritten bis mitten ins Zimmer getreten, und da stand sie, schwankend, als trügen sie ihre Füße nicht mehr weiter. Sie war leichenblaß, und der Abschiedsschmerz schüttelte sie wie ein schweres Fieber.

Da war Hasso plötzlich mit zwei Schritten an ihrer Seite und umfaßte sie mit starken Armen. Sein wahres Empfinden brach sich gewaltsam Bahn. »Nein, – Rose – so kann ich nicht von dir gehen! Ich muß dir sagen, daß ich dich liebe, dich allein, meine scheue, stolze Rose. In dieser Stunde erst ist es mir ganz klar geworden, was die letzte Zeit in mir war. Ich liebe dich schon lange, Rose, das weiß ich jetzt, ich liebte dich schon, ehe ich es selber wußte. Ich Tor – ich blinder Tor! Und nun muß ich fort – du meine liebe, süße Frau – ach, Rose – wie wird mir jetzt der Abschied schwer von dir! Aber wenn ich wiederkomme – und ich komme wieder –, dann sollst du empfinden, wie tief und heiß meine Liebe ist. Alles andere liegt hinter mir, was einst in meinem Herzen war. Nur dein Bild ist noch darin, und ich nehme es mit mir. Rose – sag es mir ein einziges Mal in dieser schmerzlich süßen Abschiedstunde, was in deiner Seele für mich lebt. Sag mir die Wahrheit, Rose.«

Sie lag an seinem Herzen und sah zu ihm auf, als schaue sie in ein herrliches, leuchtendes Wunder.

Und mit bebender, verhaltener Stimme, in der eine unsagbare Zärtlichkeit zitterte, sagte sie innig:

»In meiner Seele lebst nur du – ich liebe dich –, habe dich immer geliebt und werde dich lieben in alle Ewigkeit. Es sollte verborgen bleiben, weil ich wußte, daß du mich nicht liebtest. Aber nun will und kann ich dir die

Wahrheit sagen – du nimmst mein Herz mit dir, und wenn du mir genommen wirst – dann mag ich auch nicht mehr leben.«

Und mit einem Aufschluchzen schlang sie ihre Arme um seinen Hals, als müsse sie ihn halten.

Er preßte sie fest und innig an sich. Und dann fanden sich ihre Lippen in dem ersten heißen Liebeskuß. Eine schmerzlich-süße Wonne erfüllte ihre Herzen. Tief aufatmend strich er ihr sanft und zärtlich über das goldig flimmernde Haar.

»Und jetzt soll ich meine süße Frau verlassen?« fragte er mit tiefinnigem Ton. Noch einmal küßte er sie. Dann richtete er sich auf, legte seinen Arm um ihre schlanke Gestalt und sagte, sich zur Ruhe zwingend: »Nun komm, meine süße Rose – wir müssen tapfer niederzwingen, was uns den Abschied schwermachen will.«

Er führte sie hinaus unter die Leute, die draußen warteten, um ihm Lebewohl zu sagen. Frieder stand am Wagen. Er wollte mit Hasso nach Berlin reisen. Hasso wollte ihn als Burschen für sich erbitten.

Die Trina stand mit verweinten Augen neben dem Frieder. »Nur Mut, Trina, wir kommen wieder!« rief ihr Hasso zu. Schnell schüttelte er die ihm gereichten Hände und sprang in den Wagen, während Frieder zum Kutscher auf den Bock kletterte. Und im Wagen stehend, nahm er seine Mütze ab – er war schon in seiner feldgrauen Fliegeroffiziersuniform. »Mit Gott für Kaiser und Vaterland! Auf Wiedersehen, Leute!«   Und da sah er noch einmal auf Rose zurück. Sie stand mitten unter den Leuten auf der Treppe, hochaufgerichtet. Die Hand hatte sie auf das Herz gepreßt, ihre Blicke hingen an seinem Antlitz in sehnsüchtiger Liebe, als müsse sie sich seine Züge für ewig einprägen.

Da packte es ihn noch einmal. Mit einem Satz sprang er nochmals aus dem Wagen, riß sie in seine Arme und preßte seine Lippen fest auf die ihren.

»Denk an mich, und schreib mir viel Liebes. Ich werde es auch tun«, flüsterte er ihr zu.

Dann sprang er in den Wagen zurück. »Fort!« gebot er dem Kutscher.

Noch ein letztes Winken mit der Hand. Die Leute fingen an zu singen: »Deutschland, Deutschland über alles.«

Rose ging langsam, mit schweren Schritten ins Haus zurück. Sie trat ins Wohnzimmer, wo sie vorhin den ersten heißen Liebeskuß von Hasso empfangen hatte. Da stand sie eine Weile still. Und dann sank sie plötzlich in sich zusammen und fiel auf die Knie. Ihre Hände falteten sich zum Gebet.

»Du gibst ihn mir wieder, mein Gott und Vater. Du wirst uns nicht zusammengeführt haben, um uns auf ewig zu trennen«, betete sie inbrünstig, und nun rannen die heißen Tränen über ihr Antlitz.

Es blieb ihr nicht viel Zeit, ihrem Schmerz nachzuhängen und sich in ihr Glück zu versenken. Die Pflicht rief sie an die Arbeit.

Und während sie emsig schaffte, klangen ihr immer wieder Hassos heiße, zärtliche Worte in der Seele wider, so daß sie zuweilen in sich hinein lauschen mußte.

So reich – so unsagbar reich war sie geworden durch seine Liebe, die sie nie zu erringen gehofft hatte.

Ach, nun würde die Sehnsucht nach dem geliebten Mann nie mehr in ihrer Seele zur Ruhe kommen.

»Hasso – mein Hasso –, Gott mit dir auf allen Wegen«, flüsterte sie vor sich hin.

Schwere Pflichten traten nun an Rose heran. Die Ernte mußte vor allen Dingen hereingebracht werden, es fehlte an den nötigen Leuten dazu.

Wohl stellten sich die Frauen und selbst die Kinder in die Reihen der wenigen zurückgebliebenen Männer, aber die viele Arbeit konnte nicht bewältigt werden.

Als Rose mit Colmar zusammen die Remonten nach der nahen Kreisstadt gebracht hatte, hörte sie, daß sich in den großen Städten die Studenten, Schüler und viele Arbeitslose zur Erntearbeit gemeldet hatten.

Das Landratsamt versprach ihr, so schnell wie möglich ihr Gesuch zu berücksichtigen. Auf dem Heimweg besprach sie mit Colmar, wie die Erntefreiwilligen in Falkenried untergebracht werden könnten.

»Schlimmsten Falles quartieren wir sie in die Flugzeughalle ein. Da ist für viele Raum, und die Halle steht ja doch jetzt leer,« sagte Rose. –

Wenn die Leute sie jetzt mit »gnädige Frau« anredeten, dann war ihr immer zumute, als stehe Hasso neben ihr.

Hassos Frau! War das nicht ein Glück, so groß und herrlich, zumal sie sagen konnte: »Hassos geliebte Frau.« Konnte ein Mensch reicher und glücklicher sein als sie?

Sie fühlte, daß ihre Kräfte wuchsen im Bewußtsein dieses tiefinneren Glückes. Und sie hatte es nötig, denn es wurden wahrlich starke Anforderungen an sie gestellt in dieser Zeit.

Natürlich drang auch in das stille Dorf die Kunde, kamen die Nachrichten, daß nicht nur Rußland, Frankreich und England, sondern auch Belgien sich zu Deutschlands Feinden gesellte, daß sich mit den Serben Montenegro gegen Österreich verbunden hatte und daß schließlich auch noch Japan an Deutschland ein Ultimatum wegen Kiautschou stellte.

Den Frauen schlug das Herz ängstlich in der Brust, aber die Männer ballten die Fäuste und reckten sich kraftvoll.

Nach einer Besprechung mit Colmar erkundigte sich Rose nach seiner Frau.

»Sie trägt es schwer, daß sie ihren einzigen hergeben mußte, gnädige Frau. Jede Nacht wird sie von den furchtbarsten Träumen gequält, wenn sie überhaupt Schlummer findet. Wenn Sie doch mal mit ihr sprechen wollten, gnädige Frau. Eine Frau versteht die andere besser – und Sie haben für alles Verständnis.«

»Ich komme heute abend ein Stündchen zu Ihnen hinüber, Herr Colmar. Vielleicht kann ich die Ärmste trösten. Und nun habe ich auch für uns eine gute Nachricht. Heute nachmittag treffen die freiwilligen Erntearbeiter ein.«

»Das ist gut! Es war höchste Zeit, gnädige Frau.«

»Ich weiß es. Ist alles bereit, so wie wir alles besprochen haben?«

»Jawohl, gnädige Frau. Drüben in der Flugzeughalle ist für hundert Menschen Nachtquartier bereit. Auch im Dorf können noch gegen hundert untergebracht werden.«

»Gut! Wenn es not tut, stelle ich auch die Gastzimmer im Schloß noch zur Verfügung. Nun wollen wir mit frischen Kräften darangehen, die Ernte hereinzubringen. Für die fehlenden Pferde spannen wir die Ochsen ein. Es soll uns kein Halm und keine Feldfrucht verlorengehen. Gottlob ist die Ernte gut ausgefallen in diesem Jahr.«

»Wir wollen beten, daß wir gutes Wetter behalten.«

»Und daß wir für die nächste Ernte die Felder in Frieden bestellen können.«

»Das walte Gott!«

Rose ging nun in die Küche, um mit der Mamsell über die Beköstigung der Erntearbeiter zu sprechen, damit es auch an nichts mangelte.

Um vier Uhr nachmittags kam der Zug an, der die Erntefreiwilligen brachte, die sich auf dem großen Platz vor dem Schloß versammelten. Junge und ältere Leute, Studenten, Schüler, Pfadfinder und Arbeitslose aus allen Betrieben.

Rose trat neben dem Verwalter unter die Leute. Sie mußte eine kleine Ansprache halten und tat das in der ruhig würdigen Weise, die ihr eigen war.

»Wir danken Ihnen allen herzlich, daß Sie gekommen sind, um uns zu helfen. Ich bitte Sie, sich den Anordnungen des Herrn Verwalters Colmar zu fügen. Der Herr dieses Schlosses und dieses Grund und Bodens hat hinausziehen müssen vor den Feind und viele unserer Leute mit ihm. Nun sind wir hier in der Not. Die Ernte darf nicht verkommen, sie zählt jetzt doppelt in Tagen der Not. Jeder, der uns hilft, die Ernte einzubringen, leistet nicht nur mir, sondern auch dem Vaterland einen Dienst. Seien Sie uns alle herzlich willkommen als treue Helfer. Nun wird Ihnen der Verwalter Ihre Quartiere anweisen. So gut wir konnten, haben wir für Sie alle gesorgt und werden es tun, solange Sie uns helfend zur Seite stehen. Morgen früh, so Gott will, beginnen wir dann unsere gemeinsame Tätigkeit. Wenn jemand einen Wunsch oder ein Anliegen hat, der melde sich bei mir nach Feierabend oder beim Herrn Verwalter.«

Sie schwenkten, marschierten auf die langen Tafeln zu, wo in großen Kübeln Milchkaffee und ganze Berge Butterbrote aufgestapelt waren.

»Lieb Vaterland, magst ruhig sein.« Unter Gesang verproviantierten sich die Leute. Sie halfen fröhlich selbst beim Austeilen der großen Kaffeetöpfe und der belegten Butterbrote.

Nachdem sich alle gestärkt und gesättigt hatten, ging es hinüber nach den Quartieren. Sie wollten am liebsten alle in der Halle bleiben und rückten lieber zusammen.

Am nächsten Morgen aber ging es früh hinaus aufs Feld.

Da merkten die jungen Leute, daß es gar nicht so leicht war, Feldarbeit zu tun.

Den ersten Abend ging man sehr müde zu Bett, und am nächsten Morgen waren die Glieder steif und ungelenk. Aber bald gewöhnte man sich an die geregelte Tätigkeit und überwand die Schwierigkeiten mit gutem Humor.

So schritten die Erntearbeiten bei gutem Wetter rüstig voran zu Roses Freude.

Über alles daheim konnte Rose ihrem Gatten befriedigende Nachricht senden.

In den ersten Tagen kam eine kurze Nachricht von ihm, die er der Minute abgestohlen hatte. Aber so flüchtig diese Zeilen auch hingeworfen waren – für ein Liebeswort fand er doch noch Zeit. Diese kurzen, flüchtigen Briefe verwahrte sie wie ein Kleinod.

Zuerst schrieb er:

»Meine inniggeliebte Rose! In allem Trubel nur wenig Worte – morgen geht es nach dem Westen. Von der Begeisterung hier in Berlin kannst Du Dir keinen Begriff machen. Wir ziehen Mann für Mann mit Zuversicht in diesen Krieg, den man uns aufgedrungen hat. Sieg oder Tod! So höre ich es von allen Seiten rufen. Gott schenke uns den Sieg! So viel hätte ich Dir zu sagen, was ich zuvor versäumt habe, weil ich mich selbst nicht erkannt hatte. Du ahnst nicht, wie sehnsüchtig ich Deiner gedenke. Nun weiß ich erst, was Du mir geworden bist. Mein Weib – meine Kriegsbraut –, werde ich Dich eines Tages in meinen Armen halten dürfen? Leb wohl, meine Rose – ich liebe Dich! Ich küsse Deine lieben, schönen Augen, Dein goldenes Haar. Leb wohl, Rose!

Dein Hasso«

Ein zweiter Brief Hassos kam bereits aus Aachen.

»Meine Rose! Soeben habe ich Deinen ersten, lieben Brief erhalten. Ich bin viel besser daran als viele meiner Kameraden, die noch keine Nachricht von zu Hause haben, weil meine Briefe mit denen von Exzellenz von Bogendorf zusammen gehen und eilig befördert werden. So werden wir hoffentlich in regelmäßiger Verbindung bleiben. Also zu Hause ist alles in Ordnung, und meine Rose ist als Herrin von Falkenried auf ihrem Posten? Denkst Du an mich, meine herzliebe Frau? Meine Frau? Ach, Rose – wärst Du es erst in Wirklichkeit! Ich bin solange mit einer Binde vor den Augen herumgelaufen. Rose, ich war ein Tor! Schreib bald wieder. – Du darfst mir Deine Liebe zeigen, sag mir immer wieder, daß Du mich liebst. – Aber nun muß es für heute genug sein. Ich treffe soeben Vorbereitungen zu einem Aufstieg mit meinem Aeroplan. Er wird gehütet wie ein rohes Ei. Meine Monteure arbeiten mit aller Anstrengung, um die von mir erfundenen Apparate, die wir fertig von Falkenried mitbrachten, noch an anderen Flugzeugen anzubringen. Man ist überzeugt, daß diese Verbesserung für uns von unschätzbarem Wert ist. Nun leb wohl, meine Rose. Hans von Axemberg fliegt mit mir auf als Beobachter. Ich werde viel mit ihm zusammenarbeiten. Hast Du Nachricht von Rita? Schreib ihr meine Adresse. Leb wohl, meine Rose – ich küsse Dich heiß und innig – wärst Du bei mir! Dein Hasso.«

Ach, was waren diese liebevollen Briefe für Rose. Wie selig machte sie jedes seiner Worte, die so deutlich verrieten, daß er sie wirklich liebte.

Hasso von Falkenried stand vor Exzellenz von Bogendorf, der ihm soeben einen sehr gefährlichen Auftrag erteilt hatte. Hasso sollte über eine französische Festung weit in Feindesland hinüberfliegen und das Gelände nach französischen Verteidigungslinien absuchen. Die Länge dieses Fluges umfaßte gegen 400 Kilometer.

Hasso hatte bis zum nächsten Morgen Zeit zur Vorbereitung. Er mußte die Karten der ganzen Linie bis ins kleinste studieren und sich alles Wesentliche einprägen.

185

Bis um Mitternacht hatte er damit zu tun. Dann schrieb er noch ein kurzes Briefchen an Rose.

Als er den Brief an Rose beendet hatte, träumte er eine Weile vor sich hin.

Er schloß die Augen, um sie sich vorstellen zu können, so, wie er sie beim Abschied in seinen Armen gehalten hatte, mit dem tiefen Glücksleuchten in ihren schönen Augen. Mit Allgewalt hatte diese neue, reine und tiefe Liebe von ihm Besitz genommen. Ihm war zumute, als habe er sie schon immer geliebt.

Wenn er jetzt daran dachte, daß er geglaubt hatte, nie mehr lieben zu können, mußte er lächeln über sich selbst.

Er preßte die Lippen auf den Brief, den er an sie geschrieben hatte und morgen abschicken wollte. –

Mit dem ersten Hahnenschrei sprang er auf und machte sich eilig fertig. Als er ins Freie trat, kam Axemberg schon auf ihn zu.

Sie schüttelten sich schweigend die Hände und schritten zum Flugplatz. Dort war schon alles bereit.

Hasso und Hans nahmen ihr Plätze ein, nachdem Hasso noch einmal genau alle Drähte und Streben kontrolliert hatte.

»Los!«

Die Flugmaschine rollte über den Platz und stieg dann langsam empor, zuerst direkt in westlicher Richtung. In einer halben Stunde stiegen sie bis 1200 Meter empor. Dann ging es weiter direkt auf die Festung zu.

Bald sahen sie kleine schwarze Rauchwölkchen – ein Zeichen, daß sie von französischer Artillerie beschossen wurden. Deshalb stiegen sie höher. Trotzdem hörte das Feuern nicht auf, und die Schüsse folgten der Flugbahn. Aber sie krepierten wirkungslos.

Weder Hasso noch Hans ließen sich aus ihrer Ruhe bringen. Kaltblütig hielten sie Ausschau. Axemberg zeichnete genau die Stellungen der Feinde in die Karte ein. Und weiter ging es in stetem Flug.

Dann entdeckte Axemberg in der Nähe einen feindlichen Doppeldecker, der direkten Kurs auf sie zu hielt.

Der Franzose suchte über sie zu kommen, um Bomben auf Hassos Aeroplan herabzuwerfen. Aber Hasso vereitelte dies Vorhaben. Mit einem harten, fast versteinerten Gesicht saß er am Steuer, und seine Augen blickten scharf und kühn wie die eines Falken. Jetzt ging er zum Angriff über, und nun erhielt der französische Doppeldecker von Hasso einen tadellosen Treffer, so daß der Franzose im Gleitflug niedergehen mußte. Der war erledigt.

Kaltblütig und besonnen setzte Hasso seinen Flug fort, kein Zug hatte sich in seinem Antlitz geändert, nur die Augen blitzten noch kühner und verwegener. Hassos Aeroplan hielt sich wundervoll. Sein Apparat arbeitete exakt und bewunderungswürdig. Endlich sichteten sie die Truppen, die sie auskundschaften wollten. Sie zogen von Südwesten nach Nordosten. Und jetzt trat Hassos Apparat erst recht in Aktion und bewährte sich, so daß sie sich genau informieren konnten. Sie umflogen die feindlichen Truppen einige Male, und Axemberg machte seine Aufzeichnungen. Erst als sie bereits den Rückflug angetreten hatten, wurden sie von einem kleinen Nachtrupp französischer Infanterie zufällig gesichtet. Der eröffnete sofort ein Schnellfeuer. Bewegungslos saß Hasso am Steuer. Einmal bemerkte er ein leises Zukken des Aeroplans. Die Tragfläche hatte einige Löcher von Infanteriegeschossen abbekommen. Er ließ das Flugzeug etwas höher steigen, behielt aber ruhig den Kurs bei. Die Aufgabe, die man den beiden kühnen Fliegern gestellt hatte, war nun restlos erfüllt. Es ging nun wieder rückwärts.

Nach fünfstündigem Fluge ging es zum Ausgangspunkt zurück. Glatt ging die Landung vor sich. Hasso und Axemberg fuhren sofort zu Exzellenz von Bogendorf, dem sie ihre Meldungen überbringen mußten. Er hörte ihnen aufmerksam zu. Als sie zu Ende waren, schüttelte er ihnen die Hände.

»Sie haben dem Vaterland einen großen Dienst geleistet. Ich danke Ihnen, meine Herren. Einige Stunden können Sie sich nun ausruhen, aber dann habe ich neue Aufträge für Sie. Guten Morgen, meine Herren.«

»Guten Morgen, Exzellenz.«

In überraschender Weise hatte sich im Westen Sieg auf Sieg an die deutschen Fahnen geheftet, trotzdem man auch noch gezwungen worden war, Belgiens Neutralität zu verletzen, um einem gleichen Beginnen der Franzosen und Engländer zuvorzukommen. Deutschland konnte keine Rücksicht nehmen, wenn es sich nicht selbst vernichten wollte. Und so mußte es Belgien zwingen. Dadurch hatte Deutschland nun auch noch mit den Belgiern als Feinden zu rechnen.

Die Regierung der Franzosen floh nach Bordeaux, die der Belgier nach Antwerpen.

Auch an der russischen Grenze, wo das deutsche Heer mit einer großen Übermacht zu tun hatte, gab es nach schweren, schlimmen Zeiten glorreiche Siege. Generaloberst von Hindenburg schlug mit seinen Truppen die Russen und machte gegen 100000 Gefangene. Von Österreich kamen Nachrichten über das blutige, tagelange Ringen bei Lemberg gegen die russische Übermacht.

All diese Nachrichten fanden ihren Weg nach Falkenried zu Rose und auch nach Hohenegg, wo Rita und Josepha einander zu stützen und zu trösten suchten. –

Rita blieb mit Rose in stetem herzlichem Briefwechsel.

Die Ernste war in Falkenried völlig hereingebracht worden. Die Freiwilligen hatten mit Eifer geschafft, bis alles unter Dach war.

Es wurde nach dem Abzug der Erntearbeiter noch viel stiller in Falkenried. Vom Krieg selbst merkte man hier wenig. Wenn nicht die Zeitungen neue aufregende Nachrichten brachten und das Fehlen aller jungen Männer nicht aufgefallen wäre, hätte man meinen können, man lebe im schönsten Frieden.

Der begehrteste und von allen ersehnte Mann war der alte Landbriefträger. Auch im Schloß sahen täglich viele Augen sehnsüchtig nach ihm aus, am sehnsüchtigsten wohl Rose von Falkenried.

Lange ehe der alte Mann, auf seinen Stock gestützt, daherkam, standen am Wege die Frauen, die auf Nachricht von ihren Lieben im Felde warteten. Auch Rose hielt schon immer Ausschau, und Trina stand meist neben ihr und lief dem Briefträger entgegen, wenn er auftauchte.

Rose hatte sich besonders der drei Kriegsbräute angenommen, am meisten aber Trinas. Es war immer ein dankbares Empfinden in Roses Seele, als müsse sie es dem Frieder und der Trina danken, daß sich Hasso so schnell zu einer Trauung entschlossen hatte.

Rose behielt Trina um sich zu ihrer persönlichen Bedienung, damit sie nicht zu schwere Arbeit verrichten mußte, und Rose half Trina selbst mit, ihre bescheidene Aussteuer zu richten. Wenn der Frieder gesund heimkam, sollten die beiden jungen Leute drüben im Verwalterhaus die Dachwohnung bekommen und in Falkenriedschen Diensten bleiben.

So war Rose immer und überall ein Trost und eine Stütze für ihre Leute und hatte doch selbst im Herzen eine so bange Sorge um den geliebten Mann. Sie sah ihn täglich von tausend Gefahren bedroht. Wenn er tollkühn und verwegen in Feindesland fast über die Köpfe von feindlichen Soldaten hinwegflog.

Er schrieb ihr zuweilen von solchen Flügen über feindliche Lager oder Festungen, die er auskundschaften

189

mußte. Und so selbstverständlich und ungefährlich er das auch hinstellte, so wußte sie doch nur zu gut, daß es jedesmal eine Fahrt auf Tod und Leben war, die er unternahm.

Da half ihr nichts aus ihrer Angst und Not als beten und arbeiten – arbeiten, bis sie todmüde ihr Lager aufsuchen mußte.

So oft, als es ihm möglich war, schrieb Hasso an Rose. Alles, was in seinem Herzen für sie glühte und blühte, vertraute er diesen oft nur kurzen, zuweilen aber auch langen ausführlichen Briefen an.

Einer dieser Briefe lautete:

»Meine inniggeliebte Rose! Heute habe ich einen Rasttag. Und da will ich einmal mit Dir über unsere Zukunft reden. Es ist so schön, an eine friedliche Zukunft zu denken, eine Zukunft an Deiner Seite – in inniger Gemeinschaft mit Dir.

Wenn Du erst etwas mehr Zeit hast, nach Einbringung der Ernte, dann läßt Du Mutters Zimmer für Dich einrichten. Die sollst Du bewohnen als Herrin von Falkenried. Und für mich sollen dann Vaters ehemalige Zimmer instand gesetzt werden. Herrlich male ich es mir aus, wenn wir gemeinsam schaffen und arbeiten und nach Feierabend Hand in Hand durch den stillen Park wandeln. Wenn ich heimkomme, meine Rose, dann mußt Du ein weißes Kleid tragen – ich sehe Dich immer so vor mir im Geiste. Und dann rede ich oft ganz närrische, törichte Sachen mit Dir. Nur Dich einmal wieder in meinen Armen halten, einmal wieder Deine Lippen küssen und Dir tief in die Augen schauen.

Aber trotzdem möchte ich Dich bitten, mir eine Fotografie von Dir zu schicken. Ich weiß, es gibt eine Aufnahme von Dir, die Rita einmal gemacht hat. Du standest am Parktor in einem weißen Kleid, dies Bildchen ist sehr lieb; es gefiel mir, trotzdem ich damals noch mit Blindheit geschlagen war. Bitte, schicke es mir in Deinem nächsten Brief, damit ich es immer bei mir tragen kann.

Leider werden wir viel in Feindesland von Franktireurs belästigt. Mancher unserer braven Kerls ist hinterlistig und heimtückisch von dieser Bande, diesen feigen Meuchelmördern, niedergeknallt worden. Wenn ihre Kameraden auf diese gemeine Weise niedergeschossen werden, sind unsere Leute kaum zu bändigen in ihrem gerechten Zorn.

Ich bin gegen die Franktireurs besonders empört, denn fast wäre mein Freund Axemberg ihr Opfer geworden. Wir kamen neulich abends friedlich in ein Dorf. Da wir sehr durstig waren, verlangten wir auf einem Gehöft Wasser. Hans und ich waren allein. Man wies uns an einen Brunnen auf dem Hof. Hans lief hinüber, um zu trinken, ich wollte ihm langsam folgen. Da sehe ich an einem Fenster im Erdgeschoß ein junges Weib stehen und mit dem geladenen Revolver auf Hans zielen. Ein Satz von mir, das Weib hatte mich nicht bemerkt, und ich schlug den Revolver zur Seite. Der Schuß entlud sich in die Luft. Es war die einzige Waffe, die noch im Dorfe zu finden war; das Weib hatte sie in ihren Kleidern versteckt gehalten und von fanatischem Haß getrieben benutzt. Das Weib hätte den Tod verdient, sie wäre ohne weiteres erschossen worden, wenn wir den Vorfall gemeldet hätten. Wir ließen sie ins Spritzenhaus einsperren und bewachen. So könnte ich Dir tausend Fälle berichten. Aber das hat keinen Zweck. Man soll uns nur nicht im Ausland den Vorwurf machen, daß wir auf grausame Weise Krieg führen. Aber nun muß es genug sein für heute, meine Rose. Vergiß nicht, das Bildchen zu schicken. Und sag der Trina, daß Frieder draußen vor meiner Tür sitzt und singt: ›Oh, wie ist's möglich dann, daß ich dich lassen kann.‹ Vielleicht weiß sie, wen er damit meint. Er ist übrigens ein kreuzbraver, zuverlässiger Mensch und mir treu ergeben. Leb wohl, meine süße Frau!

Dein Hasso.«

Dann kamen Tage, in denen man den schweren Flügelschlag des Schicksals deutlich vernahm.

Es kamen verwundete Krieger heim, Leichtverwundete, die den Arm in der Binde trugen, aber auch einer, den man für immer als Krüppel hatte entlassen müssen. Zugleich kam die Nachricht, daß der Gatte der einen Kriegsbraut gefallen war.

Der lustige, frischfrohe Fritz Colmar war auf russischer Erde gefallen.

Rose hatte die Kunde von Fritz Colmars Heldentod vernommen. Colmar, der durch den Tod seines einzigen Sohnes selbst bis ins tiefste Herz erschüttert worden war, hatte Rose gesucht, um sie zu bitten, mit ihm zu seiner Frau zu gehen. Er hatte es nicht gewagt, dieser den Todesstoß zu versetzen.

Er reichte ihr die Nachricht, die er erhalten hatte. Fritz Colmar hatte mit mehreren andern die Fahne seines Regiments verteidigt. Im wildesten Ringen hatte er als letzter die Fahne an sich gerissen, trotzdem er schon schwer verwundet war. Trotz seiner Wunden hatte er die Fahne zu seinem Regiment zurückgebracht, sterbend war er im Lager auf die Fahne gesunken, sie mit seinem Herzblut tränkend.

Wohl war der Vater in allem Schmerz stolz auf seinen Sohn, wenn er auch jetzt in dieser Stunde nur dem Schmerz Raum geben konnte. Aber die arme Mutter! Schweren Herzens war Rose mit dem Verwalter hinübergegangen, um der Mutter so schonend wie möglich die Kunde beizubringen.

Rose konnte nicht einmal trösten, begriff, daß hier kein Trost helfen konnte und daß dieser Schmerz versteinern mußte.

Als Frau Colmar nach einigen Tagen wieder sichtbar wurde, hatte sie schlohweißes Haar bekommen. Sie hatte noch immer keine Träne gefunden. Niemand wagte sich an sie heran. Dieser versteinerte Schmerz war furchtbar.

Am meisten litt der Verwalter. Rose mußte ihn trösten, so gut es ging. »Lassen Sie Ihrer Frau Zeit, Herr Colmar. Ihre Seele ist krank, muß erst langsam Heilung in sich selber suchen. Sie tragen auch schwer an dem Verlust, aber Sie haben als Mann den Trost, daß Ihr Sohn mit Heldenmut für eine große Sache kämpfte. Solchen Trost gibt es aber nicht für ein Mutterherz. Haben Sie Geduld.«

Und dann ging Rose zu der jungen Frau, die Witwe geworden. Sie fand sie noch immer wie von Sinnen und von weinenden und jammernden Frauen umgeben, die sie nur noch mehr aufregten.

Rose schaffte auch hier Ruhe.

»Geht nach Hause, Leute, laßt die Ärmste allein, Ihr könnt jetzt nicht helfen, und sie muß zur Ruhe kommen. Wenn sie sich beruhigt hat, dann mögt Ihr wiederkommen und trösten. Mit euren Tränen regt ihr sie nur noch mehr auf.«

Die Frauen gingen stumm davon.

Konnte sie nicht jeden Tag, jede Stunde das gleiche Los treffen? Und weil sie verstand und mitfühlte, ward ihr die Kraft gegeben zu trösten.

Weit draußen in Feindesland lag, geschützt in einer Talmulde, eine deutsche Fliegerstation, von Wachtposten umgeben. Rechts davon streckte sich das Feldlager der deutschen Armee.

Während im Lager die Mannschaften der nötigen und wohlverdienten Ruhe pflegten, wurde hier bereits für den morgigen Tag vorgearbeitet. Exzellenz von Bogendorf und Oberst von Steinberg standen mit Hasso und

Hans neben einem zur Auffahrt bereiten Aeroplan. Die beiden waren im Begriff, eine schwierige Aufgabe zu erfüllen. Bis über Paris sollte sie ihr Flug heute bringen, und sie hatten soeben ihre Instruktionen bekommen.

Mit warmem Händedruck verabschiedete sich Exzellenz von Bogendorf von den beiden Männern, die sich während dieses Feldzuges schon wiederholt in hervorragender Weise verdient gemacht hatten und bereits beide mit dem Eisernen Kreuz geschmückt worden waren. Heute sollten sie abermals ihre Unerschrockenheit und kühne Tapferkeit beweisen.

Dann bestieg Hasso hinter Hans von Axemberg den Aeroplan. Dieser rollte davon und stieg langsam empor. –

Exzellenz von Bogendorf und Oberst von Steinberg gingen in das Lager zurück. An dem Eingang zum Krankenzelt stand eine schlanke, junge Pflegerin. Sie trug die Tracht der Roten-Kreuz-Schwestern. Das kastanienbraune Haar drängte sich in einem lockigen Scheitel unter der weißen Haube hervor.

Diese junge Pflegerin war Rola von Steinberg. Sie war so in den Anblick des Flugzeuges vertieft, daß sie nicht merkte, wie ihr Vater neben sie trat. Erst als er sie am Arm faßte, wandte sie sich rasch um.

»Du, Papa!«

Oberst von Steinberg sah lächelnd in ihr reizendes Gesicht. »Kannst du endlich ein wenig aufatmen nach heißer Arbeit, kleine Samariterin?« fragte er.

»Ja, Papa, aber nur einige Minuten. Ich wollte nur einmal Luft schöpfen und – nun, du weißt, der Aufstieg da drüben interessiert mich. Nicht wahr, Hauptmann von Falkenried und Hans sitzen in diesem Flugzeug?«

»Ja, Rola. Und du kannst stolz sein auf deinen Hans. Er ist einer unserer tüchtigsten und kühnsten Offiziere und steht kaum hinter Hauptmann von Falkenried zurück.«

194

»Nun freue ich mich doppelt, daß ich bis zu euch durchgedrungen bin.«

Das Gesicht des Obersten wurde ernst.

»Das war gegen die Abrede, Rola, daß du dich freiwillig zu solch gefährlichem Posten gemeldet hast.«

»Schilt nicht. Ich wußte euch hier, dich und Hans. Da konnte ich nicht widerstehen. Wer weiß, wann wieder so eine günstige Gelegenheit für ein Wiedersehen ist.«

»Trotzdem – du hättest es nicht tun sollen. Und ich verlange unbedingt, daß du morgen früh mit dem Verwundetentransport zurückgehst. Wo soll ich die Ruhe hernehmen, wenn ich dich so nahe am Kampfplatz weiß. Wahrscheinlich kommt es morgen schon hier in der Nähe zu einer großen Schlacht. Da muß ich dich in Sicherheit wissen. Denke auch an Hans. Er braucht seine Ruhe notwendig genug.«

»Weiß Hans, daß ich hier bin?« fragte Rola hastig.

»Nein, ich habe es ihm verschwiegen. Es hätte ihn beunruhigt. Er hat jetzt eine schwierige Aufgabe zu erfüllen, wobei ihm ein klarer Kopf das nötigste ist. Heute abend, wenn er, will's Gott, heil und unversehrt zurückkommt, dann will ich es ihm sagen. Aber erst gib mir dein Wort, daß du morgen früh mit den Verwundeten zurückkehrst in das Hauptlazarett.«

»Ja, Papa, mein Wort darauf. Und nun komm mit hinein zu unseren Verwundeten und sage ihnen ein gutes Wort. So tapfer sind sie alle. So viel Helden gibt es unter ihnen, daß man nur stumm bewundern kann.«

Ärzte und Pflegerinnen waren noch immer beschäftigt. Oberst von Steinberg trat zu jedem der Verwundeten heran, und wo es angängig war, sprach er einige freundliche Wort mit ihnen.

Sie traten auch an ein Lager heran, wo eben eine Schwester einem Verwundeten zu trinken gegeben hatte. Diese Schwester war ziemlich stark und unförmig, hatte rotblondes Haar, Sommersprossen und

195

dunkle Augen.

Als Oberst von Steinberg mit seiner Tochter herantrat, grüßte er die Schwester höflich. Sie dankte mit schweigendem Neigen des Hauptes. Anscheinend geschäftig wandte sie sich mit schwerfälligen Bewegungen ab, um an ein anderes Lager zu treten. Als sie dort leise mit dem Verwundeten sprach, verlor sich der auffallend herbe Zug, und sie sah plötzlich viel jünger aus.

Rola hatte ihr grübelnd nachgesehen, und als sie mit ihrem Vater außer Hörweite war, sagte sie leise: »Ich weiß nicht, Papa, an wen mich Schwester Magda erinnert. Seit ich sie gestern abend hier zuerst bei der Ambulanz sah, zerbreche ich mir schon den Kopf, wo ich dies Gesicht schon gesehen habe.«

Der Oberst sah flüchtig zu der Schwester mit den Sommersprossen hinüber. »Mir ist sie völlig fremd, Rola.«

Damit beruhigte sich auch Rola und ging mit ihrem Vater weiter, hier und da sorglich ihres Amtes waltend. Schwester Magda hatte einige Male einen kurzen, spähenden Blick zu Rola und ihrem Vater hinübergeworfen. Da Vater und Tochter ruhig weitergingen, ohne Notiz von ihr zu nehmen, atmete sie verstohlen auf und waltete scheinbar pflichteifrig ihres Amtes. –

Der Tag verging im Krankenzelt unter angestrengter Tätigkeit von Ärzten und Pflegerinnen. Sie arbeiteten Hand in Hand. Rola fiel es dabei nicht auf, daß Schwester Magda tunlichst vermied, mit ihr in Berührung zu kommen. Sie hatte wieder vergessen, daß ihr im Gesicht Schwester Magdas eine Ähnlichkeit aufgefallen war.

Hasso von Falkenried und Hans von Axemberg kehrten zurück, und die beiden Flieger wurden jubelnd begrüßt.

Hasso und Hans überließen das Flugzeug den Monteuren und fuhren hinüber in das Lager, um Exzellenz von Bogendorf Bericht zu erstatten.

Dieser erwartete sie bereits in seinem Zelt, und über die Karten gebeugt berichteten die beiden kühnen Flieger über den Besuch, den sie Paris abgestattet hatten. Eine wahre Jagd war von Paris aus auf sie gemacht worden. Eine Kugel hatte sogar Hassos Ärmel durchbohrt. Aber sie waren doch heil und unversehrt entkommen, nachdem sie ihre Aufgabe restlos erfüllt hatten.

Exzellenz von Bogendorf schüttelte ihnen die Hände, als sie ihren Bericht beendet hatten. »Nun ruhen Sie sich bis zum Morgengrauen aus, meine Herren.«

Axemberg war einige Minuten früher von Exzellenz von Bogendorf entlassen worden als Hasso. Als er das Zelt des Höchstkommandierenden verließ, trat ihm Oberst von Steinberg entgegen. Er hatte ihn vorher nur flüchtig begrüßen können.

»Nun, Hans – alles gut abgelaufen?« fragte er leise.

Wenn sie allein waren, bediente sich der Oberst stets dieser intimen Anrede, betrachtete er ihn doch als Schwiegersohn.

Hans lachte ihn strahlend an und berichtete kurz über den äußeren Verlauf des Fluges.

»Nun bist du wohl sehr müde, Hans?« fragte der Oberst.

»O – es geht an. Ich werde noch eine kleine Promenade machen, um die steifen Knochen zu bewegen.«

»Vielleicht gehst du auch ein Weilchen in mein Zelt hinüber. Ich habe nämlich eine Überraschung für dich. Weißt du, wer gestern mit der Ambulanz hier im Lager angekommen ist?«

»Wer denn?«

»Schwester Karola.«

Axemberg stieß einen jauchzenden Ruf aus und wollte blindlings davonstürmen.

»Langsam, langsam, Hans! Es ist ja nicht unbedingt notwendig, daß du das Krankenzelt im Sturm nimmst. Hier ist nicht der passende Ort, falls ihr beide euch verratet. Also sei so gut und warte noch fünf Minuten, bis ich Schwester Karola habe in mein Zelt herüberbitten lassen. Dort könnt ihr euch ungestört begrüßen.«

Er schickte einen Burschen hinüber mit dem Auftrag, Schwester Karola möchte sofort zu Oberst von Steinberg kommen. Mit einem Lächeln wandte sich der Oberst dann an seinen Schwiegersohn. »So, mein lieber Hans, ich glaube, Rola wird sich nicht lange bitten lassen. Ich gehe hinaus. Zehn Minuten werde ich draußen Schildwache stehen«, sagte er gemütlich.

»Papa?«

Ihr Vater nickte nur und deutete auf den Zelteingang.

»Zehn Minuten, Rola! Nütze sie gut«, sagte er gütig.

Sie küßte den Vater zum Dank und eilte in das Zelt. Dort wurde sie gleich von zwei starken, jungen Armen aufgefangen.

Er küßte sie und stieß lauter heiße, zärtliche Kosenamen hervor. Dann küßte er sie wieder. Und dann schalt er sie zärtlich aus.

»Was fällt dir ein, hier mitten ins feindliche Land zu kommen?«

»Ich mußte doch sehen, ob du dir wirklich das Eiserne Kreuz geholt hast. Nein – laß mich, nicht so ungestüm. Respekt vor meiner Schwesternhaube.«

»Aber du bleibst nicht hier. Ich werde deinem Vater sagen, daß er es dir nicht erlaubt. Du mußt fort – so gern ich dich auch hielt. Aber wenn ich dich hier in der Nähe weiß – dann bin ich außer mir vor Unruhe.«

»Brauchst Papa nicht noch aufzuwiegeln, er hat mir schon Marschorder geblasen. Morgen früh muß ich mit dem Verwundetentransport zurück ins Hauptlazarett.«

»Das ist gut. Aber jetzt müssen wir die Zeit nützen. Zehn Minuten hat uns dein Vater für dies Wiedersehen bewilligt.«

Er küßte sie wieder so stürmisch, daß die Haube in Gefahr kam.

Dann trat aber Oberst von Steinberg nach einem vernehmlichen Räuspern ein. Er hatte wirklich Schildwache gestanden.

»So, Kinder – nun muß es genug sein. Schwester Karola, die Pflicht ruft! Auf deinen Posten, mein Kind!«

»Dann muß ich wohl.«

Er hielt sie fest. Und vor den Augen des »Gestrengen« küßte er sie nochmals herzhaft.

»Sehe ich dich noch einmal, meine Rola?« fragte er.

»Sehen vielleicht. Aber allein werden wir nicht mehr sein. Wir müssen schon jetzt Abschied nehmen. Papa – bitte, dreh dich doch mal herum. Die Aussicht durch den Zeltausgang ist wunderschön.«

Oberst von Steinberg stand nochmals Schildwache, mitten in Feindesland, damit sich ein Liebespaar nochmals sattküssen konnte.

Dann machte sich Rola aus Axembergs Armen los.

»Dank, Väterchen – tausend Dank. Nun gehe ich brav auf meinen Posten.«

Hans sah ihr mit heißen Blicken nach und atmete tief auf. Und dann verließ er nach einigen Dankesworten das Zelt des Obersten.

Langsam, wie ein Träumender ging er durch das Lager, über das der Abend herabgesunken war. Endlich erinnerte er sich des Freundes. Wo war Hasso geblieben? Als er nach ihm Ausschau hielt, sah er ihn auf sich zukommen.

»Du, Hasso, weißt du, wer hier im Lager ist?« sagte er erregt. Hasso blickte ihn bei dem schwachen, unsicheren Mondlicht forschend an.

»Hm! Wenn es mir nicht unmöglich schien, würde ich, nach deiner Aufregung zu urteilen, auf Rola raten.«

»Richtig geraten, Hasso, Rola ist hier, mit der Ambulanz. Freiwillig hat sie sich zu dieser gefährlichen Tour gemeldet, nur um ihren Vater und mich wiederzusehen. Ist das nicht forsch und schneidig? Leider geht sie mor-

199

gen früh schon wieder zurück. Oder vielmehr – Gott sei Dank. Denn wenn hier der Tanz losgeht, muß ich sie in Sicherheit wissen.«

»Aber nun komm, wir wollten doch einen kleinen Spaziergang machen, ehe wir unser Lager aufsuchen.«

»Also komm, Hasso, wir gehen am Krankenzelt vorbei, und du schaust dir im Vorübergehen meine Rola an.«

Er zog Hasso mit sich fort, nach dem Krankenzelt hinüber.

Gegenüber der Tür faßten sie im Dunkeln Posto und sahen in das schwach erleuchtete Zelt hinein.

Lautlos glitten drinnen die Pflegerinnen von einem Lager zum anderen. Gerade dem Zelteingang gegenüber stand ein Tisch mit Medikamenten, der ziemlich hell beleuchtet war. Und an diesen Tisch heran trat jetzt die plumpe, unförmige Gestalt Schwester Magdas. Ihr Antlitz wurde scharf beleuchtet. Sie beugte sich vor und ließ in ein Glas Wasser aus einer Medizinflasche Tropfen fallen.

Beim aufmerksamen Zählen vergaß sie, den Mund so scharf und herb herabzuziehen, und im Kerzenschein waren die Sommersprossen nicht sichtbar. Auffallend im Gegensatz zu der plumpen Gestalt wirkten die schlanken, feinen Hände, und das rotblonde Haar, das unter der Haube hervorquoll, schien sehr üppig zu sein.

Hassos Augen suchten, dem Freund zu Gefallen, nach Schwester Karola. Dabei ruhten sie auf einen Moment auf dem hellbeleuchteten Gesicht Schwester Magdas.

Wie ein Ruck ging es da plötzlich durch Hassos Gestalt. Trotz der Verkleidung, trotz des rotblonden Haares erkannte er in dieser Schwester Magda sofort Natascha von Kowalsky. Zu geheimen Zwecken, um zu spionieren und unter der Tracht einer Roten-Kreuz-Schwester hatte sie sich hier ins Lager eingeschlichen! Sicher wollte sie bedeutend älter scheinen als sie war. Die häßliche, plumpe Verkleidung und das durch allerlei Mittel älter gemachte Gesicht sowie die schwerfälligen Bewegungen ließen sie auch wie vierzig Jahre erscheinen.

Scharf und spähend ruhten Hassos Augen auf ihrem Gesicht. Und da erkannte er deutlich neben dem jetzt künstlich herabgezogenen Mundwinkel ein kleines, viereckiges Leberfleckchen von der Größe einer Linse. Dieses kleine Mal gab ihm vollends die Gewißheit, daß er Natascha vor sich hatte.

Die russische Spionin und Geheimagentin hier im Lager – das war von Bedeutung.

Einige Minuten war er sprachlos. Schwester Magda stand noch immer am Tisch und räumte in den Medizinflaschen herum. Dann trat ein Arzt zu ihr und sprach mit ihr. Sie antwortete ihm in ihrem reinen Deutsch.

Diese Beherrschung der deutschen Sprache sowie die Tracht, die sie sich auf irgendeine Weise verschafft haben mochte, hatten ihr wohl geholfen, sich hier einzuschleichen. Wer konnte wissen, was sie hier auskundschaften wollte. Vielleicht war sie auch gar von Rußland nach Frankreich auf dem Weg, um wichtige Aufträge zu überbringen. Hatte wohl auf ihrem Wege fleißig Ausschau gehalten nach Dingen, die sie verraten konnte.

Jedenfalls hatte ihre Anwesenheit hier irgendeine besondere, gefährliche Bewandtnis, und Hasso war schnell mit sich im klaren, was er hier zu tun hatte. Wortlos drängte er Axemberg noch tiefer in den Schatten zurück, damit sie von drinnen nicht bemerkt werden konnten.

Axemberg hielt nur nach Rola Ausschau und zuckte zusammen, als Hasso mit jähem Griff seinen Arm faßte.

»Hans, sieh dir einmal das Gesicht an – da am Tisch bei der Kerze«, sagte er leise. »Das der Schwester, die neben dem Arzt steht und die Medizingläser hält. Sieh es dir genau an. Erkennst du es nicht?«

Der erregte Ton des Freundes machte Axemberg aufmerksam. Er blickte prüfend in Schwester Magdas Gesicht, es erging ihm wie Rola – dies Gesicht erinnerte ihn an jemand.

»Mir schwebt etwas vor, Hasso – aber ich weiß nicht, wo ich dies Gesicht hin tun soll. Bitte, hilf mir mal auf die Sprünge«, sagte er nachdenklich.

»Natascha von Kowalsky«, flüsterte er.

Nun zuckte auch Axemberg zusammen. Seine Augen weiteten sich und sahen scharf und prüfend in Schwester Magdas Gesicht.

»Wahrhaftig! Die russische Spionin als Krankenschwester in unserem Lager. Donnerwetter, Hasso, das ist eine interessante Entdeckung – aber auch etwas peinlich für dich.«

»Das letztere darf gar nicht in Frage kommen. Ihr Hiersein bedeutet nichts Gutes. Wir dürfen sie nicht aus den Augen lassen. Gottlob, daß du mich hierher führtest. Die Anwesenheit deiner Rola hier im Lager wird uns noch von besonderem Nutzen sein.«

»Sollen wir sie nicht sofort festnehmen lasse, Hasso?«

»Laß mich überlegen. Ich möchte ergründen, was sie vorhat, ehe ich sie festnehmen lassen. Wir postieren uns beide hier am Eingang des Zeltes. Vielleicht kann ich jetzt eine alte Rechnung mit dieser Dame zum Ausgleich bringen.«

Sie ließen sich vor dem Zelteingang auf dem Boden nieder, neben einem Sanitätswagen.

Natascha war im Huntergrund des Zeltes verschwunden. Ab und zu tauchte ihre plumpe, schwerfällige Gestalt wieder einmal auf, und Hasso bemerkte, daß sie aufmerksam auf der Uhr die Zeit kontrollierte. Das war bei einer Krankenpflegerin nichts Auffallendes, aber bei dieser fiel es ihm doch auf.

Zuweilen huschte Rola drinnen vorüber. Jedesmal, wenn sie im Ausschnitt des Zelteingangs sichtbar wurde, atmete Axemberg tief auf.

Während Hasso hier die russische Spionin belauerte, mußte er an seine Rose denken. Rose dankte er es ja, daß er dieser ränkevollen Frau da drinnen nicht zum Opfer gefallen war; Rose hatte ihn errettet damals. Ihre Liebe zu ihm hatte sie damals instinktiv das Richtige tun lassen.

Wenn Nataschas Gesicht da drinnen auftauchte, sah er es starr an. Er konnte heute nicht mehr begreifen, daß er dieses Gesicht einst geliebt, daß es einen so großen Zauber auf ihn ausgeübt hatte. Freilich war dies Gesicht mit Absicht alt und häßlich gemacht worden. Er sah jetzt den Zug lauernder Falschheit und Hinterlist darin.

»Hasso«, flüsterte Axemberg, »sieh nur die Sommersprossen. Die hat sie sich sicherlich mit starkem Nußextrakt aufgespritzt. So halten sie sogar das Waschen für eine Weile aus. Ob sie die Haare gefärbt hat oder ob sie eine Perücke trägt?«

»Es ist sicher gefärbt. Eine Perücke würde zu sehr auffallen, auch unter der Schwesternhaube. Und mit so groben Mitteln arbeitet diese raffinierte Person sicher nicht. Diesmal muß die Spionin eine andere Mission haben. Welcher Art die ist, werden wir ergründen. Jedenfalls soll sie diese Mission so wenig erfüllen wie jene andere. Wir werden sie daran hindern.«

Drinnen im Krankenzelt wurde es ruhiger. Die Ärzte hatten ihre Arbeit getan und warfen sich auf ihr Lager, um einige Stunden zu ruhen. Auch die Schwestern konnten sich nun zum Teil ablösen.

Schwester Karola hatte sich unweit des Zelteinganges niedergelassen und stützte das Haupt auf den mit Medikamenten besetzten Tisch. Auf ihrem Antlitz lag ein weicher, sehnsüchtiger Ausdruck. Es kostete Axemberg sehr viel Überwindung, sich ihr nicht bemerkbar machen zu dürfen, und er sah viel mehr auf ihr reines, hellbeleuchtetes Profil, als daß er auf Natascha geachtet hätte. Diese war dafür von Hasso scharf aufs Korn genommen.

Und er sah nun, daß sie, nach einem Blick auf die Uhr, sich langsam dem Zeltausgang näherte. Hinter Rola streifte sie vorbei und warf dieser einen scharfen, spähenden Blick zu. Ihre Mundwinkel zogen sich schärfer herab, und ihre Haltung wurde noch schwerfälliger.

Nur im Zelt des Höchstkommandierenden und im Krankenzelt war noch Licht. Der Mond erhellte das ganze Tal mit seinem blassen, milden Schein. Die beiden Offiziere lagen im Schatten des Sanitätswagens, so daß sie niemand sehen konnte, der aus dem Zelt trat.

Dicht am Zelteingang saß noch eine andere Schwester, um frische Luft zu schöpfen. Sie und Schwester Karola hatten die erste Wache übernommen.

Nun trat Schwester Magda neben der an der Tür sitzenden Schwester vorbei. »Legen Sie sich noch nicht zur Ruhe, Schwester Magda?«

»Nein, ich will noch ins Freie gehen, ich kann doch nicht schlafen«, antwortete Schwester Magda.

Damit trat Natascha Karewna hinaus ins Freie.

Sie spähte dann scharf zu dem verfallenen Dorf hinüber. Langsam ging sie durch das Lager, den breiten Mittelweg hinab.

Leise erhoben sich Hasso und Hans und folgten ihr, jedes Geräusch vermeidend und sich immer im Schatten haltend.

Schwerfällig schritt die Spionin vor ihnen her, ahnungslos, daß sie verfolgt und beobachtet wurde. Ihre weiße Schürze und die weiße Haube schienen das Mondlicht auf sich zu konzentrieren. Weiter und weiter schritt sie, durch das ganze Lager, und je weiter sie sich vom Krankenzelt entfernte, desto elastischer und leichter wurden ihre Schritte.

Nun war sie bei dem Wachtposten angelangt.

Der Posten rief sie an und warnte sie gutmütig:

»Gehen sie nicht zu weit hinaus, Schwester, da draußen lungert noch überall Gesindel herum aus dem Dorf. Und vor den Halunken ist auch das Rote Kreuz nicht sicher.«

»Ich gehe nicht weit, Sie können außer Sorge sein.«

Und ruhig, wie absichtslos ging Natascha weiter in der Richtung nach dem Dorf, auf ein nahes, verfallenes Gebäude zu, das dicht an der Landstraße lag, die sich durch das Tal zog.

Hasso hob lauschend den Kopf. Ihm war, als höre er das leise Summen eines Motors. Auch Hans hörte es, sie sahen sich an und machten sich durch ein stummes Zeichen darauf aufmerksam.

Auch der Wachtposten hatte dies leise Geräusch vernommen, aber er glaubte, es komme von drüben aus der Fliegerstation.

Als nun die Spionin draußen im freien Feld langsam auf das Gehöft zuschritt, trat Hasso lautlos an den Wachtposten heran und flüsterte ihm einige Worte zu.

Dieser erkannte Hauptmann von Falkenried und machte sein Gewehr schußbereit, wie ihm dieser befahl.

Die beiden Offiziere eilten nun so lautlos wie möglich hinter der Spionin her, sich auf verschiedenen Seiten haltend, um ihr von zwei Seiten den Weg abzuschneiden, da sie nicht entweichen durfte.

Die Spionin hielt gerade Kurs auf das verfallene Gehöft zu, und jetzt vernahmen sie deutlich, daß das leise, summende Geräusch hinter diesem Gehöft hervorkam, anscheinend von einem Auto. Dort hinter dem Gehöft stand ein Auto bereit für Natascha Karewna, um sie in schnellster Zeit in das Lager der Franzosen zu bringen.

Sie hatte ihren Gang beschleunigt. Aber nun waren auch die beiden Offiziere dicht hinter ihr. Jetzt im freien Feld konnten sie sich nicht mehr verbergen. Das leise Geräusch hinter ihr ließ Natascha zusammenzucken. Sie sah sich um und merkte, daß sie verfolgt wurde.

Jetzt raffte sie ihre Röcke rasch empor und begann zu laufen, so schnell sie konnte.

»Halt!«

Aber sie lief weiter in atemloser Hast – die beiden Offiziere ihr nach im wilden Lauf. Auf Hassos Ruf, der durch die Stille schallte, gab drüben der Posten Feuer, um zu alarmieren. Im Lager wurde es lebendig.

Nun hatte Natascha aber auch fast das Gehöft erreicht. Ein lauter, fremdartiger Ausruf von ihr, und das summende Geräusch hinter dem Gemäuer wurde stärker. Jetzt bog Natascha um die Mauer. Wieder ein atemloser Zuruf von ihr. Der Chauffeur fuhr ihr entgegen. Mit einem Satz sprang Natascha in das Auto.

Aber dicht hinter ihr sprang Hasso auf. »Halt!« rief er dem Chauffeur zu.

Als dieser auf einen Zuruf Nataschas trotzdem losfahren wollte, krachte ein Schuß. Hasso hatte den Chauffeur niedergeschossen. Er sank von seinem Sitz herab.

Mit einem Satz sprang Natascha an das Steuer und wollte nun selbst weiterfahren. Aber Hasso faßte blitzschnell selbst das Steuer, den Wagen mit einem Ruck zum Stehen bringend. Im gleichen Moment zog Natascha einen Revolver und wollte Hasso von hinten in den Kopf schießen. Aber da war auch schon Hans aufgesprungen, er sah den Lauf des Revolvers in der Hand der Spionin aufblitzen und faßte mit einem jähen Griff diese Hand, sie zurückreißend. Der Schuß entlud sich, ging aber zum Glück fehl.

Hasso merkte erst jetzt, was ihm gedroht hatte. Er wandte sich um. »Dank dir, mein Hans. Das galt wohl mir?«

»Ja – Madame wollte dich unschädlich machen und allein davonfahren. Jetzt sind wir quitt, mein Alter, du hast mich neulich vor dem Meuchelmord durch ein Weib behütet, ich tat dir jetzt denselben Dienst.«

Hasso sprang von dem stillstehenden Auto herab und

faßte die Spionin, die sich von Axembergs Griff befreien wollte, an der andern Hand. »Natascha von Kowalsky – Sie sind unsere Gefangene!«

Scharf und schneidend klang seine Stimme. Die Spionin stieß einen unartikulierten Ruf aus und starrte in das jetzt hell vom Mond beleuchtete Antlitz Hasso von Falkenrieds.

Aber so leicht ergab sich eine Natascha Karewna nicht. Hochaufgerichtet stand sie im Auto und sah auf ihn herab, als verstehe sie ihn nicht.

»Was wollen Sie eigentlich? Sind Sie von Sinnen? Sehen Sie nicht, daß Sie eine Rote-Kreuz-Schwester vor sich haben und sie insultieren? Ich sehe erst jetzt, daß Sie deutsche Offiziere sind. Glaubte ich mich doch von französischen Franktireurs verfolgt, vor denen mich der Wachtposten warnte. In meiner Angst und meinem Schrecken sprang ich in dies Auto.«

»Das Ihnen ›zufälligerweise‹ in den Weg kam. Und ganz ›zufälligerweise‹ wollten sie einen deutschen Offizier erschießen, der Sie an Ihrer Spazierfahrt hindern wollte«, höhnte Axemberg.

»Ich sage Ihnen ja, daß ich erst in diesem Moment erkannte, daß meine Verfolger deutsche Offiziere waren. Jetzt beenden Sie, bitte, diese Situation, die Ihrer nicht würdig ist. Ich will ins Lager zurück zu meinen Verwundeten.«

Sie hatte ihr Organ zu einer schneidenden Schärfe gesteigert, das nichts gemein hatte mit den zärtlich girrenden Lauten, die sie früher für Hasso gehabt hatte.

»Ins Lager sollen Sie allerdings zurückgebracht werden, Sie gehen mit uns als unsere Gefangene.«

Sie zuckte die Achseln. Ihre Kaltblütigkeit war bewundernswert.

»Wenn ich nur wüßte, was Sie von mir wollen. Ich heiße nicht Natascha von Kowalsky.«

»Daran will ich nicht zweifeln, Madame. Ihren rechten

Namen haben Sie uns wohl bei unserer ersten Bekanntschaft in Berlin verschwiegen. Sie sind unsere Gefangene.«

Natascha gab sich noch nicht verloren. Sie spähte umher, als suche sie einen Ausweg zur Flucht. Dabei fiel ihr Blick auf den tot herabgesunkenen Chauffeur. Sie biß die Zähne zusammen. Sie wollte sich nicht verloren geben.

»Lächerlich! Sie werden sich unsterblich blamieren, meine Herren, wenn Sie Schwester Magda als Kriegsbeute ins Lager zurückbringen. Man wird Sie gebührend auslachen. Scheinbar leiden Sie an Halluzinationen.«

Inzwischen waren vom Lager herüber Leute herbeigeeilt. Denen übergab Hasso das Auto mit dem Befehl, es so, wie es war, ins Lager zu führen, vor das Zelt des Höchstkommandierenden. Auch der tote Chauffeur sollte darauf liegen bleiben.

Zwischen Hans und Hasso ging Natascha ins Lager zurück.

Die alarmierten Mannschaften wurden beruhigt und warfen sich wieder auf ihr Lager. Nur einige der Leute mußten bei dem Automobil bleiben.

Natascha stieß während des Gehens zwischen den Zähnen hervor:

»Ich werde mich bei dem Herrn General beschweren über die unglaubliche Handlungsweise deutscher Offiziere einer Roten-Kreuz-Schwester gegenüber.«

»Das bleibt Ihnen unbenommen, Madame«, erwiderte Axemberg sarkastisch. Hasso schwieg. Und schweigend legten die drei nun den Weg zurück zu dem Zelt, in dem Exzellenz von Bogendorf noch immer bei der Arbeit war.

Vor dem Zelt machten sie halt. Hasso ließ Natascha in Axembergs Obhut und trat bei Exzellenz von Bogendorf ein, um ihm Meldung zu machen über die Gefangennahme der russischen Spionin. Aufmerksam hörte dieser zu. Als Hasso zu Ende war, sagte er:

»Sind Sie auch ganz sicher, Herr Hauptmann, daß Sie

sich in der Person nicht irren?«

»Ganz sicher, Exzellenz.«

»Gut. Bitte, lassen Sie Oberst von Steinberg rufen. Er kann mit Ihnen das Verhör der Spionin übernehmen und mir dann Bericht erstatten.«

Oberst von Steinberg wurde verständigt und die Spionin in sein Zelt geführt, um sofort vernommen zu werden.

Sie beharrte bei ihrem Leugnen, beschwerte sich über die beiden Offiziere, die sie erst geängstigt und dann gar verhaftet hätten, und verlangte kühn Genugtuung. Sie sei die Tochter eines deutschen Majors, der vor Jahren gestorben sei, sie heiße Magda von Hillern, sei achtunddreißig Jahre alt und könne das durch ihre Papiere beweisen. Sie verstehe nicht, was man von ihr wolle. Die beiden Offiziere, die sie verhaftet hätten, müßten von Sinnen sein.

Oberst von Steinberg hatte die Spionin bei diesem Verhör scharf im Auge behalten. Er erinnerte sich sofort, daß ihn seine Tochter auf Schwester Magda aufmerksam gemacht und von einer Ähnlichkeit mit einer ihr bekannten Person gesprochen hatte. Trotzdem sich Natascha noch immer bemühte, ihrem Gesicht ein fremdes, älteres Gepräge zu geben, fand nun auch Oberst von Steinberg, daß ihn diese Schwester Magda sehr an die schöne Russin erinnerte.

Er prüfte mit scharfen Augen die unförmige Gestalt, zu der die feinen, schmalen Hände und Füße nicht passen wollten.

Ehe er die Vernehmung fortsetzen konnte, wurde der tote Chauffeur auf Befehl des Obersten hereingebracht und zu Nataschas Füßen niedergelegt. Ein Soldat mußte die entstellende Autobrille von dem toten Gesicht desselben lösen.

Bei dem Lösen der Autobrille riß der Soldat die Lederkappe des Chauffeurs mit herab. Und da blickte er erschrocken auf. »Zu Befehl, Herr Oberst – das ist eine Frau!« rief er, auf den toten Chauffeur deutend.

Die Herren, der Oberst, Hasso und Axemberg, sahen nun das tote Gesicht von schwarzem Frauenhaar umgeben.

Hasso stieß einen betroffenen Ruf aus, richtete sich schnell empor und sah Natascha an.

Sie stand vor ihm als gefährliche Feindin des Vaterlandes und durfte ihm nicht als Frau gelten.

»Das ist Ihre Mutter, Natascha von Kowalsky«, sagte er, auf den Chauffeur deutend.

Auch Axemberg und Oberst von Steinberg hatten nun die ihnen als Generalin von Kowalsky bekannte Frau erkannt.

»Leugnen Sie immer noch, Madame, trotzdem hier Ihre Mutter tot vor Ihnen liegt?« fragte der Oberst scharf.

»Das ist nicht meine Mutter, ich schwöre, daß dies nicht meine Mutter ist.«

»Aber Sie haben diese Frau jedenfalls während Ihres Berliner Aufenthaltes als Ihre Mutter ausgegeben. Vermutlich war sie also damals Ihre Helfershelferin wie jetzt auch. Dieser Coup ist Ihnen aber gottlob ebenso mißlungen wie Ihr wohlgeplanter Raubzug auf meinen Schreibtisch«, sagte Hasso.

Erst in diesem Augenblick kam ihr die Gewißheit, daß sie verloren war. Hassos Worte sagten ihr, daß sie die Kopie damals tatsächlich in seinem Zimmer verloren hatte. Aber sie hatte damit gerechnet, daß Hasso damals über diese Affäre Stillschweigen gebreitet hatte. Nun entnahm sie aber seinen Worten, daß er nichts verheimlicht hatte. Das machte ihre Lage bedeutend schwieriger.

»Ich verstehe Sie nicht und bitte Sie, dieser Posse ein Ende zu machen. Hier sind meine Papiere, die beweisen, daß ich Magda von Hillern heiße.«

Es half ihr aber alles nichts. Oberst von Steinberg

sah sie scharf an.

»Ich rate Ihnen, Ihr Leugnen aufzugeben, ein offenes Geständnis abzulegen, aus welchem Grunde Sie sich unter der Verkleidung einer Roten-Kreuz-Schwester und mit diesen gefälschten oder unrechtmäßig erworbenen Papieren hier ins Lager eingeschlichen haben. Daß Sie mit dieser Frau, die tot zu Ihren Füßen liegt, in das nächste französische Lager entweichen wollten, ist uns außer Zweifel. Ebenso ist es uns zweifellos, daß Sie wichtige Geheimnisse an die Franzosen verraten wollten oder gar mit geheimer Sendung betraut worden sind, von den Russen an die Franzosen. Ihr Plan ist gescheitert an der Wachsamkeit des Hauptmanns von Falkenried, der Sie zum Glück erkannte. Sie sind unsere Gefangene und können Ihre Lage nur durch ein umfassendes Geständnis verbessern.«

»Ich will weiter nichts, als daß man mich nun endlich aus dieser unwürdigen Lage befreit.«

»Sie beharren also bei Ihrer Behauptung, daß Sie nicht identisch sind mit jener Natascha von Kowalsky, die sich im vorigen Winter als Tochter dieser Frau und des Generals von Kowalsky ausgab in Berlin?«

Der Oberst zuckte die Achseln.

»So bedaure ich, weiterhin keine Schonung mehr walten lassen zu können. Wenn ich jetzt mit aller Strenge gegen Sie vorgehen muß, so haben Sie sich das selbs' zuzuschreiben.«

Sie beherrschte sich und heuchelte Gleichmut.

Der Oberst trat an Axemberg heran und flüsterte ihm einige Worte zu. Dieser verschwand.

Hasso stand neben Oberst von Steinberg, und die beiden Herren sprachen leise miteinander.

Da wandte sich Natascha plötzlich um und lief zum Ausgang des Zeltes. Aber hier trat ihr ein Soldat entgegen und wehrte ihr den Ausgang.

Ironisch wandte sich ihr der Oberst zu.

Natascha biß sich auf die Lippen. »Ich bin doch wohl nun entlassen. Sagen Sie dem Soldaten, daß er mir den Weg freigibt.«

»Das werde ich nicht tun, Madame. Sie können inzwischen auf diesem primitiven Sessel Platz nehmen. Wenn Sie das Zelt ohne meine Erlaubnis verlassen, steht Ihnen nichts Gutes bevor.«

Aber Natascha setzte sich nicht. Mit gesenkten Augen schritt sie wieder tiefer ins Zelt hinein. Sie vermied es, auf die tote Frau herabzusehen.

Diese ließ Oberst von Steinberg vorläufig hinausschaffen mit der Weisung, daß eine Schwester die Kleider der Toten visitieren sollte. Alles, was man bei ihr fand, sollte an ihn sofort abgeliefert werden.

Natascha zuckte leise zusammen, als sie diesen Befehl hörte. Als sie aber der Oberst ansah und fragte: »Wünschen Sie etwas zu sagen?« da schüttelte sie nur trotzig das Haupt und wandte sich ab.

Hans war inzwischen ins Krankenzelt gegangen und war direkt auf Rola zugetreten, die ein wenig müde und schläfrig auf ihrem Platz am Tisch saß.

»Schwester Karola, der Herr Oberst von Steinberg bittet Sie, sofort mit mir zu ihm zu kommen. In einer wichtigen Angelegenheit bedarf er ihrer Hilfe.«

»Was ist geschehen, Herr von Axemberg?« fragte sie, gleichfalls die förmliche Anrede gebrauchend, weil die andere wachende Schwester mit herangetreten war.

»Wir haben eine Spionin gefangen, Schwester Karola, und diese soll durch Sie visitiert werden. Der Herr Oberst lassen bitten, daß wir einige Decken und Tücher mitbringen, in die sich die Gefangene hüllen kann, solange ihre Kleider durchsucht werden.«

Rola hatte schnell einige überflüssige Schlafdecken ergriffen. Axemberg nahm sie ihr ab.

»Gehen Sie, Schwester Karola, solange es geht, halte

ich allein Wache. Es braucht niemand geweckt zu werden. Schwester Magda muß auch gleich zurückkommen«, sagte die andere Schwester.

»Darauf rechnen Sie nicht, Schwester«, entgegnete Axemberg, »denn just Schwester Magda ist die Spionin, die wir abgefaßt haben.«

Rola und die Schwester sahen ihn wie erstarrt an. Aber Axemberg mahnte zur Eile. So ging sie schnell mit ihm hinaus.

Auf dem kurzen Wege konnte der junge Offizier nicht umhin, wenigstens Rolas Arm, unter den Decken verborgen, an sich zu drücken. Gern hätte er sie geküßt, aber vor des Obersten Zelt standen Doppelwachen, und der Mond schien hell. Und nun kamen ihnen auch die Leute entgegen, die den toten Chauffeur nach dem Krankenzelt trugen.

»Du wirst in der Spionin eine alte Bekannte entdekken, Rola«, sagte Axemberg leise, sie beiseite ziehend.

»Ich habe mich vergeblich besonnen, wem diese Schwester Magda gleicht.«

»Ich kann es dir sagen. Erinnerst du dich an die schöne Russin Natascha von Kowalsky?«

Mit einem Ruck blieb Rola stehen und faßte sich an die Stirn. »Mein Gott – ja –, jetzt weiß ich es, an diese erinnerte mich Schwester Magda. Du willst doch nicht sagen, daß diese Natascha von Kowalsky eine Spionin ist.«

»Ich wußte es schon seit ihrem rätselhaften Verschwinden aus Berlin, von meinem Freund Hasso. Nun wünscht dein Vater, daß du die Kleider der Spionin visitierst.«

Rola seufzte.

»Ich werde mich natürlich niemals einer Pflicht entziehen, Hans, das ist selbstverständlich, aber es wird mir doch eine sehr unangenehme Pflicht sein. Wie schrecklich für ein Weib, in solch eine Situation zu kom-

213

men. Und ich habe die schöne Russin einst so bewundert – und beneidet. Jetzt möchte ich nicht mit ihr tauschen.«

Sie hatten das Zelt des Obersten erreicht und traten ein.

»Zu Befehl, Herr Oberst, Schwester Karola ist zur Stelle und orientiert«, meldete Axemberg in dienstlicher Haltung.

Die Spionin sah mit unsicherem Blick zu Rola hinüber und senkte dann vor deren Blick die Augen.

»Man wird Sie jetzt mit Schwester Karola in diesem Zelt allein lassen. Das Zelt wird natürlich scharf bewacht, und ein Ruf meiner Tochter genügt, die Wachen herbeizurufen. Das sage ich Ihnen, um Sie von Torheiten abzuhalten. Sie haben sofort Ihre Kleider abzulegen und können sich in diese Decken hüllen, bis man Ihre Kleider durchsucht hat.«

Natascha warf den Kopf zurück.

»Ich lege meine Kleider nicht ab und protestiere gegen diese schimpfliche Behandlung.«

Die Augen des Obersten blitzten wie geschliffener Stahl. »Wenn Sie sich weigern, zwingen Sie mich, Ihnen die Kleider gewaltsam ausziehen zu lassen. Dann kann ich auf Ihr weibliches Schamgefühl freilich keinerlei Rücksicht mehr nehmen. Also wählen Sie. Bitte, Herr Hauptmann von Falkenried, begleiten Sie mich inzwischen an das Auto. Wir wollen es persönlich genau durchsuchen.«

Bei diesen Worten wurde Natascha Karewna totenbleich. Zum ersten Male verließ sie ihr trotziger Stolz. Sie sah wie in hilfloser Angst zu Hasso hinüber, als wollte sie sich instinktiv um Hilfe an diesen einzigen Menschen wenden, der vielleicht noch einen Funken von Mitgefühl für sie hatte.

Hasso fing diesen Blick auf, und er quälte ihn. Krieg führen gegen eine Frau, das ging gegen sein ritterliches

Gefühl. Und diese Frau hatte er einst geliebt. Das konnte er nicht ignorieren, trotz allem. Stumm wandte er sich ab und folgte dem Obersten und Axemberg.

Rola blieb mit Natascha allein. Sie wußte nicht, welchen Ton sie gegen die Spionin anschlagen sollte. Schließlich siegte aber doch das weibliche Mitleid über die Verachtung.

»Bitte, machen Sie uns beiden die Lage nicht schwerer und peinlicher, als sie schon ist. Hier sind Decken genug, damit Sie sich darin hüllen können. Nach der Durchsicht wird man Ihnen Ihre Kleider zurückgeben.«

Es war, als wollte sie etwas sagen. Aber sie biß sich auf die Lippen und schwieg. Und dann irrten ihre Augen unruhig umher, als suche sie einen Ausweg zur Flucht. Und ehe Rola noch wußte, was sie vorhatte, war sie mit einem Satz an den Zeltausgang und wollte hinaus. Gleichviel was ihrer draußen wartete, nur hinaus aus diesem Zelt.

Aber dicht am Ausgang stand Hans, um Rola besorgt, und schob Natascha mit Gleichmut zurück. »Nicht so eilig, Madame – wir bedürfen Ihrer noch«, sagte er sarkastisch.

Mit schlaff herabhängenden Armen kehrte Natascha zurück. Ihr stolzer Nacken war gebeugt. Und mit einem tiefen Seufzer entschloß sie sich, ihre Kleider abzulegen. Zuerst fiel die Schwesterntracht. Darunter kam ein schlichtes Reisekleid zum Vorschein, das um die Taille noch einmal mit einem wollenen Tuch umwickelt war, um die unförmige Fülle vorzutäuschen.

Rola hätte keine Soldatentochter sein müssen, wenn sie jetzt nicht doppelt auf ihrer Hut gewesen wäre. Sie beobachtete jede Bewegung der Spionin, wenn sie sich auch den Anschein gab, nicht sonderlich auf sie achtzugeben.

Als Natascha nun auch das Reisekleid abgelegt hatte

und sich der Unterkleider zu entledigen begann, bemerkte Rola, daß sie ein Band um ihren Hals löste und unter der letzten Hülle, die ihren Körper verbarg, vorsichtig einen Gegenstand zu Boden gleiten ließ. Dieser Gegenstand fiel zwischen das Kleiderbündel auf die Erde. Sie manövrierte nun so geschickt, daß sie diesen Gegenstand samt den Kleidern mit den Füßen scheinbar absichtslos nach der Rückwand des Zeltes schob. Für einen Moment sah Rola, daß dieser Gegenstand von brauner Farbe war, anscheinend eine kleine, braune Ledermappe.

Als Natascha nun die letzte Hülle fallen ließ und sich hastig eine Decke umgeworfen hatte, schob sie mit einer geschickten Bewegung ihres Fußes den braunen Gegenstand unter der Zeltwand am Boden hindurch ins Freie.

Dann richtete sie sich hastig, wie befreit aufatmend, empor, stieß mit dem Fuß ihre Kleider mehr nach der Mitte des Zeltes und hüllte sich sorglich noch in eine zweite Decke.

Rola hatte wohl bemerkt, daß sie irgend etwas da hinten an der Zeltwand getan hatte, aber sie verriet es mit keiner Miene und ließ Natascha ruhig gewähren. Sie half ihr sogar, die Decken zu drapieren, so daß sie sich unbesorgt Männeraugen präsentieren konnte, und schob ihr einen kleinen Feldsessel hin.

»Setzen Sie sich. Ich befestige die Decken mit einigen Nadeln, damit sie nicht herabfallen«, sagte sie ruhig.

»Ich danke Ihnen«, sagte sie aufatmend und sah ruhig zu, wie Rola ihre Kleider aufhob und zusammenlegte.

»Herr von Axemberg!« rief Rola laut.

Sofort trat dieser ein.

»Sie befehlen, Schwester Karola?«

»Bitte, lassen Sie meinem Vater melden, daß wir fertig sind.«

Axemberg verneigte sich, gab draußen Befehl und blieb am Zeltausgang stehen.

Gleich darauf kam Oberst von Steinberg zurück. Die Visitation der Kleider der als Chauffeur verkleideten Olga Zscharkoff hatte nichts ergeben. Nur einen falschen Paß und falsche Papiere fand man bei ihr. Auch die Untersuchung des Autos war zunächst ergebnislos verlaufen, bis Hauptmann von Falkenried plötzlich unter einem Sitz ein mit Eisenblech verkleidetes Geheimfach entdeckt hatte. Dieses mußte nun erst durch Handwerker geöffnet werden, da man keinerlei Schloß entdeckte. Hasso blieb bei dem Auto zurück, um das Ergebnis abzuwarten.

Davon verriet jedoch Oberst von Steinberg nichts, als er in das Zelt zurückkkam. Er sah seine Tochter an. Diese wies auf das Kleiderbündel.

»Das ist alles, Papa.«

»Gut – wir wollen die Sachen genau durchsehen«, antwortete der Oberst.

»Sofort, Papa, nur entschuldige mich einen Moment, ich muß drüben schnell erst noch eine Anordnung treffen. Bitte, Herr von Axemberg, begleiten Sie mich. Ich bin in zwei Minuten wieder hier, Papa.«

Damit eilte Rola hinaus, ohne eine Einwendung ihres Vaters abzuwarten. Axemberg folgte ihr. Ein Blick Rolas hatte ihm verraten, daß sie etwas Besonderes vorhatte.

Draußen schritt Rola auch nicht nach dem Krankenzelt hinüber, sondern sie faßte Axembergs Hand und zog ihn mit sich hinter das Zelt des Obersten. An der Rückwand desselben hielt sie an, bückte sich zur Erde und suchte mit den Händen tastend den Boden ab. Und gleich darauf hielt sie eine kleine braune Ledermappe in den Händen. Die zeigte sie aufatmend Axemberg und flüsterte ihm zu, wie sie darauf gekommen war, hier nach der Mappe zu suchen.

»Nimm sie an dich, Hans. Du kannst sie auf dem Rücken verbergen, wenn wir ins Zelt zurückkommen. Und während ich die Sachen durchsuche, wirst du ja den passenden Moment abwarten, wo du Papa die Mappe überreichen kannst. Die Spionin wurde sichtlich ruhiger, als sie sich derselben entledigt hatte, ohne daß ich es anscheinend bemerkte.«

Sie gingen nun in das Zelt zurück. Oberst von Steinberg sah auf sie hin. Er kannte seine Tochter zu gut, um ihr nicht anzumerken, daß sie sehr erregt war, vermutete richtig, daß sie sich nur unter einem Vorwand entfernt hatte.

Axemberg blieb am Eingang stehen, und Rola durchsuchte nun mit ihrem Vater Nataschas Kleider.

Es wurde nichts von Wichtigkeit gefunden, und Axemberg bemerkte, wie sich Nataschas Augen mit höhnischem Ausdruck auf die beiden richtete.

»Sie sehen wohl nun ein, Herr Oberst, daß diese ganze Visitation sehr überflüssig war. Ich kann wohl nun meine Kleider wieder anlegen«, sagte Natascha hastig.

»Das zu beurteilen überlassen Sie mir. Wir sind jedenfalls noch nicht mit Ihnen zu Ende.«

In diesem Augenblick trat Axemberg vor.

»Herr Oberst gestatten, daß ich in die Verhandlung eingreife, indem ich einen Fund abliefere. Madame hat vorhin eine Ledermappe verloren und irrtümlich unter der Zeltwand hinweg ins Freie geschoben. Hier ist sie.«

Natascha fuhr kerzengerade empor. Es war, als wollte Natascha sich auf Axemberg stürzen, als dieser nun die Mappe vor dem Obersten auf den Tisch legte.

Wie gebrochen sank sie wieder in sich zusammen, als der Oberst schnell die Mappe öffnete und verschiedene Papiere herausnahm.

Es waren Pläne von deutschen Festungen und genaue Aufzeichnungen der verschiedenen Stellungen des deutschen Heeres.

Die beiden tollkühnen Geheimagentinnen hatten im

Automobil, unter verschiedenen Verkleidungen, eine Fahrt durch ganz Deutschland unternommen, von Rußland aus bis nach Frankreich, hatten auch die Stellungen des deutschen Heeres in dem eroberten Teil Frankreichs genau ausgekundschaftet und waren nun, dicht vor dem Ziel, im Begriff, ins französische Lager überzugehen, abgefaßt worden.

Mit unbeschreiblicher Dreistigkeit und Kühnheit mußten sie operiert haben. Sie waren allerdings reichlich mit falschen Legitimationen versehen, aus denen hervorging, daß Natascha nacheinander als Sängerin, als deutsche Gräfin und als Vorsteherin einer deutschen Wohlfahrtsbestrebung aufgetreten war, während ihre Gefährtin immer den Chauffeur gespielt hatte. Zuletzt war Natascha zum Roten Kreuz gegangen, während ihre Helferin das leere Auto bis in das verfallene französische Dorf gesteuert hatte, um hier zu einer bestimmten Stunde auf Natascha zu warten.

In großer Erregung hatte Oberst von Steinberg alles durchgesehen. Nun atmete er tief auf.

»Bewundernswerte Arbeit haben Sie geleistet, Madame, schade um so viel Genialität für eine schlechte Sache. Diese Papiere sind von großem Interesse für uns. Vermutlich wären sie für Ihre Auftraggeber noch viel interessanter gewesen. Leugnen Sie nun noch immer, Natascha Karewna, daß Sie Spionin in russischen und französischen Diensten sind?«

Aber noch war dieses willensstarke Weib nicht ganz gebrochen. »Was gehen mich diese Papiere an? Sie gehören mir nicht und sind nicht bei mir gefunden worden.«

»Ah – das ist stark. Ihr hartnäckiges Leugnen kann Ihre Lage nur verschlimmern.«

Als das der Oberst gesagt hatte, trat hastig Hasso von Falkenried ein. In der Hand hielt er eine ähnliche, aber größere Ledermappe als die, welche vor dem Obersten auf dem Tisch lag.

»Dies fand ich in dem Geheimfach unter dem Sitz des Automobils, Herr Oberst.«

Nataschas Lippen entfuhr ein gurgelnder Laut. Sie sank in sich zusammen und stöhnte auf wie ein verwundetes Tier. Mit glanzlosen Augen starrte sie in Hasso von Falkenrieds Gesicht. Oberst von Steinberg hatte Hasso die eben durchgesehenen Papiere zur Prüfung überreicht und sah nun die von ihm überbrachte Ledermappe durch. Darin fand er Papiere von mindestens ebenso großer Wichtigkeit, die Natascha Karewna von der russischen Regierung übergeben worden waren, um sie der französischen Regierung zu überbringen. Es war eine Verständigung der beiden Deutschland feindlichen Mächte über die vorzunehmenden Aktionen.

Die Papiere bebten in der Hand des Obersten. Er zeigte sie Hasso, ohne ein Wort zu sagen. Auch dieser erfaßte nun die ganze Tragweite des Fanges, den er gemacht hatte, und seine Brust hob sich in einem tiefen Atemzug.

Die beiden Herren hatten jetzt nicht Zeit, sich weiter mit Natascha zu befassen.

»Folgen Sie mir sofort zu Sr. Exzellenz, Herr Hauptmann. Rola – du kannst der Gefangenen ihre Kleider zurückgeben – ohne die Schwesterntracht. Herr Oberleutnant von Axemberg, Sie bewachen mit den draußen postierten Leuten dies Zelt, damit die Gefangene nicht entweichen kann.«

Nach diesen Worten verließ der Oberst mit Hasso das Zelt und begab sich mit ihm zu Exzellenz von Bogendorf.

Dieser hörte aufmerksam den Bericht an und prüfte mit atemlosem Interesse die Papiere. Als er zu Ende war, legte er sie mit einem tiefen Atemzug nieder und faßte Hassos Hand. »Mein lieber Falkenried, Sie haben dem Vaterland schon manchen großen Dienst geleistet, aber

mit dem Fang dieser Spionin sind all diese Dienste über-
troffen worden. Jetzt können wir den kleinen Fehler
segnen, den Sie vorigen Winter begingen, als Sie dieser
ränkevollen Frau ihre Schlüssel als Pfand ausliefer-
ten. Wer kann wissen, wie sich alles gewendet hätte.
Diese Papiere sind uns von unschätzbarem Wert. Also
nochmals – ich danke Ihnen, Herr Hauptmann. Se.
Majestät soll von Ihrem Verdienst unterrichtet werden.
Auch Ihnen meinen wärmsten Dank, Herr Oberst.
Natürlich wird kurzer Prozeß gemacht: im Morgengrauen wird Natascha Karewna standrechtlich erschossen.«

Hasso zuckte zusammen. Er wurde sehr bleich.

Unwillkürlich trat er einen Schritt vor.

»Exzellenz!« rief er beschwörend.

Dieser wandte sich ihm zu und sah ihn scharf und forschend an. »Herr Hauptmann von Falkenried?«

»Ich wollte Eure Exzellenz ergebenst bitten, wenn irgend möglich, dies harte Urteil zu mildern.«

Groß und ernst sah ihn der alte Herr an.

»Haben Sie noch immer eine Schwäche für diese
Frau?«

»Nein, Exzellenz – aber – es ist eine Frau. Ich habe vorhin, als ich den Chauffeur niederschießen mußte, schon
eine Frau gerichtet. Und deshalb bitte ich nochmals, daß
Exzellenz möglichst Milde walten lassen.«

»Nun – ich will ihn gelten lassen. Sie haben sich heute
ein doppelt und dreifaches Anrecht erworben auf die Erfüllung eines Wunsches. Ich schenke Ihnen also das Leben dieser tollkühnen Frau. Sie soll unter sicherem Ge-
wahrsam morgen früh nach einer deutschen Festung
überführt und so unschädlich gemacht werden. Aber ich
bitte Sie, Herr Oberst, ihr zu verkünden, daß sie ihr Leben verwirkt hatte, und daß man es ihr nur auf Fürsprache des Herrn Hauptmanns von Falkenried schenkte, ihr
das in Gegenwart des Herrn Hauptmanns zu sagen.

Diese kleine Genugtuung wollen wir Ihnen verschaffen, Herr Hauptmann.«

»Ich danke Eurer Exzellenz ganz ergebenst.«

Seine Exzellenz reichte Hasso die Hand.

»Keine Ursache, Herr Hauptmann. Herr Oberst, Sie sorgen für strengste Bewachung der Gefangenen. Sie darf uns keinesfalls entwischen, denn sie würde uns nur von neuem gefährlich werden. Solche Elemente muß man unbedingt unschädlich machen. Ich verlasse mich darauf.«

Schweigend gingen Hasso und Oberst von Steinberg in das Zelt des letzteren zurück.

Dort hatte Natascha inzwischen ihre Kleider wieder angelegt. Sie trug nun das dunkle, schlichte Reisekleid. Seltsam wirkte das üppige, rotblond gefärbte Haar gegen die dunklen Augen.

Oberst von Steinberg trat vor sie hin.

»Natascha Karewna, Seine Exzellenz hatten über Sie die Todesstrafe verhängt und verfügt, daß Sie morgen früh standrechtlich erschossen werden sollten. Auf die hochherzige Bitte des Herrn Hauptmanns von Falkenried haben Exzellenz geruht, Ihnen die Todesstrafe zu erlassen. Sie werden morgen früh nach einer deutschen Festung transportiert werden.«

Natascha war zusammengezuckt, als sie vernahm, daß die Todesstrafe über sie verhängt worden war. Und nun wollte sie auf Hasso zutreten und ihm danken. Er winkte jedoch peinlich berührt hastig ab.

»Lassen Sie das, Madame – ich mag Ihren Dank nicht. Wenn Sie ein Mann gewesen wären, hätte ich nicht für Sie gebeten. Mit Frauen Krieg zu führen, widerstrebt einem deutschen Offizier.«

Da trat sie mit gesenktem Kopf von ihm zurück.

Man hatte Natascha Karewna in ein primitives Zelt gebracht, dem Krankenzelt gegenüber.

Still war es im Lager, nur der gleichmäßige Schritt der Wachen war vernehmbar. Natascha Karewna hatte sich müde auf ihr hartes, primitives Lager geworfen. Aber sie fand keinen Schlaf. Neben ihr lag starr und steif auf dem Boden des Zeltes Olga Zscharkoff. Und in Gesellschaft ihrer auf ewig verstummten Genossin mußte Natascha Karewna die Nacht verbringen.

Sie schauerte zusammen. Sie mußte daran denken, daß es nur an einem Haar gehangen hatte, daß auch sie morgen starr und steif neben Olga Zscharkoff lag, von Kugeln durchbohrt. Hasso von Falkenried hatte dies Schicksal durch seine Fürbitte von ihr abgewandt.

Wenn sie einem Mann wie Hasso von Falkenried früher begegnet wäre, ehe sie auf die abschüssige, abenteuerliche Laufbahn gedrängt worden war, dann hätte sich ihr Leben vielleicht ganz anders gestaltet.

Was nun noch vor ihr lag – war es nicht schlimmer als der Tod? Wäre es nicht besser, sie läge kalt und starr neben ihrer langjährigen Genossin?

Die Zähne schlugen ihr wie im Frost aufeinander, und in ihrem Herzen erwachte eine brennende Sehnsucht nach einem Menschen, vor dem sie einmal hätte ihr zerrissenes Leben ausbreiten können.

Hasso von Falkenried. Diesem einen, einzigen Mann hatte ihr Herz einmal wärmer entgegengeschlagen. Wenn sie ihm doch einmal ihr ganzes Leben hätte enthüllen können, damit er nicht so verächtlich von ihr denken mußte.

Sie erhob sich, von dieser starken Sehnsucht getrieben. Man hatte ihr keine Fesseln angelegt – auch auf Falkenrieds Fürbitte. Draußen waren Soldaten, die ihr Zelt bewachten. Wenn sie einen davon bat, Hauptmann von Falkenried herbeizurufen, weil sie ihm ein Geständnis

223

ablegen wollte – vielleicht kam er dann, vielleicht war er noch nicht zur Ruhe gegangen.

Sie trat leise an den Zeltausgang und lugte hinaus. Zwei Soldaten standen mit geschultertem Gewehr vor dem Zelt. Sie schob den Vorhang zurück. Der Mond beleuchtete ihr blasses Gesicht.

Und da legte sich eine Hand mit eisernem Griff auf ihren Arm, und neben ihr wuchs eine hohe Gestalt empor – Hans von Axemberg.

»Ich dachte mir fast, Madame, daß Sie noch einen kleinen, unerlaubten Spaziergang unternehmen wollen. Aber so ungalant es aussieht, muß ich Ihnen denselben verbieten. Bitte, zwingen Sie mich nicht, Ihnen Fesseln anlegen zu müssen«, sagte er mit ironischer Höflichkeit.

Sie schüttelte den Kopf. Mit gänzlich verändertem Ton sagte sie leise:

»Sie irren, Herr von Axemberg. Ich bin nicht unklug genug, in den sichern Tod hineinzulaufen. Ich wußte nicht, daß Sie vor meinem Zelt Wache hielten. Aber da Sie es tun, liegt es vielleicht in Ihrer Macht, mir einen Wunsch zu erfüllen. Ich möchte Herrn von Falkenried noch einmal sprechen – möchte ihm ein umfassendes Geständnis ablegen – aber nur ihm. Wollen Sie die Güte haben, ihn zu bitten, mir noch eine Viertelstunde zu schenken.« –

Axemberg sah sie scharf an. Wollte sie etwa versuchen, den Freund von neuem zu betören?

»Sie können sich die Mühe sparen, Madame. Ein zweites Mal läßt sich Hasso von Falkenried nicht in Ihre Netze locken«, sagte er schroff.

»Nichts liegt mir ferner. Hier sind meine Hände. Herr von Axemberg – binden Sie mich –, legen Sie mich in Fesseln. Ich habe keine Fluchtgedanken. Ich will nichts, als Herrn von Falkenried ein volles Geständnis ablegen.«

Axemberg fühlte, daß jetzt zum erstenmal ein wahrhaftiger Ton in ihren Worten lag.

»Ich werde selbst meinem Freund von Ihrem Wunsch Mitteilung machen«, sagte er kurz.

Natascha neigte das Haupt und zog sich zurück mit einem leisen Dankeswort.

Axemberg schärfte der Wache besondere Wachsamkeit ein. Er hatte den Platz vor Nataschas Zelt nur eingenommen, um Rola in dieser Nacht nahe zu sein. Langsam ging er am Eingang des Krankenzeltes vorbei, hinüber nach dem Zelt des Obersten, bei dem Hasso noch weilte. Die Herren hatten noch über den Inhalt der erbeuteten Papiere gesprochen.

Axemberg sagte dem Freunde, was ihm Natascha aufgetragen hatte. »Wenn du deiner nicht ganz sicher bist, Hasso, dann gehe nicht zu ihr«, sagte er.

»Unbesorgt, mein Junge.«

»Also willst du zu ihr gehen?«

»Ja – vielleicht erfahre ich doch noch etwas von Wichtigkeit von ihr. Jedenfalls will ich ihren Wunsch erfüllen.«

Er verabschiedete sich von Oberst von Steinberg und ging mit Axemberg zu Nataschas Zelt hinüber.

»Ich bleibe hier draußen sitzen – auf alle Fälle, Hasso«, sagte Axemberg leise.

»Sorge dich nicht um mich. Von dieser Seite kann mir nichts mehr drohen. Hast du nicht eine Laterne hier? Ich möchte nicht im Dunkeln mit Natascha Karewna verhandeln.«

Axemberg zündete eine Laterne an und gab sie ihm. Diese Laterne in der Hand trat er in das Zelt.

Natascha saß auf ihrem Lager und erhob sich, als er eintrat. Er stellte die Laterne auf eine Kiste und sah sie an.

»Sie haben mich zu sprechen gewünscht, Madame.«

Sie mußte sich wieder niederlassen auf ihr Lager.

»Ich danke Ihnen, daß Sie gekommen sind, Herr von

Falkenried. Ich möchte Ihnen in kurzen Worten meine Lebensgeschichte erzählen – damit sie wissen, daß Sie heute Ihre Fürsprache nicht einer ganz Verworfenen gewidmet haben. Wollen Sie mich anhören?«

»Wenn es Sie erleichtern kann, so sprechen Sie.«

Und dann begann sie mit verhaltener Stimme:

»Ich war ein halbes Kind, kaum fünfzehn Jahre, als ich, eine mittellose Waise, hilflos auf die Straße gestoßen wurde. Mein Vater war ein armer Ingenieur gewesen und hatte mir nichts hinterlassen als ein stark ausgeprägtes Talent zum Zeichnen. Es war aber nicht genug ausgebildet, um mir darauf eine Existenz zu gründen. Ich fand jedoch eine sehr schlecht bezahlte Anstellung in einem großen technischen Bureau, wo ich Zeichnungen kopieren mußte. Kaum verdiente ich genug, um meinen Hunger zu stillen. Aber schon damals sagten mir die männlichen Angestellten dieses Bureaus allerlei Schmeichelhaftes über mein Aussehen.

Ich war kaum siebzehn Jahre, als ich Wladimir Karewna kennenlernte. Er kam oft in das Bureau und brachte Aufträge – allerlei Zeichnungen, die ich kopieren mußte. So kam ich mit ihm in Berührung. Er war ein bildschöner, eleganter Mensch von etwa dreißig Jahren. Ich war zu jung und zu unerfahren, um zu erkennen, daß er etwas Abenteuerliches an sich hatte; ich merkte auch nicht, daß er mit dem Chef des Bureaus immer seltsam geheimnisvolle Unterhaltungen hatte. Nur das fiel mir auf, daß er mir die verschiedentlichsten Zeichnungen zum Kopieren brachte. Er teilte mir immer selbst seine Wünsche mit, und dabei wurde er auf mich aufmerksam. Er sah mich oft an, daß mir heiß und kalt wurde. Ich wußte nicht, ob ich ihn liebte oder fürchtete. Aber als er dann eines Tages zu mir sagte, ich müsse seine Frau werden, da hatte ich keinen Willen als den seinen. Er versprach mir ein glänzendes, luxuriöses Leben, in dem meine Schönheit sich erst recht entfalten und den rechten Rahmen erhalten sollte.

Ich wurde seine Frau – und dann machte er mich mit Olga Zscharkoff bekannt, die viel mit uns verkehrte, mit uns auf Reisen ging und fast unzertrennlich von uns war, ohne daß ich so recht verstehen konnte, was meinen Mann und sie zusammenband.

Ich mußte nach wie vor allerlei Zeichnungen für meinen Mann anfertigen. Sonst hatte ich ein herrliches Leben, eine hübsche, elegante Wohnung, schöne Toiletten, Vergnügungen und Reisen – sehr viel Reisen – hauptsächlich nach dem Ausland. Von meiner deutschen Mutter hatte ich die deutsche Sprache vollkommen gelernt, Französisch hatte ich auch getrieben, und im Verkehr mit meinem Mann und Olga Zscharkoff lernte ich auch diese Sprache vollständig beherrschen. Ich kam unterwegs in alle Gesellschaftsschichten.

Woher mein Mann das Geld zu unserem Leben nahm, wußte ich nicht. Er sagte mir, er sei Agent der Regierung und oft mit geheimen Missionen betraut. Ich dachte nicht darüber nach und ließ mich harmlos zu allerlei kleinen Maskeraden gebrauchen. Von meinem Mann und Olga wurde ich genau instruiert, und da man mir sagte, das seien diplomatische Missionen, erschien mir das alles interessant. Und – so war ich längst eine russische Geheimagentin und Spionin, ehe ich es selber wußte.

Als mir endlich die Augen darüber aufgingen – da war es schon zu spät, den betretenen Weg zu verlassen. Ich hatte auch nicht mehr die Kraft, auf das elegante, luxuriöse Leben zu verzichten. Und von dieser Zeit an wurde ich bewußt Geheimagentin und Spionin, war es sogar mit großem Ehrgeiz, und man betraute mich mit schwierigen Aufgaben.

Bei einer sehr gefährlichen Mission wurde mein Mann

von einem Festungsposten erschossen, als er fliehen wollte, nachdem wir die Festungsanlagen aufgenommen hatten. Olga Zscharkoff und ich – entkamen.

Weit entfernt, nun auf meine Laufbahn zu verzichten, berauschte ich mich förmlich in den Gedanken an die drohenden Gefahren und wurde immer kühner und verwegener, mehr, als meine einstige Lehrerin Olga Zscharkoff, die ich längst überflügelt hatte. Ich konnte anfassen, was ich wollte, alles glückte mir. Ich konnte ein Leben auf großem Fuße führen, denn meine Dienste wurden gut bezahlt.

Dann kamen aber auch für mich einmal Mißerfolge. Ich sollte in Friedrichshafen Pläne eines Luftschiffes kopieren. Da wäre ich fast gefaßt worden, wir mußten fliehen. Dann hatte ich in Friedrichshafen von zwei Ingenieuren vernommen, daß ein Herr von Falkenried in Berlin eine epochemachende Erfindung gemacht hätte, die im Kriegsfall für Flugzeuge von enormem Wert sei. Die Ingenieure ahnten nicht, daß ich sie belauschte, sie besprachen das sehr geheimnisvoll. Sofort faßte ich den Plan, meinen Mißerfolg in Friedrichshafen dadurch gutzumachen, daß ich diese epochemachende Erfindung für meine Auftraggeber zu kopieren suchte.

Sie wissen, wie ich diesen Plan auszuführen trachtete – wissen auch, daß er mir mißlang –, weil ich keine Ahnung hatte von der Existenz und Anwesenheit Ihrer Base. Dies Fräulein von Lossow ließ meinen Plan scheitern. Ich merkte es erst, als wir abgereist waren, daß ich die fertige Kopie verloren hatte. Doch –' eins wußten Sie nicht, Herr von Falkenried – daß aus dem Spiel, das ich mit Ihnen trieb, für mich selbst Ernst zu werden drohte. Mein Herz war zum erstenmal erwacht bei dem gefährlichen Spiel mit Ihnen, und der Gedanke, daß Sie vor dem Verderben bewahrt geblieben waren, tröstete mich fast über meinen zweiten Mißerfolg.

Als dann zwischen Deutschland und Rußland Krieg ausbrach, erhielt ich den Auftrag, als Kundschafterin nach Deutschland zu gehen. Und dann wurde ich mit geheimen Aufträgen durch Deutschland nach Frankreich geschickt. Dicht vor dem Ziel wurde mir nun die Ausführung meines Auftrags unmöglich gemacht – dadurch, daß Sie mich erkannten und im letzten Moment festnahmen. Ich hatte keine Ahnung von Ihrer Anwesenheit, erkannte Sie erst, als Sie mich beim Namen nannten. Sonst – bei Gott – sonst wäre ich nicht imstande gewesen, die Waffe auf Sie anzulegen. Es war das erstemal, daß ich in der Verzweiflung dazu entschlossen war, einen Menschen zu töten. Und Gott ist mein Zeuge – ich danke ihm, daß er mich davor bewahrte. Lieber würde ich selbst hier neben Olga Zscharkoff liegen, als daß ich Sie – Sie getötet hätte. So, Herr von Falkenried, nun wissen Sie, wem Sie durch Ihre Fürsprache das Leben gerettet haben. Und wenn ich Sie nun nochmals bitte, meinen Dank dafür entgegenzunehmen, so werden Sie es nun vielleicht tun. Ich danke Ihnen auch, daß Sie mich angehört haben – das war mir eine Wohltat, die Sie nicht ermessen können.«

Aufatmend schwieg Natascha Karewna still.

Hasso hatte ihr zugehört, ohne sich zu bewegen. Nun sah er sie ohne Härte an.

»Kann ich sonst noch etwas für Sie tun?« fragte er, sich erhebend.

Sie schüttelte den Kopf.

»Nein, ich danke Ihnen. Gott schenke Ihnen eine gesunde Heimkehr. Und nun will ich Sie nicht länger aufhalten, Sie bedürfen der Ruhe.«

»Leben Sie wohl, Natascha Karewna – und denken Sie daran, daß vor Ihnen vielleicht noch ein langes Leben liegt, um gutzumachen.«

»Um zu büßen, Herr von Falkenried. Leben Sie wohl –

und Gott mit Ihnen.«

Dann ging er auf sein Lager. Ruhelos wälzte er sich umher. Aber dann erschien vor seinem geistigen Auge Roses liebes Bild. Er sah ihre treuen, zärtlich strahlenden Augen vor sich, die ihm ihre ganze, tiefe Liebe kündeten.

»Mein geliebtes Weib! Das war heute ein schwerer Tag, meine Rose, und ich brauchte die Erinnerung an dich nötiger als je. Bei dir ist Frieden, meine süße Frau. An deinem Herzen will ich ihn suchen, wenn ich lebend heimkehre.«

Und der Gedanke an Rose brachte ihm Ruhe und tiefen, erquickenden Schlaf.

Als er am Morgen erwachte, war Natascha Karewna bereits fort und die Ambulanz mit den Verwundeten schon beim Aufbruch.

Dort fand er Hans von Axemberg und Oberst von Steinberg, die sich von Rola verabschiedeten.

Auch Hasso sagte ihr Lebewohl.

Und dann ging es wieder hinüber in die Fliegerstation. Mit Hans von Axemberg zusammen stieg er auf zu neuem, gefahrvollem Werk.

Und dann kam wieder eines Tages ein ausführlicher Brief von Hasso an Rose. Er schilderte ihr genau das Wiedersehen mit Natascha Karewna, ihre Gefangennahme und alles, was sonst noch geschehen war. Auch von seinem Besuch in Nataschas Zelt und von ihrer Beichte erzählte er ihr.

»Und meine süße Frau ist nun doch ein wenig bange, ob auch mein Herz bei diesem Wiedersehen mit Natascha Karewna ruhig geblieben ist. Ja, meine Rose – es blieb ruhig. Ich hatte für Natascha Karewna nichts übrig als ein aus Verachtung und Mitleid gemischtes Gefühl. Daß ich bei Exzellenz Bogendorf für ihr Leben bat, wirst Du verstehen – ich konnte nicht anders. Und seit sie mir gebeichtet, wie sie auf die abschüssige Lebensbahn gedrängt worden ist, bin ich froh, daß ich ein gutes Wort für sie einlegte.« –

Es war eine rauhe Herbstnacht.

Die Österreicher hatten schwere Kämpfe hinter sich gegen die Übermacht der Russen, und ebenso schwere Kämpfe standen ihnen noch bevor.

Da die Truppen sehr erschöpft waren, hatte man ihnen einen Ruhetag gegönnt nach einem anstrengenden Marsch. Am nächsten Morgen sollte es weitergehen, dem Feind entgegen. Nebeneinander hatten sich Rainer Hohenegg und Rudi Haßbach auf dem harten Boden niedergestreckt, Tornister als Kopfkissen benutzend. Ein Haufen welkes Laub bildete ihr Lager, und ihre Mäntel dienten als Schutz gegen den scharfen Wind.

Vor dem Einschlafen hatten sie noch eine Weile geredet von ihren Lieben daheim, und mancher sehnsüchtige Seufzer flog nach dem südlich gelegenen Hohenegg.

Beim ersten Morgengrauen wurden sie durch den Weckruf emporgeschreckt und sprangen auf, die steifen Glieder dehnend und reckend, damit sie wieder gelenkig wurden.

Schnell war es im ganzen Lager lebendig geworden – ein hastig eingenommenes Frühstück –, und die Mannschaften waren bereit zum Weitermarsch und zu neuen Kämpfen. Kurz vor dem Aufbruch Rainers kam die Feldpost an. Sein Schwager war schon mit einem Teil des Regiments davongeritten. Er erhielt auch zwei Briefe, einen für sich, einen für seinen Schwager Rudi. Beide Briefe kamen von Hohenegg, von ihren jungen Frauen.

Augenblicklich hatte Rainer keine Zeit, seinen Brief zu lesen. Er steckte sie beide zu sich und jagte davon an die

231

Spitze seiner Leute, die ihm schon vorausgeritten waren.

Man war im Anmarsch auf den in der Nähe liegenden Feind, dem schon die Infanterie dicht gegenüberlag, die auf Verstärkung wartete.

Unterwegs öffnete Rainer aber doch seinen Brief, durchdrungen von der Sehnsucht, etwas von seiner jungen Frau zu hören.

Nachdem er ihn verstohlen an sein Herz gedrückt hatte, entfaltete er ihn und las:

»Mein heißgeliebter Mann! Heute erhielten wir, Josepha und ich, endlich nach langem, sehnsüchtigem Harren Briefe von Dir und Rudi. Josepha konnte aber ihren Brief noch nicht lesen.

Sie hat in den Morgenstunden einem prächtigen, kleinen Knaben das Leben gegeben. Es ging alles gut, nur ist sie jetzt ein wenig matt, und wir haben ihr Rudis Brief unter das Kopfkissen legen müssen. Sobald sie sich ein wenig erholt hat, will sie ihn lesen. Daß Rudi wohl und gesund ist, wissen wir ja aus Deinem Brief, mein Rainer, und das habe ich Josepha gesagt.

Mama wollte mich gar nicht in Josephas Nähe dulden, seit gestern aber habe ich mich nicht fortschicken lassen und tapfer meinen Platz behauptet. Und ich war die erste, die nach der glücklichen Großmama den kleinen Grafen Haßbach auf den Armen halten durfte. Ach, was ist das für ein wunderniedliches, kleines Menschlein, dies Gräflein Haßbach. So rührend hilflos tasten sich seine kleine Hände in der Welt zurecht, und seine Äuglein blicken um sich, als wollten sie uns fragen: Wer seid ihr denn, ihr großen Menschen, die ihr mich so närrisch anstaunt? Ich habe weinen und lachen müssen, als ich das Büblein ins Nebenzimmer zum Großpapa trug, der ungeduldig auf die Bekanntschaft mit seinem Enkelchen wartete. Und der glückliche Großpapa hat geweint. Ja,

Rainer – ich sah es ganz deutlich, daß er sich eine Träne fortwischte. So erschüttert und erfreut war er zugleich. Und nun dreht sich natürlich alles in ganz Hohenegg um Mutter und Kind, und fast könnten wir darüber Krieg und Not vergessen, wenn uns Eure Abwesenheit nicht immer wieder daran erinnerte. Ach, mein Rainer! – Aber nein – ich bin schon wieder ganz tapfer.

Josepha fühlte sich bis gestern abend ganz wohl, sie hat sogar noch einen langen Brief an Rudi geschrieben, und dieser Brief geht heute mit dem meinen zusammen ab an Euch. Vorhin hat Josepha mit Bleistift noch einige Worte unter ihren Brief an Rudi gekritzelt mit ihren noch etwas schwachen Händen. Alles andere soll ich Dir melden, damit Du es Rudi sagen und ihn beruhigen kannst.

Also bis auf die natürliche Mattigkeit ist Josepha ganz wohl und sieht so reizend mütterlich aus, mit dem spitzenbesetzten Himmelbettchen ihres Erbprinzen neben sich. Und der junge Graf gibt eben ein Konzert zum besten, das seine gesunde Lunge und seine Energie beweist. Wir lauschen alle dieser hellen Kinderstimme wie einer Friedensbotschaft. Ach – daß sie uns den Frieden kündete, daß das heiße Sehnen unsrer Herzen bald Erfüllung fände, mein geliebter Rainer.

Von Deutschland habe ich gute Nachrichten. Rose schickt mir täglich Zeitungen und berichtet mir treulich über meinen Bruder Hasso. Die Deutschen haben viele Siege in Belgien und Frankreich zu verzeichnen, und mein Bruder ist schon mit dem Eisernen Kreuz ausgezeichnet worden für hervorragende Tapferkeit. Wir sprechen uns wechselseitig Mut zu, Rose und ich. Das haben wir auch nötig, denn bei aller Tapferkeit, mein geliebter Mann, ist das Warten und Bangen so furchtbar schwer. Ich fahre oft nach Villau hinüber, um nach dem Rechten zu sehen. Und wenn ich dort durch die trauten Räume wandle, die alle mein junges, stolzes und tiefes Glück gesehen haben, dann wird die Sehnsucht nach Dir so groß, daß ich gleich davonlaufen möchte, um Dich zu suchen, mein Rainer. Aber ich kehre doch immer wieder tapfer und ruhig nach Hohenegg zurück.

Und nun muß ich für heute schließen. Die Briefe müssen zur Post. Hoffentlich erreichen sie Euch bald. Das ist Josepha so schmerzlich, daß Rudi nun erst nach langen Tagen erfahren wird, daß er einen Sohn hat.

Mama und Papa, die glückseligsten Großeltern, die Du Dir denken kannst, und Josepha lassen Dich herzinnig grüßen und küssen. Und Bubi trompetet wohl nur so eifrig, weil ich auch von ihm einen Gruß an Onkel Rainer bestellen soll. Mit seiner Tante Rita ist er, glaube ich, ganz zufrieden. Er ist auch ein zu niedlicher, kleiner Kerl. Gleich gehe ich wieder zu ihm, wenn mein Brief an Dich fertig ist.

Und nun leb' wohl, mein heißgeliebter Mann. Gott schütze und behüte Dich auf allen Deinen Wegen. Ich küsse Dich heiß und innig und bete für ein baldiges, frohes Wiedersehen.   Deine Rita.«

Bald standen die Truppen dem Feind gegenüber – unter bewölktem Himmel tobte eine neue, furchtbare Schlacht. Die Österreicher kämpften gegen eine doppelte Übermacht, aber sie wichen und wankten nicht und schlugen sich mit großer Kühnheit und Todesverachtung.

Und endlich war der überlegene Feind in die Flucht geschlagen worden. In wilder Unordnung alles, was noch Widerstand leistete, mit sich fortreißend, flohen die Russen, verfolgt von den siegreichen Österreichern, so weit es möglich war. Tausende von Gefangenen wurden gemacht, Waffen und Fahnen erbeutet. Sieg! Sieg!

Nun konnte man sich einmal besinnen nach langen Stunden. Den ganzen Tag hatte das Ringen gedauert und schon stieg die Dämmerung herauf.

Für heute gab es Ruhe. Man konnte aufatmen und sich stärken. Hungrig liefen die Mannschaften zur Feldküche. Seit dem frühen Morgen hatten sie nicht Zeit gehabt, einen Bissen zu essen, einen Schluck zu trinken.

Baron Rainer von Hohenegg hatte ein Schrapnellschuß den rechten Arm verletzt, daß er unfähig war, den Arm zu bewegen. Nach Anlegen eines Verbandes wurde er jedoch entlassen. Trotzdem er sich matt und elend fühlte, wollte er sich erst noch nach seinem Schwager Rudi umsehen, ehe er sich ausruhte. Kaum hatte er sich, den Arm in der Binde, von der Ambulanz entfernt, als sich ihm ein sehr junger, kaum dem Knabenalter entwachsener Offizier näherte, dem eine Kugel einen Finger weggerissen hatte und der ziemlich blaß aussah, aber den Schmerz verbiß.

»Herr Rittmeister von Hohenegg!«

»Kamerad? Auch verwundet?«

»Ein Finger weniger an der linken Hand. Das wird mich nicht hindern, bald wieder in die Reihen zu treten. Und Sie, Herr Rittmeister?«

»Schrapnellschuß. Leider in den rechten Arm. Ich bin vorläufig kampfunfähig. Hoffentlich nicht auf lange.«

»Hoffentlich! Aber ich hielt Sie an, Herr Rittmeister, um Ihnen die betrübende Mitteilung zu machen, daß Ihr Schwager, Graf Haßbach, schwer verwundet drüben im Sanitätszelt liegt.«

Rainer erschrak und faßte an die Kopfbedeckung.

»Vielen Dank, Herr Leutnant. Wollen Sie mir, bitte, sagen, wo ich ihn finde, daß ich nicht erst lange suchen muß?«

Sie gingen schnell nebeneinander auf das große Sanitätszelt zu.

»Sie sagen, schwer verwundet, Herr Leutnant?«

fragte Rainer erregt.

»Ja, Herr Rittmeister, Lungenschuß.«

Rainer faßte unwillkürlich nach Josephas Brief, den er Rudi noch nicht hatte geben können.

»Arme Josepha«, dachte er und biß die Zähne zusammen.

Wenige Minuten später stand er an dem Lager, auf das man Graf Rudi Haßbach gebettet hatte. Er lag mit geschlossenen Augen, blaß wie ein Toter.

Der Arzt machte Rainer ein Zeichen und trat mit ihm zur Seite.

»Da ist keine Hoffnung, Herr Rittmeister. Einige Stunden noch – dann ist es vorüber. Ich sage Ihnen das, falls es für Ihren Schwager noch etwas Wichtiges zu regeln gibt.«

Rainers Gesicht zuckte wie im Krampf. Auf seinem Herzen ruhte der Brief, in dem Kunde enthalten war, daß Josepha einem Sohn das Leben gegeben hatte – und hier lag der junge Vater – sein bester Freund –, der heißgeliebte Gatte seiner Schwester – todwund geschossen.

Einen Moment wankte Rainer, den die Anstrengung und der Blutverlust geschwächt hatten, als verliere er den Boden unter den Füßen. Sich mühsam fassend dankte er dem Arzt und trat dicht an Rudis Lager heran.

»Rudi – lieber Rudi!« sagte er leise.

Der schlug die Augen auf – und lächelte, mit seinem alten, frohen Ausdruck.

»Da bist du, Rainer, hast auch einen kleinen Denkzettel abbekommen?«

»Ja, Rudi – aber es ist nicht schlimm«, antwortete Rainer, seiner Stimme Festigkeit gebend.

»Das war ein heißes Stückerl Arbeit, Rainer – aber nun müssen wir zwei Blessierten wohl ein bisserl pausieren. Gelt – leicht bekommen wir nun Heimaturlaub, bis wir

236

wieder dreinschlagen können.«

Rainer schluckte krampfhaft. »Ja, Rudi, ein bisserl stad müssen wir schon sein.«

»Geh, setz' dich da zu meinen Füßen, wenn du nicht zu müd bist.«

Rainer ließ sich behutsam am Fußende des Lagers nieder. »Ich bin nicht müde, Rudi. Und ich habe gute Nachrichten für dich. Da schau her – ein Brief von deinem Sepherl, ich trag ihn seit dem Morgen mit mir herum, hatte erst vorhin Zeit, in meinem Brief von Rita zu lesen.«

Rudi faßte matt, aber froh lächelnd, nach dem Briefe.

»Mein liebes Sepherl«, sagte er und drückte den Brief an seine Lippen.

Langsam öffnete er ihn. Aber Rainer legte die Hand auf seinen Arm.

»Wart ein wenig, Rudi. Ehe du liest, muß ich dir noch etwas Wunderschönes verkünden, was mir Rita geschrieben hat. Aber ganz ruhig mußt du dabei sein, Rudi. Also merk auf! Das Sepherl hat einen Jungen – du bist Vater geworden, Rudi.«

Graf Rudi wollte sich rasch emporrichten, konnte aber nicht. Er sank wieder zurück.

»Rainer – ist das wahr? Mein Sepherl – einen Buben hab ich – und ich kann nicht einmal einen Jauchzer ausstoßen, weil da drinnen etwas wund und weh ist. Mein Sepherl – mein Sepherl – eine kleine Mama – wo ist denn der Brief – stütz' mich ein bisserl, Rainer, daß ich ihn lesen kann.«

Aber er konnte die Schriftzüge nicht erkennen, es dunkelte ihm vor den Augen. Er ließ den Brief sinken.

»Es geht nicht, Rainer – ich kann nicht lesen. Lies du mir vor, was mein Sepherl schreibt, ich kann es nicht erwarten.«

Rainer mußte sich gewaltsam zur Ruhe zwingen. Erst erzählte er Rudi in kurzen Worten, was Rita ihm geschrieben hatte. Dann erst las er ihm Josephas Brief vor. Mit leuchtenden Augen hörte Rudi auf die letzten Liebesworte seines jungen Weibes, die er vernehmen sollte. Und als Rainer die letzten, mit Bleistift geschriebenen Worte Josephas las:

»Wir haben einen Buben, mein Herzensmann. Rudi soll er heißen und lachen soll er lernen, wie Du. Gelt, mein Rudi, stolz wollen wir auf unsern Buben sein?«

Da rang sich ein Lachen aus Graf Rudis todwunder Brust, ein heiseres, aber glückliches Lachen.

»Ja, mein Sepherl – lachen soll der Bub – wie du und ich – gelt, Rainer. – Ach – daß sie nur das Lachen nicht verlernt!«

Noch einmal kam das glückliche, tonlose Lachen aus seiner Brust – aber kaum war es heraus – da schoß ein dunkler Blutstrom aus seinem Munde.

Er bäumte sich auf, als wehre er sich gegen einen unsichtbaren Feind. »Sepherl – der Bub!« keuchte er noch einmal. Aber die Augen verloren schon den Glanz. Sie brachen in Todesnot.

Mit einem letzten Seufzer streckte er sich lang aus.

Graf Rudi Haßbach war tot.

Bis in die tiefste Seele erschüttert drückte ihm Rainer die Augen zu und sank kraftlos auf dem Rande des Lagers nieder.

Eine Schwester war herbeigekommen und deckte ein weißes Linnen über die stille Gestalt.

Darunter lag er nun, sein allzeit froher und frischer Kamerad, an dem alles so voll starken, gesunden Lebens gewesen war. Eine tückische Kugel hatte diesen Sonnenmenschen ins Schattenreich hinabgesandt und die lachenden Augen für immer geschlossen.

Und Josepha? –

Das wagte er nicht auszudenken, wie die geliebte Schwester diesen Verlust ertragen würde.

Dann bat er die Schwester, ihm einige Worte in sein Notizbuch zu schreiben – die letzten Worte Rudis, von denen ihm keins verloren gehen sollte für Josepha.

Auch ließ er sich von der Schwester eine Haarsträhne von Rudis Haupt schneiden; die barg er sorgsam in seinem Notizbuch, damit er sie Josepha bringen konnte als letztes Andenken. Rudis Brieftasche und Uhr und Trauring wurden ihm ebenfalls ausgeliefert.

Da er vorläufig kampfunfähig war, wurde er bis zur völligen Herstellung beurlaubt. Und so beschloß er, selbst nach Hohenegg zu reisen und die Todesnachricht des Schwagers dorthin zu bringen.

Mit viel Mühe und Anstrengung gelang es ihm, Rudi Haßbachs Leiche bis zur nächsten Stadt mit sich zu führen. Dort konnte er ihn vorschriftsmäßig einsargen und nach Hohenegg transportieren lassen.

Von Wien aus depeschierte er an seinen Vater:

»Bin leichtverwundet auf dem Heimweg. Eintreffe im Laufe des Nachmittags. Bitte Rita und Josepha vorzubereiten. Für Josepha traurige Nachricht. Alles andere mündlich. Rainer.«

Rainer war daheim angekommen. Rita war glücklich, trotzdem ihr Mann verwundet war. Aber nun mußte er ihnen berichten.

»Nun sprich, Rainer – was bringst du für Nachricht von Rudi?«

Rainer schlang den gesunden Arm um Rita, die ihn bleich und angstvoll anblickte. Mit traurigen Augen sah er den Vater an.

»Papa – noch nie in meinem Leben habe ich mich vor etwas so gefürchtet wie vor der Botschaft, die ich euch bringen muß.«

Der alte Herr atmete schwer.

»Sprich es aus, Rainer – es gibt ja nur eine Deutung nach alledem – Rudi ist gefallen?«

Rainer drückte Rita fest an sich und nickte.

»Ja – Rudi ist tot. Er erhielt einen Schuß in die Lunge. Ich war bei ihm, als er starb. Er glaubte nicht, daß es mit ihm zu Ende ging. Lachend ist er in den Tod gegangen – im glücklichen Bewußtsein, einen Sohn zu haben. Diese Kunde brachte ich ihm an sein Sterbelager.«

Rita weinte erschüttert, und auch die beiden Herren konnten nur mühsam ihre Fassung behaupten.

»Arme Josepha«, sagte der Baron endlich leise.

»Ja – arme Josepha. So habe ich auch unablässig denken müssen, Papa, seit ich Rudi die Augen schloß zum letzten Schlummer. Es ist mir gelungen, seine sterblichen Überreste vorschriftsmäßig einsargen zu lassen. Der stille Schläfer ist auf der Reise hierher. Das wenigstens wollte ich Josepha ermöglichen, daß sie am Grabe ihres Gatten beten kann.«

Lange war es still zwischen den drei Menschen. Rita weinte leise vor sich hin. Sie zitterte schon bei dem Gedanken, daß sie Rainer, wenn er geheilt war, wieder ziehen lassen mußte, vielleicht einem gleichen Schicksal entgegen, wie es Rudi betroffen hatte. Und zugleich bangte ihr vor dem Moment, wo Josepha erfahren mußte, wie arm sie geworden war. –

Rainer vermochte den angstvoll forschenden Blick der Schwester nicht zu ertragen. Ein gequälter, verstörter Ausdruck lag auf seinem Gesicht. Vergebens versuchte er zu sprechen – eine barmherzige Lüge –, aber ein Krampf drückte ihm die Kehle zusammen.

Da richtete sich Josepha plötzlich mit einem Ruck empor und starrte ihn an. Und wie im Wahnsinn rüttelte sie an seinem gesunden Arm.

»So sprich doch! Siehst du nicht, daß ich wie von Sinnen bin vor Angst und Unruhe? Was ist mit meinem Rudi?«

Wie ein Schrei brach es aus ihrer Brust. Ihre Eltern umfaßten sie.

»Ruhe, Fassung, mein Kind, du schadest dir. Sei doch ruhig«, flehte die Mutter.

Aber Josepha starrte Rainer wie von Sinnen an.

»Sprich doch! Martere mich nicht so entsetzlich! Sag die Wahrheit. Was ist mit meinem Rudi – ich merk es euch ja an, es ist etwas mit ihm. Rainer – es ist doch nicht – nein, nein – sag mir doch – er lebt – ja – er lebt? Ach – nur leben soll er mir!« rief sie außer sich.

Da stürzte Josepha auf Rita zu und schüttelte sie wie eine Verzweifelte.

»Sei du barmherzig, Rita, du kannst mich verstehen – sag du mir, daß mein Rudi lebt.«

Da sah sie Rita traurig an. Jetzt war die Wahrheit nicht mehr zu verhehlen. Und weinend schüttelte sie den Kopf.

Fassungslos sah Josepha dies Kopfschütteln, das ihr jede Hoffnung nahm.

»Tot! Tot! Mein Rudi tot! O du grausamer Gott!« schrie sie auf. Und ehe man sie halten konnte, brach sie ohnmächtig zusammen. –

Endlich – fünf Tage nach Rainers Rückkehr – fiel Josephas Fieber. Die junge Frau verfiel in einen tiefen Schlaf, der fast zwei Tage und zwei Nächte anhielt. Und dieser kräftigende Schlaf brachte ihr Genesung.

Aber es war eine andere Josepha, die aus der Bewußtlosigkeit dieser Tage zu einem neuen Leben erwachte. All der lachende Frohsinn ihres Wesens war verschwunden. Sie war ein stilles, blasses Weib geworden, das mit großen traurigen Augen vor sich hin sah. Und wenn man ihr das kleine Wesen reichte, dem sie Mutter war, da zuckte ein wehes – ach so wehes Lächeln um ihren Mund.

Inzwischen war der Sarg mit den sterblichen Überresten ihres Gatten eingetroffen. Sie bettelte so lange, bis man sie an diesen Sarg führte. Keine Träne kam ihr. Sie strich nur wieder und wieder mit zitternden

Händen darüber hin, legte ihr Gesicht an das kühle Metall und flüsterte mit gebrochener Stimme zärtliche Worte.

Man mußte sie gewaltsam fortführen.

Am nächsten Tage wurde Graf Rudi Haßbach in der Familiengruft der Hoheneggs beigesetzt.

Als man dann die unglückliche junge Witwe in ihre Zimmer zurückgebracht hatte und Rita sich liebevoll um sie mühte, faßte sie deren Hand und sagte mit gebrochener, tonloser Stimme:

»Geh mit deinem Rainer nach Villau, Rita – ich möchte euch nicht beneiden und muß es doch tun, wenn ich euch beisammen sehe. Geht nach Villau – und geizt mit jeder Minute, mit jeder Sekunde, die euch das Schicksal gönnt.«

Heute hatte Rose von Rita einen Brief bekommen, in welchem ihr diese von Graf Rudi Haßbachs Ende und von Rainers Verwundung berichtete. Auch darüber hatte sie geschrieben, wie Josepha unter dem Schlag gelitten.

Da war Rose das Herz recht schwer geworden, und sie sehnte sich nach einem Menschen, mit dem sie sprechen konnte.

Nach Hassos Wunsch hatte sie die Zimmer seiner verstorbenen Mutter bezogen. Und für Hasso waren die seines Vaters hergerichtet worden.

Durch diese Zimmer schritt Rose täglich. Auch heute lenkte sie ihre Schritte dorthin.

Im Arbeitszimmer hatte auch der von Berlin herübergeschickte Schreibtisch mit der versenkbaren Platte Platz gefunden. Er war Hasso bei seinen Arbeiten unentbehrlich.

Ach, wie oft legte Rose ihre Wange auf die Stelle, wo seine Hände geruht hatten.

Hierher in dies Zimmer flüchtete sie sich auch, wenn

sie einen Brief von Hasso erhielt. In den Sessel vor seinem Schreibtisch geschmiegt las sie seine herzlichen, innigen Worte. Und des Abends saß sie hier allein und las wieder und wieder all seine Briefe. Sie konnte sie nicht genug lesen.

Trina ging die Arbeit nicht so recht von der Hand. Sie sah einmal ums andere nach der Uhr und dann wieder in Roses Gesicht. Die junge gnädige Frau wickelte Wollknäuel auf und schien so vertieft in ihre Arbeit, daß sie wohl gar nicht merkte, daß die Uhr schon auf fünf stand. Und gegen fünf Uhr kam doch noch einmal der Briefträger. Man hob für ihn immer warmen Kaffee und Butterbrote auf.

Ob er heute kam und etwas brachte? Seit vier Tagen war nichts vom gnädigen Herrn und vom Frieder gekommen. Ob die gnädige Frau nicht auch sehr unruhig war?

Trina seufzte tief und schwer.

Da sah Rose auf, in ihre erwartungsvollen Augen hinein. Und dann blickte sie zur Uhr hinüber und nickte Trina zu, als wollte sie Antwort geben auf eine stumme Frage.

Ei, da war Trina schnell auf den Füßen und eilte hinaus, um nach dem Briefträger Ausschau zu halten.

Und gerade kam er über den Platz vor dem Schloß und schwenkte mit der Mütze. Das war ein verabredetes Signal und hieß:

»Ich bringe etwas.« Trina lief ihm entgegen.

»Für mich, Habermann?«

»Jawohl, auch für Sie eine Karte vom Frieder. Und hier ist auch ein Brief für die gnädige Frau. Nee, nee, Trina, den gebe ich selber ab an die junge Gnädige – man will auch sein Vergnügen haben.«

Er gab Trina nur die Karte und stampfte weiter.

Trina blieb unter der Portallampe stehen und las:

»Liebe Trina! Uns geht es gut, der gnädige Herr

fliegt man immer zwischen Kugeln und Granaten, aber das macht nichts. Wir kriegen sie doch noch unter, die Franzmänner. Laß Dich's man gut gehen, Trina, und tu Dich nicht schaden. Viele Grüße, Dein Frieder.«

So, nun hatte Trina ihr Teil weg. Und nun hastete sie hinter dem alten Habermann her in die Gesindestube. Der gnädigen Frau glückstrahlendes Gesicht wollte sie doch auch sehen.

Sie kam gerade noch zurecht. Rose nahm Habermann den Brief ab und ging dann hinauf.

Habermann wurde bewirtet und mußte Neuigkeiten auskramen.

Rose war in Hassos Zimmer gegangen, um dort seinen Brief zu lesen.

»Meine geliebte Rose! Endlich kann ich an Dich schreiben. Zuerst will ich es Dir wieder sagen, daß ich Dich liebe! – Es ist mitten in der Nacht und alles um mich her, außer den Wachen, schläft den Schlaf tiefster Erschöpfung. Heiße, schwere Tage liegen hinter uns und wieder haben unsere Truppen fast Übermenschliches geleistet.

Gestern habe ich mit Hans von Axemberg eine schlimme Fahrt gehabt. Aber gottlob sind wir noch gut davongekommen.

Wir hatten unsre Aufgabe erfüllt. Endlich konnten wir auf unserem Flugplatz landen. Wir waren in Sicherheit. Freund Hans hatte bei dem mörderischen Feuer, dem wir ausgesetzt waren, einen Schuß in die linke Schulter bekommen.

Gottlob ist seine Wunde nur leicht. Du siehst, meine süße Frau, Gott hat mich abermals wunderbar beschützt. Sei nicht bange, nicht verzagt. Ich habe ja so viel – so viel versäumt, und nun brennt die Sehnsucht in mir, das Versäumte nachzuholen. Gute Nacht, Süße, Liebe. –

Ich küsse Deinen Mund, Deine Augen, Deine lieben Hände. Auf Wiedersehen, meine süße Frau!

Dein Hasso.«

Wieder und wieder las Rose diesen Brief. Sie zitterte bei dem Gedanken an die Gefahr, in der Hasso wieder geschwebt hatte. Innig drückte sie das Schreiben an ihr Herz, an ihre Lippen.

Und dann falteten sich ihre Hände zum Gebet.

»Schenke uns baldigen Frieden, lieber Vater im Himmel, hilf uns, daß wir all die schweren Opfer nicht umsonst brachten. Gib der gerechten Sache den Sieg und beende diesen furchtbaren Krieg.«

Sie wagte es nicht, egoistisch um das eigene Glück zu beten. Ringsum waren furchtbare Opfer gebracht worden, so manches Glück war vernichtet. Jedem erscheint das eigene Geschick am wichtigsten. Selbst in dieser großen Zeit des gemeinsamen Opferns fühlte jedes Herz den eigenen Schmerz am tiefsten. –

Wieder waren Wochen vergangen. Antwerpen war gefallen und die deutschen Truppen hatten dort ihren Einzug gehalten. Aber in langen Reihen standen sich, quer durch Frankreich, die deutschen und französischen Truppen in schier endlosen Kämpfen gegenüber. Die belgische Regierung war nach Havre in Frankreich geflohen, während Antwerpen und fast ganz Belgien schon unter deutscher Regierung stand.

Hasso hatte wiederholt die gefährlichsten Flüge unternommen und Hans von Axemberg war sein treuer Begleiter auf all diesen Flügen. Als sie wieder eines Tages zurückkehrten ins Lager, war ihnen der Aeroplan so arg zerschossen worden, daß sie nur mit Mühe hatten zurückkehren können. Die Landung vollzog sich sehr jäh, einem Absturz gleichend. Aber zum Glück konnten sich die beiden kühnen Offiziere durch einen geschickten Absprung retten und blieben unversehrt.

Exzellenz von Bogendorf erwartete sie, und nachdem sie ihre Meldungen gemacht hatten und sich entfernen wollten, hielt sie Exzellenz zurück.

»Ich habe noch mit Ihnen zu sprechen, meine Herren. Was ich Ihnen zu sagen habe, wird Ihnen vielleicht ein wenig gegen den Strich gehen – aber das hilft nichts. Also kurz und gut – wir müssen uns jetzt hier ohne Ihre Dienste weiter behelfen. Sie, meine Herren, werden jetzt an anderer Stelle notwendiger gebraucht als hier im Feldlager. Wir müssen unsre Luftflotte nach Kräften verstärken, denn sie soll uns im Kampf gegen England noch große Dienste leisten. Und deshalb, Herr Hauptmann von Falkenried, sollen Sie jetzt nach Hause zurückkehren, mit ihren geschicktesten Monteuren und den Leuten, die Sie nötig brauchen, und dort mit vollen Kräften an Ihren Apparaten bauen.«

Hasso sah ihn betroffen an.

»Exzellenz – jetzt soll ich heimkehren, mitten im Krieg?«

»Ich dachte es mir, daß Ihnen das gegen den Strich gehen würde. Aber ich kann Ihnen nicht helfen. Sie sind jetzt an anderer Stelle nötiger. Also frisch an die Arbeit, Herr Hauptmann. Sie sollen sich noch heute auf die Heimreise begeben mit Ihren Leuten und sofort mit Volldampf an die Arbeit gehen. Sehen Sie zu, daß Sie in Berlin noch mehr Leute engagieren können. Je mehr Sie schaffen können, desto mehr nützen Sie dem Vaterland.«

Hasso atmete tief auf.

»Wie Exzellenz befehlen – ich gehe an den Platz, wohin mich die Pflicht stellt.«

»Bravo, Herr Hauptmann. Und – Ihr treuer Begleiter, Oberleutnant von Axemberg, soll mit Ihnen gehen. Nicht nach Falkenried, sondern nach Berlin. Dort soll er als Lehrer für junge Offiziere tätig sein, die als Beobachter Dienste tun sollen. Ich hatte wiederholt Gelegenheit, Ihr Geschick als Lehrmeister zu beobachten, Herr Oberleutnant. Auch Ihnen muß ich sagen: Jeder an den Platz, wo er dem Vaterland am meisten nützen kann.«

Hans von Axemberg schlug die Hacken zusammen.

»Wie Exzellenz befehlen.«

»Gut, meine Herren. Und um Ihnen diese bittere Pille ein wenig zu versüßen, mache ich Ihnen, Herr Hauptmann von Falkenried, die Mitteilung, daß Sie zum Major befördert sind. Und Sie, Herr Oberleutnant von Axemberg, sind zum Hauptmann befördert. Herr Major von Falkenried – Herr Hauptmann von Axemberg –, nehmen Sie meinen Glückwunsch zu dieser wohlverdienten Beförderung entgegen. Und nun – leben Sie wohl, meine Herren. Sie werden mir fehlen – aber das hilft nichts. Nun vorwärts zu weiteren Taten.«

Damit waren die beiden Offiziere entlassen.

Schweigend gingen sie, um sich für die Abreise bereitzumachen, reichten sich die Hände und sahen sich aufatmend an.

»Dann hilft es nichts, Hasso«, sagte Hans halb lachend, halb ärgerlich.

Er suchte seinen künftigen Schwiegervater auf, um sich von ihm zu verabschieden. Hasso fuhr hinüber zur Fliegerstation, um seine Leute auszusuchen. Unter andern nahm er auch den Frieder mit, der sich unter seiner Leitung zu einem geschickten Arbeiter entwickelt hatte. Er hoffte, ihn gut gebrauchen zu können.

Wenige Stunden später waren die beiden Offiziere mit den von Hasso ausgesuchten Leuten schon fertig zur Heimreise.

Rose schritt über den Gutshof, als ihr eine Depesche gebracht wurde. Und als sie die wenigen Worte gelesen hatte, erzitterte sie und mußte sich auf einen im Wege stehenden Handwagen stützen. Sie wischte über die Augen als fürchte sie, falsch gelesen zu haben. Aber nein, da stand es klar und deutlich:

»Bin auf dem Heimweg nach Falkenried in Frankfurt a. M. eingetroffen. Hoffe in zwei bis drei Tagen in Falkenried zu sein, um dort zu arbeiten. Bald hab' ich dich wieder. Frieder bringe ich auch mit.

Dein Hasso.«

Rose war wie gelähmt vor freudigem Schreck. Zu jäh und unverhofft kam ihr dieses Glück. Noch vor wenigen Tagen hatte sie Nachricht von Hasso aus Feindesland, und kein Wort deutete in diesem Brief auf seine Heimkehr. Und nun? Hasso kam zurück nach Falkenried? Jetzt, mitten im Krieg?

Um zu arbeiten. So stand in dem Telegramm. Sie drückte die Hände aufs Herz.

»Vater im Himmel – Vater im Himmel!«

Und dann raffte sie sich auf und lief wie gejagt ins Haus.

»Trina! Trina!« rief sie mit jauchzender Stimme.

Trina kam herbeigeeilt.

Rose schwenkte ihr glückstrahlend die Depesche entgegen.

»Trina, der gnädige Herr kommt heim, in zwei Tagen. Und er bringt den Frieder mit!«

Trina schlug die Hände zusammen und lachte und weinte durcheinander.

»Ist's denn auch wahr, gnä' Frau?«

»Ja, Trina – ja. Nun schnell – sag es den Leuten. Und alle Hände ans Werk, um das Haus zu richten, damit alles bereit ist. Ich laufe zum Verwalter hinüber, um es ihm zu sagen.«

Da wurde es nun mit einem Schlage wieder lebendig in Falkenried. Alle Hände regten sich, um dem gnädigen Herrn einen festlichen Empfang zu bereiten. In den ersten Trubel hinein kam an Rose ein Brief von Rita.

»Meine geliebte Rose! Dir muß ich nun endlich melden, daß mein Rainer nicht wieder in den Krieg ziehen muß. Sein rechter Arm ist wohl geheilt, aber trotz aller Massagen und Kuren ist er steif geblieben; er kann ihn nur mit Mühe bewegen, weil eine Sehne verletzt war. Die Ärzte sagen, es kann mit den Jahren wieder besser werden; aber jetzt ist nicht daran zu denken, daß er wieder Dienst tun kann. Rainer ist sehr betrübt darüber; noch ist ja Österreich von Feinden bedroht, und es quält ihn, daß er nun tatenlos daheimbleiben muß. Aber ich – ach, meine Rose – Dir kann ich es ja gestehen –, ich danke Gott dafür, daß er nicht wieder fort muß. Wenn ich an unsre arme Josepha denke, da komme ich mir unsagbar reich und beneidenswert vor. Möchte doch bald Frieden werden, daß in alle Herzen wieder Ruhe kommt.

Hast Du Nachricht von Hasso? Hoffentlich ist er gesund und unverletzt. Bitte, schreib mir bald wieder.

Leb wohl, meine Rose! Grüße Hasso herzlich, wenn Du ihm schreibst.

Deine Rita.«

Rose antwortete auf diesen Brief mit einem Telegramm.

»Hasso meldet mir eben seine bevorstehende Ankunft in Falkenried. Sobald er angekommen, berichte ich mehr. Rose.«

Viel zu langsam vergingen die beiden Tage bis zu Hassos Ankunft. Von Berlin kam dann ein zweites Telegramm, in dem Hasso seine Ankunft für die vierte Nachmittagsstunde meldete.

Rose wäre zu gern nach dem Bahnhof gefahren. Aber sie dachte daran, daß ihr Hasso einmal geschrieben hatte, daß er sich ausmalte, wie sie ihn am Parktor in einem weißen Kleide empfangen würde.

Und sie hatte für ihn ein weißes Tuchkleid angelegt und lief darin bis zum Parktor, trotzdem es kalt war. Sie fror nicht.

Nicht zwei Minuten mußte sie warten, bis sie den Wagen kommen sah. Der Wagen hielt – und Hasso sprang heraus. Rose flog auf ihn zu – er fing sie in seinen Armen auf und preßte sie innig an sich. Sie sahen sich in die Augen, heiß und tief, und die Blicke wollten nicht voneinander lassen.

»Meine süße Rose! Hab’ ich dich endlich wieder! Nun lasse ich dich nimmer, nun bist du mein mit Leib und Seele für alle Zeit«, flüsterte er mit tiefer Zärtlichkeit und küßte sie wieder und wieder.

Und hinter Rose war Trina vom Schloßportal herübergelaufen, wo die Leute sich aufgestellt hatten, um den gnädigen Herrn zu begrüßen. Und vom Kutschbock war der Frieder herabgesprungen und hielt nun die Trina in seinen Armen. Sie kümmerten sich so wenig wie ihre Herrschaft um das, was um sie her vorging.

Lange hielt Hasso die bebende Gestalt seiner jungen Frau in den Armen und sah immer wieder voll heißer Zärtlichkeit in ihr liebes, erglühendes Gesicht.

Endlich löste sie sich aber aus seinen Armen und sah verwirrt um sich.

»Die Leute, Hasso.«

Da atmete er auf, zog ihren Arm durch den seinen und ging mit ihr hinüber. Drüben wurde er mit Herzlichkeit von seinen Leuten begrüßt. Er schüttelte all die Hände, die sich ihm entgegenstreckten. Den Verwalter Colmar aber umarmte er.

»Sie haben meiner Frau so wacker beigestanden, lieber Colmar. Ich danke Ihnen. Und – wie geht es Ihnen und Ihrer lieben Frau? Haben Sie den schmerzlichen Verlust ein wenig verwunden?«

Colmar atmete tief auf.

»Ich habe mein Liebstes dem Vaterland geopfert, ohne mit dem Schicksal zu hadern, gnädiger Herr. Will's Gott, erziehen wir auch unsern Adoptivsohn zu einem braven Mann, wie es unser Fritz gewesen ist.«

Hasso trat an Frau Colmar heran und drückte bewegt ihre Hände.

»Sind Sie für immer heimgekommen, Herr Baron?« fragte Colmar.

Hasso gab ihm Bescheid, welche Aufgabe ihm zuerteilt war.

Rose hörte es, und sie hätte aufjubeln mögen vor Glückseligkeit. Wußte sie doch nun, daß Hasso für immer heimgekehrt war. Wie dankbar war sie dem Schicksal. –

Dann ging Hasso mit Rose ins Haus. Sie waren nun allein in dem trauten Wohnzimmer. Auf derselben Stelle standen sie, wo Hasso Rose beim Abschied gesagt hatte, daß er sie liebte. Und da zog er sie auch heute wieder in seine Arme mit leidenschaftlicher Innigkeit und küßte sie, wie der Mann das Weib seiner Liebe küßt.

Rose lag glückselig an seinem Herzen und lauschte auf die heißen, zärtlichen Worte ihres Gatten.

So voll Glück und Sonne war plötzlich ihr Leben nach aller Qual und Not. Sie dankte innig dem Schicksal, das ihr das höchste Opfer nicht abgefordert hatte wie vielen tausend Frauen. Viel hatten sie sich zu sagen. Auch von Rita und Rainer sprachen sie und von der armen Josepha.

Hasso erzählte von Hans von Axemberg. Dieser hatte unterwegs Rola von Steinberg im Lazarett aufgesucht.

»Sie wird, sobald sie abgelöst werden kann, heimkommen und sich mit Hans vermählen. Und dann wollen sie eine Hochzeitsreise von zwei Tagen machen – nach Falkenried«, sagte Hasso lächelnd.

»Nur auf zwei Tage?« fragte Rose.

»Ja, meine Rose. Hans ist ja im Dienst wie ich und wird

sich nicht länger Urlaub nehmen wollen und können. Du wirst auch von mir nicht viel haben, meine süße Frau – ich muß mit großem Eifer an die Arbeit gehen und werde von früh bis spät drüben auf dem Flugplatz sein.«

»Wenn du nur in Falkenried bist – dann will ich schon zufrieden sein.«

»Ein freudiges Schaffen soll das werden, meine Rose.«

Fest umschlungen saßen sie noch lange und sprachen von dem, was ihre Seelen bewegte.

Hasso hatte selbst seiner Schwester und seinem Schwager geschrieben, daß und warum er in Falkenried war. Daraufhin hatte es Rita keine Ruhe gelassen. Sie bat ihren Gatten, auf kurze Zeit mit ihr nach Falkenried zu gehen, damit sie den Bruder wiedersehen und am Grabe ihrer Eltern beten konnte.

Noch ein anderes junges Paar war nach Falkenried gekommen. Hans von Axemberg und seine junge Frau, die am Tage vorher getraut worden waren.

So saßen an diesem Tage drei junge, glückliche Paare bei Tisch im Falkenrieder Speisezimmer. Und auch heute wurde von Hasso ein Toast ausgebracht auf die Verbrüderung zwischen Österreich und Deutschland. Er gedachte dabei auch des Grafen Rudi Haßbach.

»Diese Verbrüderung zwischen Deutschland und Österreich ist mit Strömen teuren Blutes begossen worden, sie muß uns heilig sein. Und Gott mag geben, daß wir gemeinsam siegen über all unsre Feinde. Darauf wollen wir unser Glas leeren, im stillen Gedenken an all die lieben Menschen, die uns dieser Krieg genommen hat.«

Die Gläser klangen aneinander. Die drei Männer reichten sich fest und warm die Hände, und die jungen Frauen umarmten und küßten sich mit feuchtschimmernden Augen.

Dann trat Hans von Axemberg an den Flügel. Und un-

ter seinen Händen quoll es stark und ergreifend hervor:
»Lieb Vaterland, magst ruhig sein.«

Den letzten, aber andächtigsten Schluck trank Hasso
auf das Leben seiner inniggeliebten Kriegsbraut.